BIANCA.

AF274849

ANNE McALLISTER

DUDAS DEL PASADO

Editado por Harlequin Ibérica.
Una división de HarperCollins Ibérica, S.A.
Avenida de Burgos, 8B - Planta 18
28036 Madrid

© 2024 Harlequin Ibérica, una división de HarperCollins Ibérica, S.A.
N.º 481 - 20.8.24

© 2010 Barbara Schenck
Dudas del pasado
Título original: Hired by Her Husband

© 2011 Barbara Schenck
Una noche para el recuerdo
Título original: The Night that Changed Everything
Publicadas originalmente por Harlequin Enterprises, Ltd.
Estos títulos fueron publicados originalmente en español en 2011 y 2012

I.S.B.N.: 978-84-1062-967-7
Depósito legal: M-14195-2024
Impreso en España por: BLACK PRINT
Fecha impresión para Argentina: 16.2.25
Distribuidor exclusivo para España: LOGISTA
Distribuidor para México: Distibuidora Intermex, S.A. de C.V.
Distribuidores para Argentina: Interior, DGP, S.A. Alvarado 2118.
Cap. Fed./Buenos Aires y Gran Buenos Aires, VACCARO HNOS.

MIXTO
Papel procedente de
fuentes responsables
FSC® C159065
www.fsc.org

Capítulo 1

CUANDO esa noche sonó el teléfono, Sophy contestó lo antes que pudo, pues no quería que despertara a Lily, que acababa de quedarse dormida por fin.

La fiesta del cuarto cumpleaños de su hija las había agotado a las dos. Lily, normalmente una niña alegre y tranquila, llevaba días agitada pensando en la fiesta. Cinco amiguitas suyas y sus madres habían estado con ellas, primero en la playa y después en una merienda en la casa, seguida de helado y tarta.

Lily se había divertido y había declarado que la fiesta había sido «la mejor del mundo». Y después había necesitado un baño caliente, acurrucarse un rato en brazos de Sophy con su nueva perrita de peluche y seis cuentos para tranquilizarse lo suficiente para quedarse dormida.

Ahora estaba en su cama, pero aferrada todavía a la perrita Chloe. Y con toda la casa en desorden, Sophy no quería que se despertara. Por eso contestó el teléfono al primer timbrazo.

–¿Diga?

–¿Señora Savas?

Era una voz de hombre que no conocía, pero fue el nombre lo que le produjo un sobresalto. Por supuesto, Natalie, su prima y socia, era la señora Savas desde su matrimonio con Christo el año anterior, pero Sophy no estaba acostumbrada a que llamaran a su casa preguntando por ella. Vaciló un segundo y dijo con firmeza:

–No, lo siento, se equivoca de número. Llame en horas de trabajo y podrá hablar con Natalie.

–No. No quiero hablar con Natalie Savas –repuso el hombre con la misma firmeza–; quiero hablar con Sophia Savas. ¿Éste es el...? –leyó el número de teléfono.

Sophy apenas lo oyó. Sophia Savas había sido su nombre en otro tiempo y durante unos meses.

De pronto no pudo respirar; se sentía como si le hubieran dado un puñetazo. Se sintió sin palabras.

–¿Oiga? ¿Está ahí? ¿Tengo el número correcto?

Sophy respiró con fuerza.

–Sí –le alivió ver que no tartamudeaba. Su voz sonaba tranquila y serena–. Soy Sophia, Sophia McKinnon –corrigió–, antiguamente Savas.

–¿La esposa de George Savas?

Sophy tragó saliva.

–Sí.

No. ¿Quizá? Desde luego, no creía que siguiera siendo esposa de George. Le daba vueltas la cabeza. ¿Cómo podía no saber eso?

George podía haberse divorciado de ella en cualquier momento de los últimos cuatro años. Ella había asumido que lo había hecho, aunque nunca había recibido ningún papel. En realidad, no había pensado en ello porque había intentado no pensar en George.

No debería haberse casado con él. Eso lo sabía. Todo el mundo sabía eso. Además, por lo que ella respectaba, un divorcio era irrelevante en su vida, pues no tenía intención de volver a casarse.

Aunque quizá George sí.

Agarró el auricular con fuerza y sintió frío de pronto. Le sorprendió sentir un dolor sordo en la proximidad del corazón, aunque se aseguró a sí misma de que no le importaba. Le daba igual que George se fuera a casar.

Pero no pudo evitar preguntarse si él se habría enamorado por fin.

Desde luego, ella no había sido la mujer de sus sueños. ¿Había conocido ya a esa mujer? ¿La llamada se debía a eso? ¿Aquel hombre podía ser su abogado y llamaba por el divorcio?

Tragó saliva y se recordó que a ella le daba igual. George no le importaba. Su matrimonio no había sido real.

Y su reacción se debía sólo a que la llamada la había pillado desprevenida.

Respiró hondo.

—Sí, así es, Sophia Savas.

—Soy el doctor Harlowe. Lamento decirle que ha habido un accidente.

—¿Estás segura? —preguntó Natalie. Su esposo y ella habían acudido inmediatamente después de que Sophy los llamara y ahora la observaban preparar una bolsa de viaje e intentar pensar lo que tenía que llevarse—. ¿Te vas a ir a Nueva York? Está en el otro extremo del país.

—Sé dónde está. Y sí, estoy segura —contestó Sophy con más determinación de la que sentía—. Él cumplió conmigo, ¿no?

—Bajo presión —le recordó Natalie.

—Cierto —repuso Sophy.

En aquel encuentro habría también presiones, pero tenía que hacerlo. Metió unas deportivas en la bolsa. Una cosa que sabía de sus años en Nueva York era que tendría que andar mucho.

–Yo creía que estabais divorciados –dijo Natalie.

–Yo también. Bueno, nunca firmé ningún papel, pero... –Sophy se encogió de hombros–. Supongo que pensé que George se ocuparía de eso.

Desde luego, se había ocupado de todo lo demás, incluido cuidar de Lily y de ella, pero George era así.

–Oye –cerró la bolsa y miró a su prima–. Si hubiera algún modo de no hacer esto, créeme que no iría. No lo hay. Según los papeles de George en su ficha de Columbia, soy su pariente más próxima. Él está inconsciente y puede que tengan que operar. No conocen la extensión de sus heridas, pero si las cosas salen mal... –se interrumpió, incapaz de admitir en voz alta la posibilidad que le había contado el doctor.

–Sophy –la voz de Natalie contenía una advertencia gentil.

Sophy tragó saliva y enderezó los hombros.

–Tengo que hacerlo –dijo con firmeza–. Cuando estaba sola, antes de que naciera Lily, él estuvo ahí –era verdad. Se había casado con ella para darle un padre a Lily, para darle a su hija el apellido Savas–. Se lo debo. Voy a pagar mi deuda.

Natalie la miró dudosa, pero asintió.

–Supongo que sí –musitó. Agitó una mano en el aire con impaciencia–. ¿Pero qué hombre adulto se deja atropellar por un camión?

Un físico demasiado distraído pensando en átomos para mirar por dónde iba. Pero Sophy no dijo eso en voz alta.

–No sé –contestó–. Sólo sé que os agradezco que lo hayáis dejado todo para venir a quedaros con Lily. Os llamaré por la mañana. Podemos hacer una video-conferencia. Así me verá Lily y no será tan brusco. Odio marcharme sin decirle adiós.

En cuatro años, nunca se había separado de ella más de unas horas. Ahora sabía que, si la despertaba, acabaría llevándosela consigo. Y ésa era una caja de Pandora que no tenía intención de abrir.

–Estará bien –le aseguró Natalie–. Tú vete. Haz lo que tengas que hacer. Y cuídate.

–Sí, por supuesto, estaré bien –Sophy tomó su ma-letín y Christo la bolsa de viaje.

Sophy pasó un momento al cuarto de su hija y la vio dormir con el pelo revuelto y los labios entreabier-tos. Se parecía a George.

Mejor dicho, se parecía a los Savas. Que era lo que era. George no tenía nada que ver con eso. Pero mien-tras se decía eso, miró la foto de la mesilla, una foto de Lily bebé en brazos de George.

Aunque Lily no se acordaba de él, sí sabía quién era. Había preguntado por él desde que había descu-bierto que existían los padres.

–¿Quién es mi papá? ¿Por qué no está aquí? ¿Cuándo volverá?

Muchas preguntas.

Preguntas para las cuales su madre tenía respuestas muy pobres.

¿Pero cómo explicarle a una niña lo que había pa-sado? Ya era bastante difícil explicárselo a sí misma.

Había hecho lo que había podido. Le había dicho a Lily que George la quería. Sabía que eso era cierto. Y le había prometido que algún día lo conocería.

–¿Cuándo? –había preguntado su hija.

–Más tarde. Cuando seas más mayor.

Todavía no. Y sin embargo, en la mente de Sophy se coló un pensamiento. ¿Y si él moría?

¡Imposible! George siempre había parecido fuerte, indestructible.

¿Pero qué sabía ella en realidad del hombre que había sido su esposo tan poco tiempo? Sólo había creído saber...

¿Y qué hombre, por fuerte que fuera, podía sobrevivir a un camión?

–¿Sophy? –susurró Natalie desde la puerta–. Christo espera en el coche.

–Voy –Sophy dio un beso leve a su hija, le pasó la mano por el pelo sedoso, respiró hondo y salió de la habitación.

Natalie la miraba con preocupación. Sophy sonrió.

–Volveré antes de que te des cuenta.

–Pues claro que sí –Natalie sonrió a su vez y la abrazó con fiereza–. No lo amas todavía, ¿verdad?

Sophy se apartó y negó con la cabeza.

–No –no podía–. Claro que no.

No le daban analgésicos.

Lo cual estaría bien, a pesar del golpeteo feroz de la cabeza y de lo que le dolía mover la pierna y el codo, si al menos le dejaran dormir.

Pero tampoco hacían eso. Siempre que se quedaba dormido, se inclinaban sobre él, pinchando y hurgando, hablando con voz de profesores de preescolar, poniéndole luces en los ojos, preguntándole su nombre, cuántos años tenía o quién era el presidente.

Aquello era estúpido. Él apenas si recordaba su edad ni quién era el presidente cuando no lo había atropellado un camión.

Si le preguntaran cómo calcular la velocidad de la luz o cuáles eran las propiedades de los agujeros negros, podría contestar en un abrir y cerrar de ojos. Podría hablar de eso horas, o habría podido si hubiera sido capaz de mantener los ojos abiertos.

Pero nadie le preguntaba eso.

Se marcharon un rato, pero regresaron con más agujas. Le hacían ecografías, análisis, murmuraban, hacían muchas más preguntas interminables mirándolo expectantes y fruncían el ceño cuando no conseguía recordar si tenía treinta y cuatro años o treinta y cinco.

¿A quién narices le importaba eso?

Al parecer, a ellos.

—¿En qué mes estamos? —preguntó. Su cumpleaños era en noviembre.

Ellos parecieron sorprendidos.

—No sabe qué mes es —murmuró una; y tomó notas urgentes en su portátil.

—No importa —murmuró George con irritación—. ¿Jeremy está bien?

Aquello era lo único que importaba en ese momento. Era lo que veía siempre que cerraba los ojos... a su vecinito de cuatro años corriendo a la calle detrás de su pelota. Eso y, por el rabillo del ojo, al camión que se acercaba a él.

—¿Cómo está Jeremy? —volvió a preguntar.

—Está bien. Apenas tiene un arañazo —dijo un doctor, poniéndole una luz en los ojos—. Ya se ha ido a casa. Mucho mejor que tú. Estate quieto y abre los ojos, George, maldita sea.

George suponía que Sam Harlowe tendría normalmente más paciencia con sus pacientes. Pero los dos se conocían desde la escuela primaria. Ahora Sam le agarró la barbilla y volvió a ponerle una luz en los ojos. El dolor de cabeza de George se acentuó. Apretó los dientes.

—Mientras Jeremy esté bien... –dijo. En cuanto Sam le soltó la barbilla, apoyó la cabeza en la almohada y cerró intencionadamente los ojos.

—Muy bien. Haz el idiota –gruñó Sam–. Pero te vas a quedar aquí y vas a descansar. Entre a verlo de modo regular –ordenó a una enfermera–. E infórmeme de cualquier cambio. Las próximas veinticuatro horas son críticas.

George abrió los ojos.

—Creí que habías dicho que estaba bien.

—Él sí. Tú todavía no se sabe –gruñó Sam–. Volveré.

George lo miró alejarse enojado. Después fijó la vista en la enfermera.

—Usted también puede irse –ya estaba harto de preguntas. Además, la cabeza le dolía menos si cerraba los ojos, cosa que hizo.

Probablemente se quedó dormido, porque lo siguiente de lo que tuvo conciencia fue de que otra enfermera distinta le daba la lata.

—¿Cuántos años tiene, George?

Él la miró de mala gana.

—Demasiados para andar con estos juegos. ¿Cuándo puedo irme a casa?

—Cuando haya jugado a estos juegos –repuso ella con sequedad.

Él sonrió.

–Voy a cumplir treinta y cinco. Estamos en octubre. Esta mañana he desayunado copos de avena. A menos que ya sea mañana.

–Lo es.

–Entonces puedo irme a casa.

–Sólo cuando lo diga el doctor Harlowe –ella le tomaba la presión arterial y no alzó la vista. Cuando terminó, dijo–: Me han dicho que es usted un héroe.

–No creo.

–¿No le salvó la vida a un niño?

–Le di un empujón.

–Para que no lo matara un camión. Yo a eso lo llamo «salvar». Tengo entendido que él sólo tiene unos arañazos.

–Lo mismo que tengo yo –señaló George–. Así que también debería irme a casa.

–Y se irá. Pero las heridas en la cabeza pueden ser graves.

Por fin lo dejaron solo. A medida que avanzaban las horas, los ruidos del hospital se fueron acallando. Disminuyó el rodar de carritos en los pasillos, pero el golpeteo de su cabeza no. Era incesante.

Siempre que se quedaba dormido, se movía. Le dolía. Cambiaba de posición. Encontraba un punto que parecía mejor, se quedaba dormido y volvían a despertarlo. Cuando dormía era sin descansar. Imágenes y recuerdos de Jeremy atormentaban sus sueños. Veía también el camión. Y los rostros agradecidos de los padres de Jeremy.

–Podíamos haberlo perdido –Grace, la madre había llorado antes al lado de su cama.

Y el padre, Philip, le había apretado la mano y repetido una y otra vez:

—No tienes ni idea.

Pero George sí la tenía. Otros recuerdos e imágenes se mezclaban con los de Jeremy. Recuerdos de una niñita minúscula y morena. Su primera sonrisa. Una piel suave como pétalos. Ojos confiados.

Ahora tenía la edad de Jeremy. Era lo bastante mayor para salir corriendo a la calle como había hecho éste. Intentó no pensar en ella. Hacía que le doliera la garganta y le ardieran los ojos. Los cerró una vez más e intentó desesperadamente quedarse dormido.

No supo cuánto tiempo consiguió dormir por fin. La cabeza le dolía todavía cuando la primera luz del amanecer se filtró por la ventana.

Oyó pasos en la habitación. La voz de la enfermera hablando bajo, un murmullo de respuesta, el ruido de unos pies y el de una silla.

Pensó que quería que lo dejaran en paz y no lo tocaran. No quería que le hicieran más preguntas. No quería contestar.

Quería volver a dormir. Pero esa vez no quería tener recuerdos. La enfermera se marchó, pero intuía que no estaba solo.

¿Había vuelto Sam y estaba ahora allí de pie mirándolo en silencio?

Era una de las tonterías que hacían de niños para asustarse. Seguramente Sam ya no haría esas cosas.

George se movió... e hizo una mueca cuando intentó ponerse de lado. El hombro le dolía a rabiar. Todos los músculos de su cuerpo protestaron. Si Sam creía que aquello tenía gracia...

Abrió los ojos y todo su ser se sobresaltó.

En la habitación no estaba Sam, sino una mujer.

George contuvo el aliento. Creía que no había hecho ruido, pero algo debió de alertarla, pues ella, que estaba sentada al lado de su cama mirando por la ventana, se volvió despacio y sus ojos se encontraron.

Por primera vez en casi cuatro años, estaba cara a cara con Sophy, con su esposa.

¿Esposa? Ja.

Habían ido juntos a un juzgado de Nueva York y tenían un documento legalmente vinculante, pero nunca había sido nada más que un trozo de papel.

Para ella no.

George se dijo con firmeza que para él tampoco, pero el dolor que sentía era de pronto distinto al anterior. Se resistió. No quería que le importara. Y, desde luego, no quería sentir.

Lo último que necesitaba en ese momento era tener que lidiar con Sophy. Apretó los dientes involuntariamente, lo que hizo que la cabeza le doliera aún más.

–¿Qué haces aquí? –preguntó. Su voz sonaba dura, ronca por los tubos y por el aire seco del hospital. La miró de hito en hito con aire acusador.

–Obviamente, irritarte –el tono de ella era suave, pero su mirada traslucía preocupación. Se encogió de hombros–. Me llamaron del hospital. Tú estabas inconsciente y necesitaban el permiso del pariente más próximo para lo que pensaran que necesitaban hacer.

–¿El tuyo? –George la miró con incredulidad.

–Eso mismo dije yo cuando me llamaron –admitió Sophy. Cruzó las piernas y se recostó en la silla.

Llevaba pantalones negros de punto y un suéter verde oliva. Una ropa muy profesional, muy de trabajo; muy alejada de los vaqueros, sudaderas y las blusas de maternidad que él recordaba. Sólo su pelo de color cobrizo seguía siendo el mismo, y sus mechones rojizos brillaban como monedas nuevas en el sol de la mañana. George se recordó pasando los dedos por él, enterrando el rostro en él. Recuerdos con los que no quería lidiar.

—Al parecer, nunca te divorciaste de mí —ella lo miró con aire interrogante.

George apretó la mandíbula.

—Pensaba que te habrías encargado tú de eso —replicó. Después de todo, había sido ella la empeñada en separarse.

Cerró los ojos, pero la cabeza le dolía con fuerza y, cuando volvió a abrirlos, descubrió que Sophy negaba con la cabeza.

—No lo necesitaba —repuso—. Desde luego, no pensaba volver a casarme.

Y él tampoco. Se había dejado engañar una vez por el matrimonio y no deseaba volver a pasar por eso. Pero no tenía intención de hablar de aquello con Sophy. Ni siquiera podía creer que ella estuviera allí. Quizá el golpe en la cabeza le producía alucinaciones.

Probó a cerrar los ojos de nuevo y desear que se fuera. No hubo suerte. Cuando volvió a abrirlos, ella seguía allí.

Ser atropellado por un camión era poca cosa comparado con tener que lidiar con Sophy. Necesitaba de todo su control y compostura. Se colocó de espaldas e hizo una mueca cuando intentó incorporarse sobre las almohadas.

—No creo que sea buena idea —comentó ella.

No lo era. Cuanto más se acercaba a la vertical, más sentía que la mitad superior de su cabeza se iba a desprender. Por otra parte, no quería lidiar con Sophy desde una posición de debilidad.

–Tienes que descansar –comentó ella.

–Llevo toda la noche descansando.

–Eso lo dudo mucho –repuso ella–. La enfermera ha dicho que estabas muy agitado.

–Prueba a dormir con gente haciéndote preguntas.

–Tienen que seguir observándote; tienes una conmoción y un hematoma subdural. Por no hablar –añadió ella, que lo miraba como si fuera un bicho desagradable clavado a un papel– de que parece que hayas pasado por una trituradora de carne.

–Gracias –murmuró George. Le dolía, pero siguió incorporándose. Quería agarrarse la cabeza con las manos, pero en su lugar agarró la ropa de la cama hasta que sus nudillos se pusieron blancos.

–¡Por el amor de Dios, para ya! Túmbate o llamo a la enfermera.

–Adelante –contestó él–. Puesto que ya es por la mañana y sé cómo me llamo y cuántos años tengo, quizá me dejen salir de aquí por fin e irme a casa. Tengo cosas que hacer. Clases. Trabajo.

Sophy alzó los ojos al cielo.

–Tú no vas a ninguna parte. Tienes suerte de no estar en el quirófano.

–¿Y por qué iba a estarlo? –él hizo una mueca–. No tengo huesos rotos –estaba ya medio sentado, así que dejó de incorporarse y alzó el brazo para mirar su reloj. El brazo estaba desnudo excepto por el tubo intravenoso que llevaba en el dorso de la mano–. ¡Maldita sea! ¿Qué hora es? Mañana tengo una clase que hace un experimento. Tengo que ir a trabajar –«necesito alejarme de esta mujer o abrazarla y retenerla con fuerza».

Sophy movió la cabeza.

—Eso no va a ocurrir.

Por un terrible momento, George creyó que ella respondía al pensamiento que se había formado en su cabeza. Luego comprendió que hablaba de que él no iba a ir a trabajar y respiró aliviado.

—El mundo no se para porque una persona tenga un accidente —dijo con irritación.

—El tuyo casi se paró.

La franqueza del comentario de ella fue como un puñetazo en el estómago. Y también el cambio súbito en la expresión de Sophy cuando lo dijo. Parecía atónita.

—¡Por poco te mueres, George! —casi hablaba como si le importara.

Él se encogió de hombros.

—Pero no fue así.

De todos modos, sabía que ella decía la verdad. El camión era lo bastante grande y se movía lo bastante deprisa. Si él hubiera ido medio paso más lento, probablemente habría muerto.

¿La habrían llamado si hubiera pasado eso? ¿Habría ido ella a organizar su entierro?

No se lo preguntó. Sabía que Sophy no lo quería, pero tampoco lo odiaba.

En otro tiempo incluso había creído que tenían una posibilidad de hacer que funcionara el matrimonio, que ella podía llegar a amarlo.

—¿Qué pasó? —preguntó ella—. La enfermera dice que te atropellaron por salvar a un niño.

A él le sorprendió que hubiera preguntado. Pero probablemente había querido saber por qué la habían buscado y hecho ir allí. No tenía nada que ver con que se interesara por él.

–Jeremy –confirmó George–. Tiene cuatro años. Vive en mi calle. Yo volvía a casa del trabajo y él salió corriendo por la acera para enseñarme su balón de fútbol nuevo. Lo dejó en el suelo para lanzármelo a mí, pero se salió a la calle.

Sophy contuvo el aliento.

–Venía un camión de reparto...

Ella se puso muy blanca.

–¡Dios querido! ¿Él no está...?

George negó con la cabeza, e inmediatamente se arrepintió de ello.

–Está bien. Tiene algunos arañazos, pero...

–Pero no está muerto –dijo ella en voz alta. Con firmeza, como para que resultara más creíble. El alivio era evidente en su rostro–. ¡Gracias a Dios!

–Sí.

Ella lo miró.

–Gracias, George.

Él apretó los dientes.

–¿Por qué? ¿Esperabas que dejara que corriera delante de un camión?

–¡Claro que no! –a ella le brillaron los ojos. Se sonrojó–. ¿Cómo puedes decir eso? Simplemente... reconocía lo que hiciste.

–Claro que sí –él la miró con dureza, esperando que dijera las palabras que flotaban entre ellos.

Sophy se mordió los labios.

–Tú lo salvaste.

George casi esperaba que aquello fuera una acusación. Desde luego, había sonado así el día en que ella le había dicho que no quería seguir casada.

–Eso es lo que hacías cuando te casaste conmigo

–había gritado ella con amargura–. Te casaste conmigo para salvarme.

Por supuesto, era cierto. Pero aquélla no era la única razón. Aunque ella no lo creería. Él no había contestado entonces y no contestó tampoco en ese momento en el hospital. Sophy creería lo que quisiera.

George la miró fijamente, como retándola a decir algo más.

–Eres un héroe –murmuró ella.

Él hizo una mueca.

–Difícilmente. Jeremy no habría salido corriendo si no me hubiera visto llegar.

–¿Qué? ¿Ahora dices que es culpa tuya? –ella lo miraba con incredulidad.

–Sólo digo que me estaba esperando –George se encogió de hombros–. A veces jugamos juntos al fútbol.

–¿Entonces lo conoces mucho? ¿Es un amigo? –ella parecía sorprendida, como si considerara aquello improbable.

–Somos amigos –Jeremy, con su pelo moreno y sus ojos brillantes, le recordaba a Lily. Pero eso no lo dijo.

Sophy alzó las cejas, como si le sorprendiera que él conociera a sus vecinos. Quizá porque él no había conocido a sus vecinos durante los pocos meses que habían estado juntos.

Pero tampoco había tenido tiempo. Había estado ocupado terminando un proyecto para el gobierno y a las pocas semanas de la boda era ya padre. El matrimonio y la paternidad habían sido territorio nuevo para él y le habían llevado mucho tiempo.

–Me sorprendió que hubieras vuelto a Nueva York –comentó ella.

–Llevo aquí dos años.

–¿No te gustó Uppsala?

Uppsala, claro. Ella creía que había ido allí, que había aceptado un trabajo en la Universidad de Uppsala, en Suecia.

Entonces él no había podido decirle otra cosa. No le estaba permitido. Y ahora no tenía sentido contárselo.

–Era un trabajo de dos años –comentó.

Esa parte era verdad. Y aunque habría podido seguir trabajando en proyectos gubernamentales, ya no lo deseaba. Hacía aceptado el anterior antes de saber que se iba a casar. Y si el matrimonio hubiera salido bien, lo habría rechazado después y no habría ido a Europa.

Al separarse, había ido, agradecido por no tener que seguir en la ciudad y poder poner un océano entre él y el motivo de su dolor.

Después de dos años, no obstante, había vuelto a Nueva York a pesar de que tenía buenas ofertas en otras partes.

–Ahora soy profesor en Columbia –dijo.

Era un trabajo interesante, con mucha investigación. Y no había tenido nada que ver con el hecho de que, al aceptarlo, creyera que Sophy y Lily vivían todavía en la ciudad. Nada.

–¡Ah! –dijo ella.

–¿Cuándo te fuiste tú? –preguntó él. Ella enarcó las cejas–. Pasé por la casa y ya no estabais.

–Me fui a California poco después de que te marcharas tú –repuso ella–. Monté un negocio con mi prima.

–Eso me lo dijeron. Mi madre dijo que había hablado contigo en la boda de Christo.

–Sí. Estuvo bien volver a ver a tus padres –comentó ella con cortesía.

George, que sabía lo que pensaba de su padre, repuso con sequedad:

–Seguro que sí.

A él también lo habían invitado a esa boda. No había ido porque no sabía con quién se casaba su primo Christo y no tenía interés en cruzar medio país para averiguarlo. Cuando se enteró más tarde de que la novia de Christo era prima segunda de Sophy, se preguntó qué habría pasado si hubiera ido y se hubieran encontrado allí.

Probablemente nada.

–¿Y tu negocio? –preguntó–. ¿Mi madre dijo que se llamaba Alquila una Novia?

–Alquila una Esposa –corrigió Sophy–. Ayudamos a personas que necesitan otra persona para algo. Cosas que suelen hacer las esposas tradicionales. Recoger la ropa de la tintorería, organizar cenas, llevar a los niños al dentista o a partidos de fútbol, llevar al perro al veterinario.

–¿Y la gente paga por eso?

–Sí. Y paga muy bien –ella lo miró desafiante–. Nos va bien.

–Me alegro por ti.

Sus ojos se encontraron. Ella apartó la vista e intentó ocultar un bostezo. George comprendió que debía de haber sido agotador volar toda la noche para llegar allí desde California.

–¿Has dormido? –preguntó.

–Un poco –repuso ella; pero bajó los ojos y él comprendió que era mentira.

–Oye, siento haberte molestado –dijo–. Siento que

hayas pensado que tenías que dejarlo todo y cruzar el país para firmar unos papeles. No era necesario.

—El doctor dijo que sí.

—Es culpa mía. Tendría que haber cambiado la información de contactos.

—¿A quién?

George se encogió de hombros, sorprendido por la pregunta.

—Mis padres, mi hermana Tallie. Elías, los niños y ella viven en Brooklyn. Lo cambiaré en cuanto salga de aquí.

—No te preocupes —Sophy se encogió de hombros—. Tú hiciste algo por mí. Ahora me toca a mí.

Él frunció el ceño.

—¿Esto es una compensación?

Ella extendió las manos.

—Esto es algo que puedo hacer.

—No hace falta que hagas nada.

—Eso parece.

George apretó los dientes.

—De acuerdo. Puedes considerar tu deuda pagada —gruñó. Empezaba a estar harto—. Y ahora, si no te importa, me gustaría descansar y, como puedes ver, estoy consciente y puedo firmar papeles. Así que gracias por venir, pero no hace falta que te quedes a cuidarme. Puedes irte.

Antes de terminar de hablar, sabía que estaba diciendo casi las mismas palabras que le había dicho ella cuatro años atrás: «No te necesito. No soy un lío que tengas que arreglar. Puedo cuidar de mí misma. No necesito que lo hagas por mí, así que vete de aquí. Déjame en paz y márchate».

Y a juzgar por la expresión de su cara, Sophy tam-

bién lo sabía. Lo miraba como si la hubiera abofe-
teado.

–Por supuesto –respondió con rigidez. Se levantó,
tomó su chaqueta del respaldo de la silla y se la puso.

George observaba todos sus movimientos. No quería hacerlo, pero no podía evitarlo. Sophy había tenido
el poder de atraer su mirada desde la primera vez que
la viera del brazo de su primo Ari en una boda de familia.

Ella se abrochó la chaqueta y tomó su bolso grande,
que estaba en el suelo al lado de la silla. Lo miró inex-
presiva.

–Gracias por venir –dijo él–. Siento que te hayan
molestado.

Ella inclinó la cabeza.

–Me alegro de que te vayas a poner bien.

Todo muy educado. Se miraron en silencio. Ella
sonrió débilmente y se volvió.

–Sophy.

Ella volvió la cabeza y enarcó una ceja. Él pensó
que debía dejar las cosas así, pero no pudo evitar preguntar:

–¿Cómo está Lily?

Por un momento pensó que ella no contestaría.
Pero luego la sonrisa que no había visto todavía apareció en la cara de ella como si saliera el sol de detrás
de un banco de nubes. Su expresión se suavizó.

–Lily está increíble. Es lista, divertida... Ayer fue
su fiesta de cumpleaños. Tiene...

–Cuatro –terminó él.

Sophy parpadeó.

–¿Te acordabas?

–Por supuesto.

Ella tragó saliva.

–¿Quieres... ver una foto suya?

¿Si quería? George asintió.

Sophy abrió el bolso y sacó el billetero. Extrajo una foto y se la tendió.

George miró la niña de la foto y sintió una opresión en la garganta.

Era preciosa. Había visto fotos que le había enseñado su madre de la boda, así que tenía alguna idea de cómo era; pero aquella foto la definía muy bien.

Estaba sentada en un banco con un cubo de arena en el regazo y la cara hacia atrás y se reía. Era como ver a una Sophy en miniatura excepto por el pelo. El de Lily era oscuro y rizado; pero sus ojos eran los de su madre, la misma forma y el mismo color verde. Parpadeó rápidamente y tragó saliva con fuerza. Alzó la vista.

–Se parece mucho a ti.

Sophy asintió.

–Eso dice la gente. Excepto por el pelo. Tiene el pelo... de Ari.

«El pelo de Ari». Porque era hija de Ari, no suya. Por mucho que él hubiera confiando en que sí, Lily nunca había sido suya.

Las dos pertenecían a Ari, aunque su primo hubiera muerto antes de que naciera Lily. George descubrió que había cosas que dolían más que el golpeteo en su cabeza. Se pasó la lengua por los labios.

–Parece feliz.

–Lo es. Es una niña feliz y bien adaptada. En cuanto pasó el periodo de los tres meses, dejó de tener gases y de llorar.

–Me alegra oírlo –George echó un último vistazo a la foto y se la tendió.

–Puedes quedártela –repuso ella–. Si quieres...
–añadió un segundo más tarde.

–Gracias. Sí, me gustaría.

Sophy se la quitó y la colocó en la mesilla, apoyada
en la jarra de agua para que pudiera verla si se volvía.

–Así cuidará de ti –en cuanto lo hubo dicho, bajó
la cabeza como si se arrepintiera–. Tienes que descansar más –se volvió hacia la puerta–. Adiós.

George casi estuvo a punto de llamarla otra vez,
pero se recordó que no la necesitaba. Había vivido sin
ella durante casi cuatro años y podía vivir sin ella el
resto de su vida. Sólo tenía que acabar aquello como
debería haber hecho cuatro años atrás.

–¡Sophy!

Esa vez ella estaba ya más allá de la puerta, y cuando
se volvió, había algo parecido a la impaciencia en su mirada.

–¿Qué?

–No te preocupes, no volverá a ocurrir. En cuanto
salga de aquí, pediré el divorcio.

Capítulo 2

POR SUPUESTO que George pediría el divorcio.

La única sorpresa por lo que a Sophy se refería era que no lo hubiera hecho antes; pero eso no impidió que le temblaran las rodillas cuando se alejaba de la habitación de George.

Caminaba automáticamente, recogió su bolsa de viaje, que una de las enfermeras le había permitido dejar en una zona habilitada para ese fin.

—Cree que se marchará hoy y que irá a trabajar —dijo a la enfermera—. El doctor no debería dejarle...

La enfermera sonrió.

—No creo que deba preocuparse por eso. Estará en observación hoy y probablemente mañana. Usted váyase a casa a descansar. Vuelva esta tarde. Es muy probable que ya esté mucho más animado —dedicó una sonrisa alentadora a Sophy y se alejó por el pasillo.

Sophy se quedó allí con la bolsa de viaje y el maletín y se dio cuenta de que no tenía adónde ir.

Su casa estaba a cinco mil kilómetros de allí.

Por otra parte, ¿por qué no se iba a ir a casa? ¿Qué la retenía allí? George la había despedido claramente. Por lo que él respectaba, ella no tenía que haberse molestado en ir.

Y desde luego, no volvería aquella tarde. Ya había

cumplido con su deber. «Compensación», lo había llamado él.

Y la había rechazado. «Considéralo pagado», había dicho.

Pues muy bien. Caminó hasta el ascensor y esperó, intentando mantener los ojos abiertos y reprimir un bostezo.

Estaba así cuando se abrió el ascensor y salió una mujer muy embarazada, que se detuvo al verla.

–¿Sophy?

La interpelada parpadeó sobresaltada.

–¿Tallie?

–¡Oh, Dios mío, eres tú! –Tallie, la hermana de George, la abrazó con fiereza–. Has vuelto.

–Bueno, yo... –pero las palabras de Sophy se ahogaron en el calor entusiasta del abrazo de Tallie y no pudo hacer otra cosa que corresponderle. Además, no le resultó difícil. Siempre había adorado a la hermana de George. Una de las cosas más difíciles de terminar su matrimonio había sido perder el derecho a llamar cuñada a Tallie.

Antes de que pudiera decir nada, un golpe suave en el estómago le hizo dar un salto atrás. Miró a Tallie con ojos muy abiertos.

–¿Eso ha sido el bebé?

Tallie rió.

–Sí. A mi chica le gusta tener espacio –se frotó el vientre–. Ésta es una niña. Pero ya hablaremos de ella luego. Me alegro mucho de verte. A George debería atropellarle un camión más a menudo.

–No –Sophy no quería eso, ni siquiera por el placer de volver a ver a Tallie.

–Bueno, pues no –Tallie rió y movió la cabeza–. Pero si eso te trae a casa... –sonrió.

–No estoy en «casa» –repuso enseguida Sophy–. Sólo estoy... aquí. Por el momento. Anoche me llamó un doctor. George estaba inconsciente y necesitaban el permiso de su familiar más próximo para los procedimientos médicos y, como no estamos divorciados, era yo. Y por eso –se encogió de hombros–, estoy aquí.

–Pues claro que sí –repuso Tallie–. Además, ya era hora –la miró algo preocupada–. A mí no me dejó venir a verlo anoche.

–Parece que lo haya atropellado un camión –contestó Sophy. Si Tallie no lo había visto todavía, quería prepararla–. En serio, está muy magullado. Pero coherente.

–Se negó a dejarnos venir anoche. Bueno, sólo estamos Elías y yo aquí. Mamá y papá están en Santorini. Y ninguno de mis hermanos vive aquí, así que ha tenido suerte. Seguramente no se habría molestado en llamarme si no hubiera necesitado a alguien que cuidara de Gunnar.

–¿Gunnar?

–Su perro.

¿George tenía un perro? Aquello era una sorpresa.

–¿Lo rescató? –preguntó Sophy.

Tallie frunció el ceño.

–Creo que no. Creo que lo tiene desde cachorro. ¿Por qué?

Sophy movió la cabeza.

–Por nada –no podía decir: «Porque George rescata cosas», porque Tallie no lo entendería.

La hermana de George se apartó un mechón de pelo de la cara.

–Me dijo que fuera a su casa, sacara a Gunnar, le diera de comer y no se me ocurriera venir al hospital, que no me quería aquí –sonrió–. Voy a irritarlo unos momentos para que sepa que no puede decirme lo que tengo que hacer y porque el resto de mi familia se preocupará mucho si alguien no lo ha visto en carne y hueso. Pero ahora que has venido tú, toma las llaves –sacó un llavero del bolsillo de sus pantalones de premamá y se lo puso a Sophy en la mano.

–¿Yo? No, no. No puedes darme las llaves de George.

–¿Por qué no? ¿Porque estáis separados? ¡Vaya una cosa!

–No estamos separados; nos estamos divorciando. Yo creía que ya lo estábamos.

–¿Y no es así? Bien. Es más fácil arreglar las cosas –repuso Tallie con la confianza de alguien que había hecho justamente eso y vivía feliz–. Elías y yo...

–No estabais casados cuando seguisteis caminos separados –intervino Sophy con firmeza–. No es lo mismo. Y no puedo aceptar las llaves de George –intentó devolverlas, pero un bostezo la pilló por sorpresa y acabó cubriéndose la boca con ellas.

–Estás agotada –dijo Tallie–. ¿Cuánto tiempo llevas aquí?

–No mucho. Un par de horas. Llegué a LaGuardia antes de amanecer.

–¿Has viajado de noche? ¿Y has dormido algo?

–No mucho –admitió Sophy–. Pero espero dormir en el camino de vuelta.

Tallie la miró escandalizada.

–¿En el camino de vuelta? ¿Qué? ¿Ya te vuelves?

Sophy se encogió de hombros.

–Él no me necesita ni me quiere aquí. Eso lo ha dejado bastante claro.

Tallie hizo una mueca despectiva.

–¿Qué sabe él? Además, no importa si él te necesita. Yo sí.

–¿Tú? ¿Qué quieres decir?

–Que tú, mi querida, Sophy, me vas a salvar la vida –Tallie la tomó por el brazo y la guió hasta un par de sillas, donde pudieran sentarse.

–¿No quieres ver a George? –preguntó Sophy.

–En un momento. Primero quiero hablar contigo. Yo necesito tu ayuda.

–¿Qué tipo de ayuda?

–George, pobrecito, cree que puedo dejar mi vida y dedicarme a dirigir la suya. Y supongo que en otro tiempo habría podido hacerlo –Tallie sonrió–. Pero ahora tengo tres hijos y espero otra en tres semanas, un negocio de repostería casera con muchos pedidos y un marido que, aunque tolerante, no considera que deba compartirme con un perro más de una noche. Además, tiene que ir a Mystic esta tarde. Ha llevado a los niños al colegio, pero yo tengo ir a recoger a Nick y Garrett del colegio y a Digger de la guardería. Pensaba hornear hoy antes de ir a por ellos. Y me llevaría a Gunnar a casa, pero no se lleva bien con el conejo, así que –respiró hondo y sonrió esperanzada–. ¿Qué me dices? ¿Me vas a salvar? ¿Por favor?

Sophy se sentía aún más cansada sólo de pensarlo. Reprimió otro bostezo.

–Y podrás dormir allí –anunció Tallie triunfante.

–A George no le gustará.

–¿Quién se lo va a decir?

Sophy pensó que ella no. Sabía que debía negarse;

era lo más sensato. Cuanto menos tuviera que ver con George o su familia antes del divorcio, menos probable sería que volviera a sufrir.

Pero lo importante en la vida no era protegerse uno mismo, sino hacer lo que había que hacer. Las «compensaciones» no siempre eran lo que uno creía, pero eso no implicaba que tuviera derecho a no hacerlas.

–De acuerdo –dijo con resignación–. Lo haré. Pero me iré en cuanto George pueda venir a casa.

–Por supuesto –Tallie sonrió agradecida–. Desde luego.

Sophy no se había permitido pensar en dónde viviría George desde que saliera de su vida, pero de haberlo hecho, habría elegido un apartamento cómodo e impersonal donde tuviera que interaccionar lo menos posible con su entorno.

Y se habría equivocado.

George tenía una casa en el Upper West Side. No sólo un estudio o un apartamento, no; poseía todo el edificio de cinco plantas.

Y aunque mucha de las casas vecinas habían sido divididas en apartamentos, aquélla no.

–Cuando volvió, dijo que quería una casa –le había dicho Tallie–. Y se la compró.

Sophy se detuvo en la acera delante de la amplia entrada y miró con la boca abierta la elegante fachada. Tenía grandes ventanales en los dos pisos de encima de la entrada del jardín y dos pisos más encima de ésos con tres ventanas idénticas altas y estrechas en forma de arco que miraban al sur a través de la calle con árboles a ambos lados en la que había una fila de casas similares.

Tenía un aire cálido, de buen gusto, elegante y amistoso. Y a Sophy, cuyos primeros recuerdos de un hogar eran los días pasados en la casa de sus abuelos en Brooklyn, aquello le sonaba a hogar.

Era exactamente la clase de casa familiar con la que siempre había soñado. Le había hablado de ello a George en los primeros días de su matrimonio. Por supuesto, él entonces estaba muy ocupado con su trabajo y no escuchaba. O al menos ella creía que no escuchaba.

Pero no. Claro que no escuchaba. Aquello era una coincidencia.

Y cuando subió los escalones, el sonido del perro ladrando al otro lado de la puerta mató la impresión hogareña que había sentido.

Allí estaba Gunnar.

Y ladraba como si quisiera almorzársela a ella.

—Es encantador —le había dicho Tallie—. Adora a George.

Pero al parecer no le gustaban los conejos, como no fuera para almorzar, y era todavía una incógnita lo que pensaría de ella.

Menos mal que le gustaban los perros. Sophy metió la llave en la cerradura con confianza. No sabía si eso convencería a Gunnar, pero esperaba convencerse a sí misma lo suficiente para que establecieran contacto.

—Hola, Gunnar. Hola, amiguito —dijo cuando abrió la puerta con cautela.

El animal dejó de ladrar y la miró con curiosidad. Era un perro bastante grande, negro con pelo de medio tamaño.

—Un retriever —le había dicho Tallie—, pero con opiniones propias.

–Espero caerte bien –le dijo Sophy, que había tomado la precaución de parar en una tienda de camino a Broadway y comprar galletas para perros. Le ofreció una.

En su experiencia, casi todos los perros tomaban lo que les daban sin cuestionarlo. Gunnar hizo lo mismo, pero se lo quitó de los dedos con delicadeza y lo llevó a la alfombra delante de la chimenea, donde se tumbó y lo olfateó un momento antes de comérselo.

Sophy arrastró su bolsa de viaje al interior y cerró la puerta tras ella; se volvió a observar a Gunnar y los dominios de George.

La casa era tan impresionante por dentro como por fuera. Desde la entrada forrada con paneles de caoba, podía ver el comedor, donde Gunnar terminaba su galleta, una hermosa escalera también de caoba que llevaba al segundo piso y, pasillo abajo, hacia la parte de atrás, se veía un sofá, lo que indicaba que allí encontraría la sala de estar.

Pero antes de que pudiera ir a ver, Gunnar volvió, la empujó con el morro y la miró esperanzado.

–¿Las galletas son un modo de conquistarte? –preguntó Sophy.

El animal hizo un ruidito como de respuesta y ella lo miró atónita y sacó otra galleta de la bolsa que había comprado. Él la aceptó con la misma seriedad con que había aceptado la primera, pero no se la comió sino que se la llevó pasillo abajo.

Sophy lo siguió. Pensó que iba a entrar en la sala de estar, que estaba efectivamente al final del pasillo, pero Gunnar giró y bajó unas escaleras. Obviamente, sabía mejor que ella lo que tenía que hacer y le estaba enseñando adónde ir para abrir la puerta del jardín.

Ella lo dejó salir al jardín de la parte posterior, con su porche de madera de cedro, sillas y mesas y un cubo de pelotas de tenis que seguramente George lanzaría al perro. Sophy dejó allí a Gunnar y volvió a entrar porque sentía curiosidad por el despacho de George.

Éste estaba cerca del jardín y consistía en una habitación grande con un escritorio grande de roble, un ordenador de última generación con la pantalla más grande que ella había visto jamás. Había archivadores, una mesa de trabajo y estante tras estante de libros científicos. En el escritorio y en la mesa de trabajo había papeles en ordenados montones y algunas hojas llenas de ecuaciones en la letra picuda de George.

Sophy volvió al jardín y arrojó pelotas de tenis a Gunnar.

Se hizo amiga suya de por vida. Él era incansable. Ella se agotó pronto.

–La última –dijo. Y la tiró a través del jardín.

Gunnar la alcanzó y volvió corriendo. La miró esperanzado.

–Más tarde –le prometió ella.

El perro la siguió obediente al interior de la casa y por las escaleras hasta una habitación espaciosa que parecía una sala que se usaba bastante y que tenía juguetes en un rincón.

¿Juguetes?

Sophy, sorprendida, se acercó a mirar. Sí, eran juguetes. Bloques de construcción, Legos y una serie de coches Matchbox. Juguetes de niño. Estaba claro que los hijos de Tallie eran bienvenidos a casa de su tío George. ¿O tenía éste una amiga con hijos? Sophy se dijo que eso no le importaba.

La habitación estaba en la parte de atrás de la casas, justo encima de la sala de estar. Sophy entró en esta última y la encontró hogareña y cómoda, con libros en los estantes, no sólo tomos científicos, sino también misterios populares y revistas de navegación.

Miró los estantes con curiosidad y vio también un álbum de fotos. Lo abrió sin pensar y se encontró de frente con recuerdos que fueron casi como un golpe en el corazón.

El álbum estaba lleno de fotos de la recepción después de su boda. No las fotos formales, sino muchas fotos informales de la familia. George y ella riendo cuando se daban de comer mutuamente la tarta, George y ella bailando en el porche de la casa de los padres de él; George y ella rodeados por toda la familia de él, todos sonrientes y felices.

Fue pasando las páginas. Después de las fotos de la recepción había otras de ellos dos. En la playa. En una casita delante de un fuego.

Sophy sintió una opresión en la garganta al ver los recuerdos de su luna de miel.

Aunque en realidad no había sido una luna de miel; no habían tenido tiempo de planear una porque la boda había sido precipitada y George no había podido tomarse vacaciones.

Sólo habían tenido un fin de semana en una casita de guardés detrás de una de las mansiones de los Hamptons que había cerca de la casa que tenían los padres de él al lado del mar.

Pero aunque improvisada, había sido memorable. Ella había pensado que aquel fin de semana habían forjado un vínculo. Habían hablado, habían reído, habían cocinado juntos, nadado juntos, caminado por la playa juntos. Habían dormido juntos en la misma cama, aunque no habían hecho el amor.

El embarazo de ella estaba demasiado avanzado para eso.

Aun así, a pesar de lo poco ortodoxo que había sido su comienzo, ella se había atrevido a esperar, a creer...

Cerró el álbum y lo devolvió al estante. No quería mirar. No quería recordar el dolor de las esperanzas rotas, del amor perdido.

Aunque no; por parte de él nunca había habido amor.

–Vamos, Gunnar –dijo al perro–. Echemos un vistazo al cuarto de invitados.

–No he cambiado las sábanas –se había disculpado Tallie–. Pensaba que volvería esta noche allí o iría George. Hay más habitaciones arriba, pero seguramente George no habrá cambiado las sábanas desde que estuvieron allí los niños; y la habitación suya también está allí.

Sophy se sentía como Ricitos de Oro explorando una casa que no era suya. El último lugar que quería ver era el dormitorio de George o su cama. No quería recordar las noches que había pasado compartiendo una cama con él, haciendo el amor con él...

–Usaré la habitación donde te quedaste tú –había dicho a Tallie.

Era un cuarto espartano pero muy apropiado. Tenía una cama con sábanas, una manta y dos almohadas. ¿Qué más podía pedir?

Se quitó los zapatos y la chaqueta y se disponía a meterse en cama cuando recordó que tenía que llamar a Natalie y Lily.

Abrió su portátil en la cama y sintió una punzada

de nostalgia cuando hizo la llamada y vio a Lily en casa con Natalia en la sala de estar.

–¿Mamá? –Lily pegó la cara al portátil de Natalie–. ¿Estás en el ordenador?

Sophy rió.

–No, querida, estoy en Nueva York. Tuve que venir anoche, pero sólo un par de días. Pronto volveré a casa. ¿Te portas bien con la tía Natalie?

–Claro que sí. Le estoy ayudando.

–Estupendo. ¿Qué vas a hacer hoy?

Las tres horas de diferencia horaria implicaban que Natalia y Lily estaban empezando el día, pero Lily enumeró una lista de cosas que incluía «ir a la playa con tío Christo después de comer», sin duda para que Natalie pudiera trabajar un rato.

–¿Eso es un perro? –preguntó la niña, cortando bruscamente la lista.

–¿Perro? –preguntó Sophy, confusa; hasta que se dio cuenta de que Gunnar estaba al lado de la cama y miraba la pantalla del ordenador con curiosidad–. Sí, es Gunnar.

–Es grande –repuso Lily–. Y muy negro. ¿Yo le caería bien?

–Creo que sí –contestó Sophy.

–Hola, Gunnar –dijo la niña.

Él miró con curiosidad y movió la cola.

–¡Le gusto! –gritó Lily.

–¿A quién? –Natalie se inclinó a mirar la pantalla y abrió mucho los ojos al ver al perro–. ¿De quién es? ¿De dónde ha salido? ¿Dónde estás?

–Es Gunnar. Vive aquí.

–¿Aquí dónde?

–En casa de George –repuso Sophy de mala gana.

–¿De papi? –Lily acercó más la cara a la pantalla para mirar la habitación–. ¿Estás en casa de papi?

–Sí, pero...

–¿Dónde está él?

–Eso, ¿dónde está papi? –preguntó Natalie.

–Está en el hospital.

–¿Papi está bien? –preguntó Lily.

–Se pondrá bien, sí.

–¿Y qué haces en su casa? –quiso saber Natalie.

–He venido a darle de comer al perro y dormir un rato. En el cuarto de invitados.

Natalie apretó los labios y se encogió de hombros.

–Pues duerme.

–Lo haré. Sólo quería ver a Lily. Te quiero, hija.

–Te quiero, mami –respondió la niña–. Y a papi. Y también a Gunnar. Oh, ahí está el tío Christo. Adiós, mami. Adiós, Gunnar. Hasta luego –y Lily se alejó, dejando a Sophy mirando la silla que su hija había dejado vacía.

–Lo siento –Natalie apareció de repente–. Acaba de llegar Christo con bollos de canela de la panadería.

–Ah, bueno. Una chica tiene que tener claras sus prioridades. Dale un abrazo de mi parte.

–Por supuesto –hubo una pausa–. No sabía que estuviera tan entusiasmada con George. No lo conoce.

–Es una fijación. Todas las familias tienen mamás y papás. Nosotras no. Ella quería saber por qué y luego quiso saberlo todo sobre él.

–Pues deberías haberle hablado de Ari. Él es su padre.

–No –Sophy no aceptaba eso–. Él la engendró, pero jamás habría estado a su lado. George sí lo estuvo.

–Brevemente.

–Sí, bueno... –Sophy no quería entrar en eso. Nunca había contado a Natalie todas las razones para la ruptura de su matrimonio–. Ella preguntó y yo se lo dije. Siente curiosidad. Es la atracción de lo desconocido.

Natalie parecía dudosa.

–¿Y cuál es la atracción para ti?

–Yo estoy bien –dijo Sophy con firmeza–. Además, es la una de la tarde. Sólo he venido a sacar al perro y dormir unas horas. George no está aquí. Me lo ha pedido su hermana, le estoy haciendo el favor a ella.

–Si tú lo dices.

–Lo digo.

–Vale –Natalie se encogió de hombros con aire preocupado–. Ten cuidado.

–Tengo cuidado. No te preocupes. Te llamaré luego para decirte en qué vuelo iré.

–¿O sea, que vendrás pronto?

–Esta noche. No hay motivo para quedarse más.

Natalie sonrió.

–Estupendo.

Sophy apagó el ordenador y lo dejó en la mesilla al lado de la cama. Se quedó en ropa interior y se metió en la cama. Cerró los ojos y no se permitió pensar en el álbum de fotos. No se permitió recordar aquellos meses de esperanza y alegría. No quería recuerdos, no quería ese olor.

Gunnar subió de repente a la cama y se tumbó a su lado, tan cerca que Sophy podía sentir la presión de su cuerpo a través de la ropa de la cama.

No sabía si él debía estar allí no, pero no le importó. El calor de su cuerpo resultaba reconfortante. Aunque fuera el perro de George, a ella le caía bien. Se lo dijo.

Gunnar levantó las orejas.

Sophy sonrió y le acarició la cabeza. Cerró los ojos y se quedó dormida.

Y soñó con George.

George quería marcharse ya.

—No podéis retenerme aquí —le dijo a Sam, que estaba a los pies de su cama.

Sam no lo escuchaba. Conocía a George. Habían montado en bici juntos, subido a los árboles juntos y jugado juntos al lacrosse. Hasta se habían emborrachado juntos y se habían peleado un par de veces. George todavía no había decidido si había sido un golpe de suerte que Sam fuera el neurólogo de guardia cuando lo llevaron allí la noche anterior o todo lo contrario.

En aquel momento se inclinaba por lo último.

—No puedo castigarte a quedarte ni atarte a la cama —dijo su amigo—. Pensaba que quizá podía apelar a tu sentido común de adulto, pero si eso es un problema...

George sonrió. Eso hizo que la cabeza le doliera terriblemente, pero, por otra parte, lo mismo ocurría con todo lo que había hecho ese día, que era prácticamente nada. Había intentado leer y no podía concentrarse. Había intentado escribir y no podía pensar. Había intentado levantarse y andar, pero apenas había conseguido volver a la cama sin vomitar. Si le dejaban irse a casa, al menos podría dormir.

—Sería diferente si no vivieras solo —continuó Sam—. Si alguien pudiera vigilarte un poco, sería más factible.

George se cruzó de brazos.

—Estaré bien. Prometo que llamaré si creo que va a peor.

–No.

–Tengo trabajo, un perro, una vida...

–¿Una vida? –Sam hizo una mueca–. Yo creo que no. Tu vida es enseñar Física, nada más.

George había hecho más cosas, pero no quería entrar en eso. Miró fijamente a su amigo y esperó que cediera.

–Hablaremos de esto mañana –decidió Sam–. Tenemos que estar seguros de que la hemorragia se ha detenido –señaló la cabeza de George.

Pero éste no se dio cuenta. Había visto a alguien al otro lado de la puerta. ¿Sophy?

¿Veía visiones? Ella se había ido, ¿no? ¿No había vuelto a California después de haber cumplido con su «deber»?

Pero ella asomó la cabeza por la puerta.

–Lo siento, no pretendía molestar. Pensaba que quizá estaría aquí Tallie.

George empezó a negar con la cabeza, pero cambió de idea.

–No, ha ido a recoger a los niños. ¿Has hablado con Tallie?

–Un poco –repuso Sophy–. Ella entraba cuando yo salía. ¿Va a volver?

–Espero que no. ¿Por qué?

Sophy vaciló.

–Tengo que darle algo.

–Déjalo aquí. Me lo llevaré a casa cuando me vaya. Yo se lo daré.

–Bueno, yo...

–Pero si es urgente, no se moleste –intervino Sam–, él no va a ninguna parte.

–¡Las narices que no!

Sophy miró al doctor con aire interrogante.

—No le hagas caso —gruñó George.

—No me haga caso —asintió Sam—. Sólo soy su médico.

—¿Qué le ocurre? —preguntó Sophy.

—¿Aparte de ser obstinado e inmaduro? —Sam enarcó una ceja—. No mucho. Bueno, eso no es cierto, pero el resto es confidencial. Privacidad del paciente, ¿sabe? Él tendría que matarla si se lo dijera —sonrió con calor y George recordó entonces que a Sam siempre se le daban muy bien las mujeres.

—¡Déjalo ya! —gruñó.

Su amigo lo miró.

—¿Qué?

George le lanzó una mirada acerada, pero no dijo nada.

Sam lo miró con curiosidad, pero como George no decía nada, se encogió de hombros, cruzó la habitación y tendió la mano a Sophy.

—Encantado de conocerla. Soy Sam Harlowe.

Ella le tomó la mano y le sonrió con calor.

—El doctor de George.

—Por desgracia. Y de vez en cuando, aunque no necesariamente en este momento, su amigo. ¿Y usted es...? —sostenía todavía la mano de Sophy.

—Soy Sophy McKinnon —dijo ella.

—Savas —la contradijo George desde la cama. Los dos se volvieron a mirarlo. Él levantó la barbilla sin que le importara el dolor de cabeza—. Esposa de George.

Capítulo 3

EXESPOSA –corrigió Sophy al instante. Miró a George atónita–. Recuerdas eso, ¿verdad?

George se cruzó de brazos.

–Recuerdo que nadie ha solicitado el divorcio todavía.

–Dijiste que lo harías tú. Si no lo haces, lo haré yo –contestó ella con fiereza.

Sam los miraba fascinado.

–Bien –dijo sonriente–. Os dejaré discutiendo ese tema –volvió a apretarle la mano a ella y le lanzó una mirada apreciativa–. Avíseme cuando haya aclarado su situación matrimonial.

–Lo haré –contestó ella, no porque tuviera esa intención, sino para molestar a George.

–Nos vemos mañana –dijo Sam a George.

–Aquí no.

–No... –empezó a decir Sam.

Pero George lo interrumpió.

–Has dicho que podría irme a casa si tenía alguien que se quedara conmigo.

–No tienes.

–Sophy se quedará.

–Yo...

–George la miró.

–Compensación –dijo con suavidad–. ¿No has venido aquí por eso?

–Tú dijiste...

–Yo no lo sabía, ¿vale? Creía que saldría de aquí hoy. Pero ese medicucho –señaló a Sam con la cabeza– cree que necesito alguien que me cuide, me tome la mano, me seque la frente...

–Te dé una patada en el trasero –sugirió Sam.

George no se molestó en mirarlo. Se sentó en la cama con los puños apretados y los ojos brillantes.

–Eso es lo que tú haces, ¿no?

–¿A qué te refieres? –preguntó ella.

–Alquila una Esposa. Es tu negocio, ¿no? Yo te alquilo a ti.

Sam lo miró sorprendido.

Sophy dio un respingo. No encontraba palabras.

–Es sencillo –repuso George–. Es tu trabajo, ¿no? Tú viniste a ofrecerte, pero si ahora ya no quieres hacerlo como compensación, te pagaré.

–No seas ridículo.

–No tiene nada de ridículo. Es algo muy razonable. Una solución apropiada al problema –George se había puesto ahora en plan profesor y ella quería estrangularlo.

Él miró a Sam.

–Tú has dicho eso, ¿no?

El médico se frotó la nuca.

–Bueno, yo –se encogió de hombros con impotencia–. Sí, lo he dicho. Puedes irte a casa si hay alguien que te cuide, si descansas y no haces tonterías. No puedes levantar peso ni hacer esfuerzos ni subir o bajar corriendo las escaleras ni nada de sexo apasionado –añadió con firmeza.

–¡Qué mala pata! –musitó George. Sophy se ruborizó. Él la miró–. El doctor dice que puedo irme a casa.

Sophy apretó los dientes. La había arrinconado y no podía negarse. ¿Pero por qué lo había hecho?

Estaba claro que no deseaba estar casado con ella. Apretó los labios.

–¿Cuánto tiempo? –preguntó. No miraba a George, sino a Sam.

–Depende –repuso él–. Tiene que estar tranquilo. Además de la conmoción, cuyos efectos notará todavía, tiene un hematoma subdural.

Le contó que era imposible conocer la extensión de la hemorragia, que podía organizarse sola en cinco o seis días o podía tardar hasta veinte en formar una membrana. Cuanto más hablaba, más técnicas se volvían sus palabras. Sophy oyó la palabra «ataque» y sintió pánico. Oyó la palabra «muerte» y su desesperación aumentó.

–O sea, que esto no es una nimiedad –resumió cuando Sam cerró por fin la boca.

–No, no lo es. Hasta el momento va muy bien. Pero no se trata de un hombre sensato.

¿No? A ella George siempre le había parecido muy sensato. Miró al médico.

–Me estoy poniendo en lo peor –le aseguró Sam.

–Muchas gracias –repuso ella con sequedad.

–Pero es necesario. Por eso no dejaré que se vaya si está solo.

Hubo un silencio. Sam y George esperaban su respuesta. Sophy luchaba con su conciencia, sus sentimientos y sus obligaciones.

–Dice usted que podrían ser días –comentó al fin.

–Sinceramente, sería mejor que tuviera a alguien cerca varias semanas. O un mes.

–¿Un mes? –Sophy lo miró horrorizada.

Sam extendió las manos.

–Las probabilidades de que necesite algo son mínimas. Disminuirán a cada día que pase siempre que él no haga algo para complicar el tema. Yo sólo digo que, si está solo, no lo sabremos.

Sophy lo entendía, pero no le gustaba. No le gustaba nada. Y no podía imaginar que le gustara a George. Lo miró. Su rostro era inexpresivo y tenía los brazos cruzados.

–No puedo quedarme tanto tiempo –dijo Sophy–. Tengo una vida y un trabajo en California. No puedo dejar a Lily tanto tiempo.

–Tráela –intervino George.

–¿Quién es Lily? –preguntó Sam.

–Nuestra hija –respondió George.

Sam abrió mucho los ojos.

–¡Qué raro que nunca hayas mencionado nada de esto! –murmuró en dirección a George.

–No necesitabas saberlo –repuso éste.

Sam asintió, pero parecía todavía atónito.

No era el único.

La intención de Sophy había sido sólo pasar por el hospital el tiempo suficiente para devolverle a Tallie las llaves de George, darle las gracias por las pocas horas de sueño y decirle que Gunnar estaba bien. No esperaba tener que hablar con George; después del modo en que se habían despedido por la mañana, había asumido que no tenían nada más que decirse.

–Seguro que hay un Alquila una Esposa en Nueva York –comentó.

Sam no dijo nada.

–Te alquilaré una esposa –se ofreció ella.

–Bonito concepto de la retribución–murmuró George.

Sophy apretó los puños.

–Podrás irte a casa.

George la miró.

–Eso quiere decir que no lo harás.

Ella apretó los dientes. Se recordó que George no era él mismo. Y se recordó también que estaba en deuda con él.

Ella había deseado desesperadamente que funcionara su matrimonio.

Y descubrir que no era más que una obligación más, otro de los «líos de Ari» que George había tenido que arreglar, le había dolido más que el hecho de que Ari le diera la espalda con anterioridad.

Pero eso no era problema de George, sino suyo.

Y sabía que antes de seguir adelante, tenía que hacer lo que le había dicho a él que había ido a hacer allí... pagar sus deudas, aunque lo que hacía le recordara el viejo dicho de salir de la sartén para caer en el fuego.

En cuanto a por qué quería George que hiciera aquello si no quería estar casado con ella, quizá encontraría una respuesta, y quizá consiguieran por fin cerrar aquel capítulo de algún modo.

Se enderezó.

–De acuerdo. Lo haré.

Sam abrió mucho los ojos. George ni siquiera parpadeó.

–Pero sólo un mes... o menos si es posible –ella lo miró a los ojos–. Y entonces estaremos en paz.

Él sólo quería salir de allí ya.

Salir de la cama, vestirse y salir del hospital como

si hubiera pasado la noche en un hotel no muy agradable.

Por supuesto, no era así de sencillo. Para empezar, no tenía ropa, salir de la cama dolía terriblemente y caminar resultaba imposible. Llevaba muletas y una bota para darle apoyo al tobillo.

—Iré a tu casa a traerte algo de ropa —dijo Sophy.

—¿A mi casa?

Ella se encogió de hombros; sacó una llave del bolsillo del pantalón.

—Tu casa, sí. Tengo las llaves. Eso era lo que quería devolverle a Tallie.

Él la miró sorprendido.

—¿Tallie te dio la llave de mi casa?

Sophy volvió a encogerse de hombros.

—Cuando nos encontramos en el ascensor, yo estaba muy cansada, no había dormido en toda la noche. Y ella tenía cosas que hacer y no podía pasarse el día con Gunnar. Me ha pedido que fuera a tu casa en vez de a un hotel y que de paso durmiera unas horas. No he cotilleado nada.

George se encogió de hombros.

—Sólo me ha sorprendido, eso es todo.

—No fue idea mía, pero la cama ha estado bien y Gunnar es encantador —sonrió.

—Es un buen perro —comentó George.

Sus ojos se encontraron y hubo un momento de silencio incómodo, probablemente porque era la primera cosa en la que se mostraban de acuerdo desde que él abriera los ojos y la encontrara en la habitación del hospital.

—Muy bien —dijo George—. Vuelve a mi casa y tráeme ropa. Yo conseguiré el alta voluntaria mientras tanto –le dijo dónde estaban las cosas.

Sophy asintió.

–Volveré –volvió a estrecharle la mano a Sam al salir–. ¿Me dejará instrucciones? ¿Cosas que debo vigilar?

–De acuerdo.

Sophy salió llevándose consigo la bolsa de viaje y el maletín.

–Nunca me has hablado de Sophy –comentó Sam.

–No era necesario.

–Puede que para ti sí –el médico rió–. Debe de ser una historia interesante la vuestra. ¿Y con una hija? Creo que nunca te he conocido, George.

Éste lo miró.

–Piérdete –dijo.

–¿Un mes? Estás de broma –pero la voz de Natalie dejaba claro que no consideraba aquello un tema de risa–. Dime que no te has comprometido a quedarte un mes en Nueva York.

Sophy suspiró; sujetó el teléfono entre el hombro y la mandíbula y abrió un cajón de la cómoda de George para sacar ropa interior y calcetines.

–Con suerte no será un mes completo; quizá un par de semanas. Pero sí, es lo que he hecho.

–No tienes por qué hacer eso.

Sophy cerró el cajón.

–Estoy en deuda con George.

–¿Por qué?

–Por... cosas. Es un buen hombre –Sophy se acercó al armario. No quería hablar de George con Natalie pero no tenía elección. Eran socias y, si ella desaparecía tres o cuatro semanas, tenían que hacer algunos ajustes.

—Lo de «buen hombre» no explica nada —declaró Natalie.

Sophy le contó lo que había dicho Sam.

—Necesita tener a alguien cerca que compruebe que no sigue sangrando.

—¿Y crees que eres la única que puede hacer eso?

—No, no creo que sea la única. Pero de momento George cree que lo soy y —suspiró— tengo que seguirle la corriente.

—¿Eso te lo ha dicho el médico?

—No. Pero estresar a George no ayudará a que mejores.

—¿Y tú no vas a hacer que se estrese?

Sophy soltó una risita.

—Eso no puedo prometerlo —añadió una camisa y un pantalón caqui a la ropa anterior y lo metió todo en una bolsa de plástico que había encontrado en la cocina. Empezó a bajar las escaleras.

—No es por la herida en la cabeza —decidió Natalie.

—Puede que no —repuso Sophy—. A lo mejor es que necesito cerrar bien ese capítulo.

—Yo pensaba que ya lo habías cerrado.

—No estamos divorciados legalmente; ya te lo dije.

—Pero hace años que no vivís juntos. Él no ha estado a vuestro lado en absoluto.

—Yo no quería que estuviera.

—¿Y ahora sí quieres?

Sophy no sabía qué contestar. Sus emociones eran un torbellino; lo habían sido desde que la llamara el doctor de Urgencias. Además, lo que ella quisiera no importaba. Allí no se trataba de ella.

–Por supuesto que no. Sólo soy una esposa de alquiler. Es lo que hacemos, ¿no?

–Oh, vale –repuso Natalie después de un momento, aunque su voz no sonaba nada convencida.

–Tengo que hacer esto.

–Pues hazlo –hizo una pausa–. Te llevaré a Lily el sábado.

–Eres una joya –repuso Sophy, muy aliviada.

–Me alegro de que pienses así, pero la verdad es que quiero echar un vistazo al hombre que está jugando así con tu vida.

El hombre que jugaba con su vida estaba pálido como un muerto cuando esperaba en la acera apoyado en las muletas a que Sophy parara un taxi.

Por suerte, llegó uno casi enseguida. Ella abrió la puerta y él entró con dificultad y se derrumbó en el asiento con los ojos cerrados y el labio superior cubierto de sudor.

Cerró los ojos y Sophy aprovechó para observarlo. Cuando más lo hacía, más preocupada estaba. La respiración de él era muy superficial. Tenía los nudillos blancos, su nuez se movía al tragar saliva y daba la impresión de que tragaba mucha.

No abrió los ojos ni la boca hasta que el taxi paró delante de su casa. Sophy lo miró nerviosa.

–¿Puedes arreglarte? –preguntó cuando abrió la puerta.

–Sí –dijo él entre dientes.

Gunnar ladraba dentro de la casa. Sophy lo vio en uno de los ventanales con las patas en el alféizar.

–Se alegra de verte –dijo.

George sonrió débilmente.

—Y yo a él.

Subir las escaleras fue toda una tarea. No habría tenido problemas con las muletas si no se hubiera lesionado también el hombro al empujar a Jeremy fuera del camino del camión. De ese modo, una cosa complicaba la otra.

—Entra —le dijo a ella—. Yo acabaré por llegar.

Como Gunnar seguía ladrando, Sophy abrió la puerta y se apartó para que él pudiera subir las escaleras sin público. Gunnar se mostró encantado de verla. Saltó alegremente y le empujó las manos con el morro. Luego volvió a la ventana a vigilar a George.

Sophy fue a sujetar la puerta abierta para cuando él llegara. Cuando eso ocurrió, George estaba muy pálido.

—Sé que Sam ha dicho que te metas en la cama, pero no vamos a hacer más escaleras por el momento —le dijo ella.

Él no discutió. Se dirigió sin palabras a la sala de estar y se dejó caer en el sofá. Sophy corrió escaleras arriba y volvió con las almohadas y el edredón de su cama. George no se había movido y no abrió los ojos cuando llegó ella. Parecía completamente agotado.

Sophy le puso una almohada debajo de la cabeza y lo tapó con el edredón.

—¿Te traigo algo?

—No —contestó él en voz baja—. Estoy bien.

—Claro que sí —musitó ella con una sonrisa, incapaz de combatir el sentimiento de cariño, de amor, que la embargó—. ¡Oh, George! —tragó saliva con fuerza y parpadeó para reprimir unas lágrimas inesperadas.

Él abrió los ojos.

—¿Qué?

Sophy apartó la cabeza.

–Nada. Voy a por agua –echó a andar hacia la cocina.

–No necesito agua –le oyó decir.

–Pero yo necesito ir a por ella –repuso Sophy, sin volverse. Corrió a la cocina, donde, con un poco de suerte, conseguiría controlarse.

No podría sobrevivir un mes entero si se echaba a llorar a la menor ocasión.

La muerte no parecía una alternativa tan mala.

George no podía entender lo débil que estaba, lo mucho que le dolía la cabeza y lo mareado y fuera de control que se sentía.

Le resultaba imposible subir las escaleras hasta su cuarto. Lo único que quería hacer era cerrar los ojos y quedarse inmóvil.

Lo que no quería era lidiar con Sophy.

Por supuesto, era culpa suya que ella estuviera allí.

Cuando la oyó volver, abrió los ojos, aunque la habitación empezó a dar vueltas en cuanto lo hizo.

–No hace falta que te quedes.

–Claro que no –repuso ella. Pero no hizo ademán de moverse.

–Pues vete –insistió él con toda la firmeza de que fue capaz–. En el hospital tenías razón. Hay muchas enfermeras en Nueva York. Llama a una.

–Me parece que no.

–Sophy...

–Voy a sacar a Gunnar. Vamos, amiguito –chasqueó los dedos y el perro, que estaba al lado del sofá, se incorporó y la siguió obediente escaleras abajo.

George no los oyó volver.

Debía de haberse quedado dormido. No sabía cuánto tiempo. Lo primero de lo que fue consciente fue de un olor delicioso. Lo segundo, de que la cabeza ya no le dolía tanto. Se movió lentamente para experimentar. El dolor seguía allí, pero era menos explosivo. Dolía, pero no tanto como para darle náuseas.

Abrió los ojos.

Sophy estaba sentada en la mecedora con su ordenador portátil en el regazo y la cabeza baja. Su pelo cobrizo ocultaba su rostro. Él volvió la cabeza para intentar verla mejor y ella alzó la mirada.

—Ah, estás despierto. ¿Cómo te encuentras?

George movió la cabeza de nuevo.

—Mejor.

—¿Quieres que te traiga algo?

Él flexionó los hombros y descubrió que la mayoría de sus músculos seguían de huelga.

—Quizá el agua que prometiste antes.

Sophy dejó el ordenador y se levantó a buscarle un vaso.

—Gracias —dijo George cuando ella se lo tendió.

No esperaba que ella se arrodillara a su lado y le pasara el brazo por debajo de los hombros para alzarlo lo suficiente para que pudiera beber fácilmente. Le permitió hacerlo porque le ayudaba y porque el pelo de ella le rozaba la mejilla y podía inhalar su aroma como en otro tiempo. El aroma de ella era tan único que, aunque no hubiera sabido que ella estaba allí, le habría bastado con inhalar una vez para averiguarlo.

Tragó saliva muy deprisa y se atragantó. Tosió y la cabeza volvió a dolerle terriblemente.

Sophy dejó el vaso y apretó el brazo en torno a sus hombros.

—¿Estás bien?

George volvió a toser.

—Sí. Es que... me he atragantado. Estoy bien.

Ella lo ayudó a tumbarse y sacó el brazo de debajo de él. Se sentó en los talones.

—¿Seguro que quieres estar en casa? Puedo llamar a Sam y decirle que has cambiado de idea. O decirle que venga. Ha dicho que pasaría después del trabajo.

—No.

—Pero...

—¡No! No pienso volver y Sam no vendrá aquí. De eso nada. No dejaré que venga a ligar contigo y...

—¿Qué?

Él la miró.

—¿No has notado que Sam se mostraba muy interesado?

—¿Interesado en qué?

—En ti.

—¿En mí? Oh, no digas tonterías. Acabamos de conocernos. Hemos pasado cinco minutos hablando de ti y...

—Sam no necesita mucho tiempo, es muy rápido —murmuró George—. Tú no quieres tontear con él. No es de fiar.

Sophy lo miró.

—Yo tontearé con quien me dé la gana, gracias.

—Sam es un mujeriego.

—Ari era un mujeriego. Yo sé mucho de mujeriegos.

George se quedó frío de pronto. Ari. Siempre volvían a Ari. Apoyó la cabeza en la almohada.

–Y eso es lo que quieres, ¿verdad? –dijo con voz apagada–. Márchate, Sophy. Me das dolor de cabeza.

Cerró los ojos.

George se negó a comer la sopa de pollo que hizo ella.

Ella le dijo que, si no comía, llamaría a Sam.

Él la miró ceñudo, pero cuando ella empezó a marcar el número de Sam, tomó la cuchara y empezó a comer.

Al final comió dos tazones porque, una vez que empezó, terminó el primero rápidamente y Sophy se lo rellenó sin preguntarle.

No era su intención comer con él, pero cuando se retiró a la cocina después de rellenarle el tazón, él la llamó:

–¿Te escondes en la cocina?

–No, no me escondo –repuso ella, irritada–. Estoy dando de comer a Gunnar.

Y cuando el perro terminó de comer y volvió contento con George, a ella no le quedó otro remedio que llevar su tazón y regresar también.

Él tenía mejor aspecto. Después de haber dormido, tenía algo de color en las mejillas. Dijo que su dolor de cabeza había mejorado y que la habitación había dejado de dar vueltas. Se había sentado en el sofá para comer y seguía sentado.

–La sopa está buena –comentó George.

–Gracias.

–Siempre fuiste buena cocinera.

–Gracias de nuevo.

–Puedes sentarte. Voy a terminar con tortícolis si tengo que mirarte así mucho rato.

Sophy se sentó en el borde de la mecedora con el tazón de sopa en una mano y la cuchara en la otra. Comió en silencio y, cuando terminó, se levantó con brusquedad.

–Voy a sacar a Gunnar a dar un paseo.

No esperó a oír lo que tenía que decir George de aquello. Tomó la correa del perro y se fueron. Como era de noche, llevó al animal a la avenida Amsterdam y caminaron al sur desde allí. Se prometió que al día siguiente irían a Central Park, donde los perros podían correr sin correa antes de las nueve.

–Este paseo no es por ti –le dijo a Gunnar–. Es por mí.

Necesitaba alejarse un poco de George y de los sentimientos que evocaba en ella.

Caminó a buen paso mientras se decía que aquello era un trabajo, no una segunda oportunidad. Hacía lo que tenía que hacer para poder alejarse sabiendo que la balanza estaba equilibrada y que no le debía nada al hombre que se había casado con ella.

Se sermoneó hasta la calle 72 y a la vuelta caminaron más despacio y le contó a Gunnar cómo era su hija y cuánto le gustaban los perros. Pensar en Lily la ayudó y cuando llegaron a la casa se sentía tranquila y en control.

En cuanto abrió la puerta y le quitó la correa, Gunnar salió corriendo hacia la sala de estar. Sophy lo siguió con menos entusiasmo.

George no estaba allí.

Capítulo 4

G EORGE? –Sophy parpadeó al ver el sofá vacío–. ¡George!

Se asomó a la cocina, pero tampoco estaba allí. Ni en el baño del primer piso.

Salió del baño y volvió a la sala de estar.

–¡George! –gritó–. ¡Maldita sea!, ¿dónde estás?

Las muletas estaban apoyadas al lado del sofá, pero tampoco las había usado para subir los escalones hasta la casa, así que probablemente había aprovechado su ausencia para subir arriba.

–Idiota –murmuró ella.

Podía haberse caído. Sophy subió las escaleras de dos en dos hasta el dormitorio de él, donde había ido antes a buscar su ropa.

Entró en la estancia y encendió la luz. Se alegraba de que él hubiera tenido el buen sentido de meterse en la cama, pero la irritaba que hubiera esperado a que ella se fuera para hacerlo.

–¡Maldita sea, George! No puedes hacer esas cosas. Tienes que...

Pero la cama estaba vacía.

Tampoco estaba en la habitación contigua. Sophy empezó a preocuparse. ¿Era posible que se hubiera sentido mal y hubiera pedido una ambulancia?

–¡George! –bajó las escaleras y se asomó un momento a la habitación donde había dormido ella por si sólo había conseguido llegar hasta allí. También estaba vacía.

Quizá había intentado levantarse, se había caído y yacía en alguna parte comatoso.

—¡George! —gritó de nuevo cuando llegó a la sala de estar.

—¡Por el amor de Dios, deja de gritar! —la voz de él llegaba desde el despacho situado al lado del jardín trasero.

Sophy apretó los dientes y bajó las escaleras.

George estaba sentado en su silla de trabajo mirando la pantalla del ordenador y leyendo un correo electrónico. Gunnar, que evidentemente lo había encontrado enseguida, alzó la vista desde su posición a los pies de su amo y movió la cola.

George ni siquiera la miró.

Sophy lo miró con furia. Se acercó y miró la pantalla por encima del hombro de él.

—¿Esta ventana es la única que tienes abierta?

—Sí.

—¿Está guardado?

—Por supuesto.

—Bien —ella dio la vuelta a la mesa y desenchufó el ordenador. La pantalla se puso negra al instante.

—¿Qué demonios...? —él se volvió a mirarla—. ¿Por qué has hecho eso?

—Yo diría que es evidente. Te estoy salvando de ti mismo.

—Podías haberme dicho que apagara el ordenador.

—Ah, y eso habría funcionado, ¿verdad? Me parece que no.

Mientras hablaba, ella desconectó el cable del ordenador, miró a su alrededor en busca de un lugar donde guardarlo, abrió el cajón superior de un archivador, metió el cable, cerró el cajón con llave y se la guardó en el bolsillo.

George la miró atónito.

—¿Estás loca? Necesito trabajar. Por eso he venido a casa.

—No estás en condiciones de trabajar.

—¿Quién lo dice?

—Yo. Y Sam. Me has contratado para que cuide de ti y eso es lo que hago.

—En ese caso, estás despedida.

—Intenta echarme de aquí –lo retó ella–. No puedes. Y yo no me voy. He dado mi palabra y yo la cumplo.

—¿De verdad? –preguntó él.

Sophy supo que hablaban ya de algo diferente. Tragó saliva y se cruzó de brazos. Su mirada vaciló un segundo, pero luego se hizo más firme. Independientemente de lo que él pensara, ella siempre cumplía su palabra. Alzó la barbilla y lo miró.

—Sí.

George pareció a punto de discutir, pero acabó por encogerse de hombros.

—Quizá sí –comentó.

Ella no sabía lo que quería decir con eso y no estaba segura de querer saberlo. Permaneció con los brazos cruzados y la mirada firme.

—Tengo que trabajar en algún momento, Sophy.

—Esta noche no.

—Mi cabeza está mejor.

—Me alegro. Esta noche no.

Él parecía casi divertido.

—¿Te vas a quedar ahí diciendo eso hasta mañana?

–Si es preciso, sí.

George suspiró. Movió la cabeza.

–Eres una mandona.

Ella se encogió de hombros.

–Es hora de acostarse.

–¿Eso es una invitación? –George enarcó las cejas y sonrió débilmente.

–No, es una orden.

Él rió; e hizo una mueca por el efecto que eso le produjo en la cabeza. Se levantó y echó a andar despacio hacia las escaleras. Tenía que pasar a centímetros de ella para llegar allí.

Sophy quería apartarse, darle espacio de sobra, mantener la distancia. Pero percibía que, si lo hacía, él lo vería como una retirada. Y ella no tenía la menor intención de huir.

Permaneció donde estaba y le devolvió la mirada cuando él paró a su lado, tan cerca que ella sólo tenía que inclinarse un poco para besarle la mandíbula.

Él no dijo nada, simplemente la miró largo rato. No habló pero el aire parecía vibrar con alguna carga extraña de electricidad. Sophy no parpadeó.

Al fin él cojeó despacio hacia las escaleras.

–¿Vienes? –dijo por encima del hombro–. ¿O te vas a quedar ahí y prender fuego a mi despacho?

Sophy respiró hondo.

–No, te sigo... preparada para recogerte si te caes –dijo con mucha más ligereza de la que sentía.

Era como escalar el Everest.

Y George no podía quejarse, porque si lo hacía,

Sophy le diría que ya se lo había advertido o alguna cosa igual de irritante.

Tampoco podía ir a tumbarse de nuevo en el sofá porque, cuando por fin llegó al primer piso, ella dijo:

–Será mejor subir del todo aprovechando que te encuentras mucho mejor. Voy a por tus muletas.

Al menos eso le dio treinta segundos de respiro hasta que ella volvió a su lado con las muletas y dijo animosa:

–Te sigo.

George pensó que le estaría bien empleado que se cayera encima de ella.

No lo hizo. Pero no por falta de oportunidades. Contó cada escalón que subía. Había veinte en cada piso, pero parecían muchísimos más. Las muletas no ayudaban, como ya sabía por su experiencia en el exterior. Y bajar al despacho no había sido problema porque se había dejado deslizar con cuidado por la barandilla. Aunque no tenía ninguna intención de decirle eso a Sophy.

Ella lo seguía en silencio y George sentía sus ojos clavados en él.

–No hace falta que esperes –comentó entre dientes–. Puedes subir delante.

–No hay prisa –respondió ella–. No me importa.

A él sí le importaba, pero tampoco le iba a decir eso. Siguió avanzando despacio y, cuando por fin consiguió llegar a su habitación, su cama nunca le había parecido tan maravillosa.

Sophy había entrado delante de él. Apartó el edredón y ahuecó las almohadas. Cuando terminó y se apartó, él pudo dejarse caer por fin en el colchón, aunque intentó que no se notara el alivio que sentía.

–La camisa –dijo Sophy antes de que él llegara a tumbarse.

George la miró y parpadeó. Ella tenía la mano extendida.

–No puedes dormir vestido –dijo con paciencia.

Pues claro que podía. Lo hacía muchas veces después de trabajar hasta altas horas. Pero ella se arrodilló entre sus piernas y le desabrochó la camisa como si tuviera cuatro años. Después se incorporó y se la quitó con gentileza.

–Túmbate –indicó.

–Creí que habías dicho que no podía dormir con esta ropa.

–Y no lo harás.

Ella le puso una mano en el pecho y le dio un empujón suave para que se tumbara. Le alzó las piernas en la cama y le quitó la bota ortopédica, el zapato y el calcetín. Empezó a desabrocharle el cinturón.

George la miró interesado.

–No creas que esto va a llevar a ninguna parte –comentó ella.

Le quitó el cinturón y le bajó la cremallera del pantalón con la misma eficiencia y falta de interés que podía mostrar una enfermera.

–Levanta –le ordenó.

Y él apenas tuvo tiempo de reaccionar cuando ella le bajaba ya el pantalón por las caderas y las piernas. Sophy tiró del edredón, lo tapó con él y se apartó.

–Ya está –dijo con aire satisfecho–. Voy a buscarte un vaso de agua. Puedes tomarte una de las pastillas que te ha dado Sam y dormir.

Desapareció un momento en el cuarto de baño y regresó con un vaso de agua y la susodicha pastilla.

–¿Para qué es? –preguntó él.

–Para el dolor.

–¿Y no se te ha ocurrido dármela antes de que subiera tres pisos de escaleras?

–Podías habérmela pedido tú. Si te la hubiera ofrecido yo, la habrías rechazado, ¿no es así?

George frunció el ceño y no respondió porque ella probablemente tenía razón.

Sophy le sonrió.

–Eso me parecía. Querías demostrarme lo duro que eres.

George no contestó. Cerró los ojos y tuvo la sensación de que no quería volver a abrirlos nunca más.

–Buenas noches –musitó Sophy.

Echó a andar hacia la puerta.

–Sophy.

Ella se volvió.

–¿Qué?

–¿No me das un beso de buenas noches?

Sophy sabía que sólo quería provocarla.

Porque se había quedado mirando cómo subía las escaleras sin marcharse y dejar que lo hiciera solo. Porque había mantenido la distancia y el equilibrio mientras le quitaba los pantalones y la camisa. Porque casi había escapado con su cordura intacta.

Pero George no iba a dejar que ocurriera eso.

–¿Qué? –respondió ella–. ¿Para que te suba la tensión? A Sam no le gustaría.

Si había algo que podía subirle la tensión, seguramente era mencionarle a Sam.

La sonrisa burlona desapareció inmediatamente de

su cara. George apoyó la cabeza en las almohadas y miró el techo.

—Y Dios sabe que no queremos hacer eso —comentó con amargura.

Ella lo miró sorprendida. Ella se refería al Sam neurólogo y él parecía estar pensando en el Sam mujeriego. Frunció el ceño.

—¿Qué te pasa con Sam? —preguntó.

Él volvió levemente la cabeza para mirarla.

—¿Con Sam? Nada.

—¿Y qué es lo que insinúas?

—Nada. No insinúo nada.

Pero era obvio que sí. Y resultaba igual de obvio que no iba a hablar de ello. Sophy movió la cabeza.

—Muy bien. Como quieras.

Y a continuación, porque no iba a darle la satisfacción de saber que la había alterado, dijo:

—Y por lo que pueda servir, aquí tienes tu beso de buenas noches.

Cruzó rápidamente la estancia, antes de que tuviera tiempo de arrepentirse, se inclinó, lo besó un segundo en los labios y retrocedió sonriente.

—Buenas noches, George —dijo con firmeza. Se giró y apagó la luz.

—No ha sido un gran beso —comentó él.

Ella siguió andando, negándose a dejarse picar y procurando no darse cuenta de que le cosquilleaban los labios.

—Dulces sueños, Sophy —dijo él a sus espaldas.

Ella se llevó un dedo a los labios y se dijo que lo que sentía no tenía nada que ver con haberlo besado.

Era sólo porque... porque...

No lo sabía. No se le ocurría qué otra cosa podía

haberlo causado, y por fortuna no tenía que hacerlo porque sonó su móvil.

Era un número local, pero no lo reconoció.

–¿Sophy? Soy Tallie. El móvil de George no contesta. He llamado al hospital y me han dicho que su esposa se lo ha llevado a casa.

–No ha sido idea mía –Sophy le explicó lo que les había dicho el médico–. No quería dejarlo marchar a menos que hubiera alguien con él. Y George me ha contratado a mí.

–¿Contratado?

–Bueno, él lo ha llamado así. No temas, no dejaré que me pague. Se lo debo, así que le voy a devolver el favor y pagarle lo que le debo.

–Estoy segura de que George no lo ve de ese modo. Pero al menos te quedas aquí. Eso es maravilloso. ¿Cuándo llega Lily?

Sophy notó que Tallie esperaba que se quedara tanto como para que fuera también su hijo.

–El sábado –contestó–. La trae mi prima.

–Estupendo. Os invitaremos a casa. Elías es muy bueno en la barbacoa. O si George no está bien, iremos allí y llevaremos comida.

–Está todavía bastante débil –contestó Sophy–. Creo que de momento necesita paz y tranquilidad.

–Pues esperaremos a que estéis preparados –decidió Tallie–. Es muy buena noticia. Ya verás cuando se enteren mis padres.

–No –protestó Sophy–. Están muy lejos. No tienes por qué hablarles del accidente. Se preocuparán. Y yo no quiero que les digas que estoy aquí.

Hubo una pausa.

–Sí –acabó por decir Tallie–. Seguramente tienes

razón. Será mejor no decir nada hasta que esté todo arreglado.

–¡Tallie! –la riñó Sophy–. Esto no es una reconciliación. Estaré aquí poco tiempo. Yo vivo en California y George vive aquí. Nos vamos a divorciar.

–Podéis cambiar de idea.

–Buenas noches, Tallie –dijo Sophy con firmeza–. Me voy a la cama. Ha sido un día largo.

Se duchó, se puso la camiseta larga que había llevado para dormir, se lavó los dientes, la cara y se disponía a meterse en la cama cuando sonó de nuevo el teléfono.

–Hola, soy Sam.

–Hola.

–Quiero preguntar por mi paciente. Sospecho que serás más sincera tú que él.

–Está vivo –repuso Sophy–. Gruñendo y protestando. He sacado un rato al perro y ha aprovechado para bajar a trabajar a su despacho.

–Vas a tener que vigilarlo.

–Lo haré.

–Esta noche toda la noche.

–¿Cómo que toda la noche?

–No es preciso que la pases en vela, pero tienes que despertarte y pasar a verlo de modo regular. Y estar donde está él.

–¿Dónde?

–Donde esté él.

–En la cama.

–Perfecto. Despiértalo cada par de horas. Haz que hable contigo, comprueba que lo que dice tiene sentido. Llámame si hay problemas. Haz lo que tengas que hacer.

Colgó el teléfono y Sophy se quedó mirando el aparato con ganas de tirarlo con fuerza contra la pared. Luego sintió el impulso de fingir que no había recibido aquella llamada, de meterse en la cama y olvidarla. Podía poner su despertador de viaje y levantarse a ver a George cada par de horas.

¿Pero y si él la necesitaba?

No la llamaría, eso seguro. Era demasiado terco para admitir que necesitaba ayuda. ¿Pero y si la necesitaba de verdad?

–¡Oh, maldición! –murmuró. Se puso la bata de viaje, arrastró el edredón y la almohada con ella y subió al cuarto de George.

Estaba oscuro. Y silencioso. Probablemente él dormía. Ella confiaba en que fuera así. Se acercó al lado más cercano de la cama y empezó a acomodarse en el suelo.

–¿Se puede saber qué haces?

Ella siguió extendiendo el edredón. Gunnar se acercó a ver lo que hacía.

–Voy a dormir aquí.

–¿En el suelo? –George se puso de costado y la miró en la oscuridad–. ¿Te has vuelto loca?

–Ha llamado Sam. Dice que tengo que estar pendiente de ti.

–¿En serio? –George parecía de pronto de mucho mejor humor–. ¡El bueno de Sam!

Sophy hizo una mueca. Se sentó en el edredón, que parecía muy fino entre ella y el suelo. Al menos estaría despierta para despertarlo.

–No seas idiota. Súbete a la cama.

–Estoy bien –ella se envolvió en el edredón y puso la cabeza en la almohada. Gunnar acercó la cara y le tocó la mejilla con el morro. Ella sacó una mano y le acarició la oreja.

–Sophy.

–Estoy bien.

–Tan bien como yo subiendo esas escaleras.

–Exactamente –el suelo estaba muy duro.

George soltó una palabrota y Sophy oyó crujir la cama. No hizo caso... hasta que se dio cuenta de que él se había levantado y colocaba el edredón de su cama en el suelo al lado de ella.

Ella se sentó en la oscuridad y miró su camiseta blanca a la luz de la luna mientras él se tumbaba a su lado.

–¿Qué crees que estás haciendo? –preguntó.

–Ser tan estúpido como tú –repuso él. Se estiró sobre el edredón arrugado–. Y eso es muy estúpido. Este suelo está durísimo.

–Pues vuelve a la cama –gruñó Sophy–. Tienes que estar en la cama.

–Eso depende de ti.

Ella refunfuñó.

–Ya estás otra vez obligándome a hacer lo que crees que más me conviene –señaló.

–Y a veces hasta tengo razón –musitó él.

Lo cual era cierto.

–Muy bien.

Ella se puso en pie, lanzó el edredón sobre la cama de él y se colocó encima.

–Ah, se impone la cordura –George intentó subir también a la cama, pero para él era más difícil. Sophy pensó que le estaba bien empleado, pero casi enseguida se sintió culpable. Él estaba así porque le había salvado la vida a un niño.

–Dame la mano –dijo.

Extendió la suya y él se aferró a ella de inmediato.

Incorporarse era más complicado de lo que Sophy había imaginado. Él no llevaba la bota de sujeción, así que debía tener cuidado con el tobillo además de con el hombro.

—No puedo creer que hayas hecho esto —ella se movió para pasarle un brazo por el cuerpo y ayudarlo a incorporarse.

—Es culpa tuya —repuso él entre dientes.

Por fin se puso en pie y consiguió subir a la cama. Sophy le echó el edredón por encima y a continuación se metió en la cama por el otro lado. Debía de haber al menos sesenta centímetros entre los dos. Distancia de sobra siempre que estuvieran despiertos.

Porque dormida no se fiaba de sí misma y no quería despertar y encontrarse en brazos de George.

—Te he dicho que la cama era grande —comentó George.

Sophy pensaba que no era lo bastante grande.

—Gunnar —dijo—. Aquí, Gunnar.

El perro no se hizo de rogar. Su forma negra los miraba desde los pies de la ama.

—¡Por el amor de Dios! —murmuró George.

—¿No le dejas que se suba a la cama? Ah, vamos cuéntame otra —Sophy palmeó el espacio entre ellos y Gunnar se acercó al instante y se tumbó con un suspiro de contento.

Sophy se volvió de lado, dando la espalda al perro y a George y se preguntó si iba a poder dormir algo antes de que tuviera que despertarse de nuevo.

Cuando abrió los ojos, le sorprendió ver que era por la mañana y que el cuerpo cálido contra el que estaba acurrucada no estaba cubierto de pelo negro.

Capítulo 5

GEORGE supo en qué momento exacto se despertó Sophy.

La respiración de ella cambió de ritmo. Y al darse cuenta de dónde estaba, su cuerpo se puso tenso. Abrió los ojos con algo parecido al horror.

–Se fue –comentó él, negándose a disculparse, a retirarse ni a hacer ningún esfuerzo por desenredar las extremidades de ambos. Seguramente se arrepentiría más tarde, pero por el momento no. Y por el momento pensaba quedarse donde estaba.

–¿Gunnar? –Sophy se movía ya, ponía espacio entre ellos.

George no la retuvo. La dejó ir como si no le importara nada.

–¿Qué hora es? –preguntó ella. Se sentó en la cama y se pasó los dedos por el pelo.

–Poco antes de las ocho –George señaló con la barbilla el reloj que había en la cómoda.

Sophy lo miró como si la hubiera decepcionado.

–Yo tenía que despertarte durante la noche.

–Estabas cansada. Y debías de estar cómoda –insinuó él.

Ella lo miró de hito en hito. Sacudió la cabeza, como si intentara encontrar sentido a lo que había ocurrido. Se encogió de hombros y se cruzó de brazos.

Gunnar llegó y empujó a George con el morro. Él lo rascó detrás de las orejas como hacía todas las mañanas.

–Gracias por marcharte anoche –le dijo al perro–. Muy agradecido –añadió, como si Gunnar lo hubiera hecho adrede.

Y probablemente era así, pues una vez que George estuvo seguro de que Sophy se había dormido, se dedicó a darle golpecitos al perro en la pata.

A Gunnar no le gustaba que le tocaran las patas, así que acabó por levantarse y tumbarse en la alfombra al lado de la cama. Luego, a menos que las costumbres de Sophy hubieran cambiado, sólo era cuestión de esperar.

George había esperado.

Estaba acostumbrado a esperar. Con ella tenía la sensación de haber esperado eternamente. De hecho, estaba tan cansado que se quedó dormido esperando.

Pero despertó en algún momento de la noche y descubrió que Sophy estaba acurrucada contra él. Se volvió instintivamente hacia ella. Y como ella seguía dormida, le acarició el pelo, le besó la barbilla e incluso se permitió un beso lento en la frente.

¿Por qué no? La autoconservación no era tan importante como se decía.

Pero ahora se sentía frustrado pensando qué más cosas le habría gustado hacer con ella. Salió de la cama y cruzó la habitación a la pata coja para buscar ropa interior limpia.

Vestirse fue una batalla. Pasar la camiseta por la cabeza no fue fácil porque le dolía el hombro; pero la cabeza ya no parecía un yunque al que dieran martillazos continuos y los moratones no estaban peor.

Cuando se pusiera una camisa de manga larga, la mayoría ni siquiera resultarían visible.

Aun así, cuando se abrochaba el pantalón, la cabeza le daba vueltas y, cuando entró en el baño a afeitarse, acabó agarrándose a la encimera para no caer.

No le apetecía afeitarse, pero la barba oscura de más de dos días no le sentaba bien. Abrió el grifo de agua caliente y empezó a enjabonarse.

—¿Qué haces? —preguntó Sophy a sus espaldas.

George la miró en el espejo. Ya se había vestido. Él acercó la cuchilla a su cara.

—Adivina.

Ella apretó los labios como si pensara que él hacía aquello para provocarla.

—Ten cuidado, no te caigas —se volvió hacia la cama—. Cuando termines, tendrás que volver a tumbarte.

A juzgar por el modo en que volvía el yunque al interior de su cabeza, George no dudaba de que ella tenía razón. Pero no le importaba.

—Tengo una clase a las once —dijo.

Ella se volvió y sus miradas se encontraron de nuevo en el espejo.

—¿Clase? No digas tonterías. Tienes que volver a la cama, no ir a clase.

Él siguió con su tarea sin contestar. Sus dedos no estaban muy firmes. Al paso que iba, se cortaría la garganta. La cabeza le daba vueltas y quería desesperadamente terminar y sentarse, pero no podía descansar con Sophy mirándolo. En vez de eso, apoyó su peso en el lavabo.

—¿Se va a parar el mundo porque no des tu clase? —preguntó Sophy.

—Es mi trabajo.

–Ah, sí. Deber. Responsabilidad –ella estiró el edredón en la cama. Sus ojos lanzaban chispas.

George intentó mantenerse erguido.

–¿Tú no crees en eso? –preguntó.

–Pues claro que creo en eso. Pero también creo en la cordura y el sentido común. ¿Tú no?

Él empezó a apretar los dientes, pero eso hacía que le doliera la cabeza.

–Sólo voy a dar una clase, no voy a conducir ganado, subir escaleras ni taladrar suelos.

–¿Y crees que es tan importante que vayas? –ella lo miró a los ojos.

–No sería el fin del mundo que no fuera, pero puedo ir y debería hacerlo. Es cuestión de dar ejemplo –explicó él.

Ella apretó los labios. Suspiró.

–Muy bien. Si no te cortas la garganta afeitándote antes de que sea hora de salir, tomaremos un taxi.

Él se detuvo con la cuchilla en mitad de la mejilla.

–¿Cómo que tomaremos?

Sophy se encogió de hombros.

–Si tú vas, yo voy contigo. Es mi trabajo.

Ella no sabía nada del trabajo de George.

Sabía que era físico y que enseñaba Física en la Universidad de Columbia. Su hermana le había dicho que había tenido muchas ofertas, pero había aceptado aquélla dos años atrás, cuando terminó su trabajo en Suecia.

–Supongo que tenía razones para volver a Nueva York –había dicho Tallie.

Pero a Sophy no se le ocurrió ninguna aparte de

que sus padres y su hermana estaban cerca. Desde luego, ella no lo estaba. Al terminar su matrimonio se había marchado de Nueva York y él no enseñaba Física cuando estaban casados.

Hacía algo relacionado con la Física, pero ella no sabía qué. Él no se lo había dicho.

Ari siempre había dicho que George era muy inteligente. Sophy sabía que tenía un doctorado y su familia decía que estaba muy solicitado. En la época de su matrimonio, Socrates, el padre de George, le había dicho que tenía una oferta en una universidad de Suecia y esperaba aceptarla unos meses después de la boda.

Sophy había preguntado a George, pero éste se había limitado a decir que no era nada importante.

Para ella sí era importante. Y si él se hubiera tomado en serio su matrimonio, habría compartido aquello con ella. Después de todo, era algo relacionado con su futuro.

Pero él había esquivado sus preguntas, no sólo sobre aquella oferta, sino también sobre lo que hacía, con lo cual Sophy había acabado por sentirme mal preguntando, como si se entrometiera donde no tenía derecho a entrar.

Pero ese día iría a clase con él, le gustara o no.

George no discutió. Y eso le demostró que debía sentirse muy mal y que ella hacía bien en acompañarlo, siempre, claro, que él no recuperara antes el sentido común y se quedara en casa.

—Prepararé el desayuno —dijo—. Gunnar ha salido una vez. ¿Le doy un paseo?

—Si quieres, sí. Yo suelo llevarlo al parque por la mañana. Los perros pueden estar sin correa en Central

Park hasta las nueve. Pero no pasa nada porque se pierda un par de días. Puedes sacarlo esta tarde.

–Vamos, pues –dijo Sophy a Gunnar–. Daremos una vuelta rápida ahora y luego prepararé el desayuno. Quizá tu amo haya visto la luz cuando volvamos.

Gunnar empezó a saltar impaciente, como si entendiera todas las palabras de ella.

George hizo una mueca y siguió afeitándose.

Pero Sophy había visto que se apoyaba con fuerza en el lavabo y sabía que era lo bastante terco para caerse antes que sentarse y descansar con ella allí.

–Los hombres son idiotas –dijo al perro cuando bajaban las escalera.

Gunnar no la contradijo.

Dieron una vuelta de quince minutos. Cuando volvieron, ella preparó huevos revueltos y tostada y sacó también cereales.

Hacía media hora que tenía el desayuno preparado cuando George bajó las escaleras. Cuando Sophy lo vio, apoyado en las muletas, con algún corte que otro en las mejillas afeitadas y la cara pálida, sintió un fuerte impulso de correr hacia él, pero se contuvo.

Se agarró al borde de la encimera para no moverse del sitio y sonrió.

–¡Ah, has llegado! Bien. El desayuno está listo –señaló la mesa.

Suponía que él comería habitualmente en el mostrador que separaba la cocina moderna de la zona de comedor más formal; pero no quería tenerlo encima mientras ella trabajaba en la cocina.

–Yo no como ahí –dijo él con brusquedad.

–Hoy sí.

Él negó con la cabeza.

–No. Es mucho más fácil levantarse y sentarse en un taburete que en una silla.

Sophy suspiró, irritada porque él tenía razón. Cambió el desayuno al mostrador.

–¿Así está bien?

–Sí, gracias –él sonrió.

George no solía sonreír. Era demasiado serio, demasiado intenso. Su expresión habitual era grave y costaba imaginárselo bromeando.

Por eso, cuando sonreía, su sonrisa casi conseguía parar corazones. O al menos el corazón de Sophy.

Recordó lo serio que estaba cuando la enfermera le puso en brazos a Lily a los pocos minutos de nacer. Tenía entonces una expresión entre maravillada y aterrorizada. Pero luego Lily intentó enfocar sus ojos en él y cerró instintivamente la manita en torno a un dedo de él y George sonrió ampliamente.

¡No! Sophy apartó aquel recuerdo y abrió la puerta del frigorífico.

–¿Quieres zumo? –preguntó.

–Sí, gracias.

Ella le sirvió zumo de naranja y empezó a lavar los platos.

–¿Tú no comes? –preguntó él.

–Ya he comido –y no quería sentarse con él, no quería provocar más recuerdos–. Y necesito hablar con Natalie. Tengo trabajo propio, ¿sabes?

–Lo sé –repuso él. Y ella se sintió de inmediato culpable por recordarle sus responsabilidades. Después de todo, él no le había pedido que lo acompañara.

Movió la cabeza y salió de la habitación.

George, como era de esperar, no cambió de idea

respecto a ir a trabajar, así que Sophy bajó las escaleras detrás de él llevándole el maletín.

En la avenida Amsterdam paró un taxi y él subió y se sentó sin decir nada. Apoyó la cabeza en el respaldo del asiento y cerró los ojos hasta que llegaron a la universidad.

–¿Qué edificio es? –preguntó ella cuando se acercaban.

Él se lo dijo. Y ella se lo dijo al taxista para que los acercara lo más posible. Aun así, tenían que andar un poco al salir del taxi y George se puso muy pálido e incluso se detuvo una vez.

–¿Doctor Savas? ¡Oh, Dios mío! –una rubia de ojos brillantes corrió hacia ellos cuando se dirigían a la entrada del edificio–. ¿Qué ha pasado?

Otros estudiantes, casi todas chicas, se unieron a ella y rodearon a George, casi aplastando a Sophy en el proceso.

Ella, divertida, se apartó, curiosa por ver cómo reaccionaría él a esas muestras de preocupación, a tantas mujeres decididas a cuidarlo.

–¡Sophy! –gritó George. Y el mar de estudiantes se abrió y apareció él buscándola con los ojos. Algo que parecía alivio cubrió su rostro al verla. Le sonrió y las estudiantes lanzaron murmullos de consternación.

Una de las chicas preguntó:

–¿Quién es ella?

–¿A quién le importa? –contestó otra–. Es vieja.

Sophy no se molestó en contestar. Pero George sí.

–Es mi esposa –señaló la puerta con la cabeza–. Por aquí –esperó a que ella se reuniera con él antes de avanzar.

Las chicas los siguieron descorazonadas.

–No sabía que estaba casado –gruñó una.

–¿A quién le importa que esté casado? –preguntó otra.

Tres o cuatro soltaron risitas.

George siguió andando, pero cuando llegó a su despacho, parecía atormentado. Sophy le tomó la llave y abrió la puerta.

–Cierra –le dijo él en cuanto entraron. Y se sentó pesadamente en su silla.

–¡Caray! –comentó Sophy–. La universidad ha cambiado desde que fui yo. ¿Siempre se portan como si fueras un músico famoso?

–No siempre. Y menos últimamente. Las de mi clase creen que soy muy duro y no deberían haberme elegido como profesor.

–Pero... –musitó ella.

Él se encogió de hombros.

–Son chicas. ¿Qué quieres que diga?

–¿Insinúas que todas las chicas son unas bobas que se dejan llevar por las hormonas?

–Todas no –repuso él–. Tú no.

–No –replicó Sophy–. Yo no. ¿Hay algo que pueda hacer ahora para ayudar?

George le señaló los archivadores de su despacho y le pidió el material que quería para la clase del día. Iba a demostrar algo con botellas, agua y hielo. Sophy tuvo que ir a buscar el hielo al frigorífico de la sala de profesores.

–¿Algo más? –preguntó luego.

–Creo que está todo –George tomó las muletas y echó a andar hacia su clase. Y Sophy lo siguió con los brazos llenos de botellas, hielo y una jarra de agua.

George fue toda una revelación en el aula. Seguramente era un profesor duro y hacía trabajar a sus alumnos, pero también los conquistaba inmediatamente al mismo tiempo que les enseñaba.

Aunque estaban preocupados por sus lesiones, él no dejó que hablaran mucho de ello.

–Estoy aquí, ¿no? –preguntó con brusquedad–. Vamos a trabajar.

Y aunque muchas de las chicas estuvieran encaprichadas con él y muchos de los chicos quisieran impresionarlo, él se centraba en la Física, y en hacer que cobrara vida para ellos.

Era una clase de primero, de chicos de dieciocho y diecinueve años que tenían su primer encuentro con la materia y George estaba decidido a que fuera memorable.

Sophy conocía lo suficiente del sistema universitario para saber que profesores de la categoría de George sólo aceptaban alumnos de primero si les importaban. Y a él le importaban.

Cuando un par de chicas se volvieron a mirarla de arriba abajo, él les dijo:

–Ella no da la clase, soy yo. Prestadme atención a mí.

–¿Qué hace aquí? –preguntó una de ellas.

George dedicó una sonrisa a Sophy y contestó:

–Está para asegurarse de que no me caigo redondo. ¿Verdad, cariño?

Nunca la había llamado así y a ella le dio un vuelco el corazón.

–Así es –contestó.

La clase prosiguió con George dando una conferencia sobre el tema antes de montar el experimento que seguiría.

Sophy sospechaba que ella era la única que notaba que él se agarraba al podio con tanta fuerza que probablemente se habría caído sin él.

Después de montar los objetos del experimento y dejar sueltos a los estudiantes, hubo mucho ruido de hielo y agua. Sophy pensó que George iría a sentarse, pero no lo hizo; caminó de grupo en grupo aconsejándolos y alentándolos.

Negó con la cabeza ante distintas preguntas.

—Tenéis que descubrir cosas solos. Es el único modo de poder entenderlas.

Y al fin ellos parecieron entenderlo.

Y Sophy también. Comprendió el experimento, pero sobre todo comprendió algo más sobre George.

Él era todo lo que ella siempre había creído: fuerte, decidido, trabajador, responsable. No tenía por qué estar allí, podía haberse quedado en casa. Pero no lo hacía porque su trabajo le importaba y, mientras pudiera tenerse en pie, cumpliría con él.

Cuánto tiempo pudiera ser eso estaba abierto a debate, pues en cuanto terminó la clase, él se apoyó en la pared del aula y siguió dedicando toda su energía y atención a sus alumnos. Pero mientras hablaba y escuchaba, ella vio que tenía sudor en el labio superior y notó cómo se le hundía la cara a ambos lados de la boca.

—Disculpad —dijo en el tono fuerte de la profesora de preescolar que había sido antes de que Natalie y ella fundaran juntas su negocio—, pero se acabó el tiempo.

Todos se volvieron a mirarla atónitos. Ella sonrió.

—Sólo hago mi trabajo —explicó—. Asegurarme de que el doctor Savas no se caiga redondo.

Los alumnos se disculparon enseguida y les llevaron las botellas y jarra hasta el despacho mientras ella tendía las muletas a George y esperaba a que saliera delante del aula.

Cuando llegaron al despacho, él se dejó caer en su silla, inclinó la cabeza y cerró los ojos.

–Gracias.

Sophy lo miró sorprendida y asustada. Guardó las botellas y la jarra e intentó pensar argumentos para inculcarle sentido común y volver a casa en lugar de ir al laboratorio, donde sus alumnos de postgrado trabajaban en proyectos.

En el taxi le había dicho que el curso de introducción era el único que daba en el campus. El resto de su trabajo, supervisar investigaciones y hacer las suyas propias, tenía lugar en los laboratorios del río Hudson, al norte de la ciudad. Allí era donde tenía que ir después de clase.

Sophy se sentó, cruzó las manos y esperó que empezara la discusión.

George seguía sin moverse. Pero al fin, cuando fue obvio que ella había dejado de moverse y los únicos ruidos eran del exterior del edificio, alzó la cabeza y la miró.

Sophy le devolvió la mirada, preparada para la lucha.

–¿Por qué estoy seguro de saber lo que vas a decir? –murmuró él.

Sophy abrió la boca, pero antes de que pudiera decir nada, él se levantó de la silla y la miró.

–Vámonos a casa –dijo.

Capítulo 6

ELLA lo llevó a casa, pero no a su cama. Cuando llegaron, la respiración de él era superficial y jadeante y sólo consiguió llegar hasta el sofá de la sala de estar.

–Descansaré ahí unos minutos –dijo, hundiéndose en él con el alivio de un camello que llegara a un oasis. Se desperezó, suspiró y se quedó dormido casi al instante.

Sophy miró su cara pálida y las líneas de tensión que persistían alrededor de su boca.

–¿Tú qué opinas? –preguntó a Gunnar.

El perro se acercó a la puerta de atrás que daba al jardín, luego a la delantera y miró su correa. Sophy supuso que podía sacarlo. Su paseo de la mañana había sido breve.

–Éste también será breve –dijo al perro. No quería dejar a George solo mucho tiempo.

Se cambió de ropa, dejó una nota en la mesita delante del sofá por si él se despertaba y se llevó a Gunnar a Central Park. El animal se mostró disgustado porque no le quitaba la correa, pero cuando ella corrió con él por el sendero, no pareció importarle tanto. Apenas estuvieron media hora fuera y, cuando volvieron, George daba la impresión de que no se hubiera movido.

Ella fue a buscar su portátil y volvió a la sala de estar. Así podía trabajar y vigilarlo al mismo tiempo. O, al menos, ésa era la teoría.

De hecho, pasó mucho más tiempo mirando a George. Su cuerpo apenas se había movido pero el sueño había relajado su rostro. Ahora parecía más joven, ya no tenía la venda en la cabeza y el pelo moreno le caía por la frente. Los labios ya no estaban apretados por el dolor, sino más suaves y levemente entreabiertos.

Se parecía a como era cuando ella lo había conocido. Lo cual no era bueno, porque removía en ella los mismos sentimientos, sentimientos que habían sido tan equivocados entonces como ahora. Entonces ella era la «chica de Ari», y ahora la esposa alquilada de George.

Sí, seguía siendo su esposa de nombre, pero sólo de nombre. No tenía sentido fingir otra cosa. Su matrimonio nunca había sido real, y no tenía sentido estar allí mirándolo y desear que lo fuera.

Se levantó y se acercó a la puerta de atrás.

—Vamos —dijo a Gunnar, que estaba tumbado en la alfombra al lado de George—. Necesito quemar energías.

El perro pareció entenderla; se acercó a la cesta que había al lado de la puerta de la cocina, tomó una pelota de tenis, luego otra y la miró esperanzado. Ella tomó la cesta entera y salió con Gunnar al jardín de atrás.

No supo cuánto tiempo estuvieron allí. Fue a ver varias veces a George, que seguía sin moverse, y lanzó pelotas al perro hasta que anocheció.

Y cuando volvieron a entrar, dejó a Gunnar tumbado al lado del sofá y se llevó el portátil a la cocina.

Desde allí podía oír a George si necesitaba algo. Pero no tendría que mirarlo. No tendría que recordar.

No podía permitirse desear.

George durmió el resto del día.

Cuando por fin despertó, eran casi las ocho y media. Estaba a punto de dormirse otra vez cuando Sophy insistió en que cenara algo.

Esperaba que él se resistiera porque eso era lo que hacían los hombres tercos, pero George la sorprendió.

Tomó un par de analgésicos porque la cabeza le dolía todavía, pero después se sentó en el sofá y tomó la bandeja con el tazón de sopa y el trozo de pan integral que le tendió ella.

—Puedo ir a la cocina —protestó.

Pero cuando ella le dijo que no, no discutió, sino que comió obediente. Parecía más espabilado. Terminó tanto la sopa como el pan y Sophy se quedó a observarlo.

Pero cuando se sorprendió mirándolo y deseando, se disculpó bruscamente.

—Tengo cosas que hacer —dijo—. Voy a terminar con los platos.

Volvió apresuradamente a la cocina, donde se dedicó principalmente a hacer ruido con los platos para intentar distraer su débil voluntad.

Pensó que lo estaba haciendo bastante bien, hasta que oyó ruido detrás de sí y, al volverse, vio a George de pie en el umbral con el tazón en la mano.

—Me siento como Oliver Twist —dijo él. Parecía muy adulto, muy hombre y para nada un pobre enfermo indefenso—. ¿Puedo repetir?

–Por supuesto –ella le quitó el tazón–. Podrías haberme llamado. ¿Por qué no usas las muletas?

–No puedo llevar el tazón con ellas –George se encogió de hombros–. Además, el tobillo no está roto, es sólo un esguince. La bota lo mantiene sujeto, pero puedo ir sin muletas.

–Pues no te vas a llevar el tazón con la sopa –decidió ella–. Ve a sentarte.

Pero él no se movió.

–La sopa es buena –dijo.

–Gracias –contestó ella.

George se sentó en uno de los taburetes de la cocina.

–Comeré aquí –dijo–. Te haré compañía.

Sophy se encogió de hombros.

–Como quieras.

Le sirvió el tazón y se volvió a terminar los platos en el fregadero.

–Gracias por haber venido conmigo hoy –dijo George a sus espaldas.

Ella se volvió sorprendida.

–Me ha gustado. Nunca supe bien lo que hacías.

–También hago otras cosas –comentó él.

–Seguro que sí, pero ha sido interesante. No esperaba que dieras clase a chicos de primero.

–Me gusta. Resulta gratificante. Cuando puedes lograr que alguno de ellos vea el mundo de otro modo, sientes que has conseguido algo.

–Eso lo entiendo. ¿En Uppsala enseñabas a chicos de primero?

George vaciló un momento.

–No. En Uppsala no daba clases.

Sophy parpadeó.

–¿Hacías investigación? –preguntó.

George respiró hondo.

–Pasaba poco tiempo en Uppsala.

Ella frunció el ceño.

–Ibas allí a dar clase. O al menos eso asumí yo.

–Trabajaba para el gobierno. Para varios gobiernos, en realidad. Era un proyecto internacional de alto secreto. Ni clases ni Uppsala.

Ella lo miró fijamente. ¿Alto secreto?

–¿No estabas en Uppsala? –preguntó.

–No –él abrió la boca como si pensara añadir algo, pero enseguida apretó los labios y bajó la vista a su tazón.

Sophy lo miraba desconcertada, intentando encajar aquella información en el puzle que era George.

–No tenía ni idea.

Él alzo la cabeza y la miró.

–Se esperaba que no la tuvieras.

Sophy lo comprendía así.

–No nos habrías llevado contigo –dijo, entendiendo por fin también por qué él nunca le había hablado de planes para mudarse. No había habido ningún plan.

–Yo no habría ido.

Aquello hizo que ella parpadeara.

–¿Qué?

–Si hubiéramos seguido juntos, les habría dicho que no –la mirada de él no vaciló.

Sophy movió la cabeza.

–Ahora no entiendo nada –confesó.

–Fue un trabajo que surgió antes... antes de que muriera Ari. Antes de que nosotros... –movió una mano en el aire.

No hacía falta que lo explicara. Ella sabía lo que

quería decir. Antes de que la novia de Ari apareciera embarazada y sola y necesitara que la rescatara.

Se puso tensa.

—Otra razón por la que no deberías haberte casado conmigo —comentó.

George movió la cabeza.

—No. Era cuestión de prioridades. Además, si hubiéramos seguido juntos, no habría ido.

—¿Por qué no?

—No era una situación a la que pudiera ir con una esposa y una niña. Era potencialmente peligrosa, ciertamente inestable... No un lugar para familias. No os habría puesto en peligro a vosotras.

—¡Pero te pusiste en peligro tú!

Él se encogió de hombros.

—Era mi trabajo.

El deber. Siempre y para siempre el deber.

Y ella había sido un deber más. Sophy se giró y guardó la sopa que quedaba en el frigorífico. George terminó su tazón y se lo dio.

—Está muy buena —dijo con una de sus irresistibles sonrisas—. Gracias.

Sophy la resistió.

—De nada. ¿Vas a subir ahora a la habitación?

—Creo que sí. La cabeza no me duele tanto, pero estoy agotado. Creo que quizá me he pasado un poco hoy.

—¿Puedes arreglártelas solo o quieres que vaya detrás para pararte si te caes? —preguntó ella, que bromeaba sólo a medias.

—Creo que puedo conseguirlo —repuso él—. Te llamaré si te necesito.

Sophy dejó que se fuera solo, pero eso no impidió

que estuviera atenta a los ruidos. Y se asomó a mirar
la escalera un par de veces para comprobar sus pro-
gresos. Él tardó bastante, pero al fin las escaleras dejaron de crujir y ya no lo oyó más. No sabía cómo se
sentiría él después de la subida, pero ella suspiró aliviada cuando él estuvo arriba.

–Vamos –dijo a Gunnar, que se levantó de un salto–.
Vamos a salir por última vez.

No lo llevó a dar un paseo. Le prometió que lo sacaría al parque por la mañana y salió con él al jardín
de atrás. Allí podía ver luz en el dormitorio de George
y de vez en cuando pasaba una sombra delante de la
lámpara.

–Tiene que tumbarse –musitó ella.

Gunnar miró esperanzado el cubo de pelotas de tenis.

–Mañana –le prometió Sophy–. Ahora vamos dentro.

Cuando entraron, apagó las luces, tomó su portátil
y subió las escaleras. Gunnar se adelantó y la esperó
arriba.

Ella dejó el portátil en la cama del segundo piso y
subió a ver cómo estaba George.

–¿Necesitas algo? –preguntó. Y se detuvo en seco.

George estaba desnudo camino de la ducha. Sonrió.

–Puedes enjabonarme la espalda.

Sophy se ruborizó.

A George le encantaba cuando se ruborizaba.

Ella no salió corriendo. No. Se detuvo en el umbral, tocando levemente con los dedos cada lado de la puerta y dijo con lentitud:

–Muy buena idea.

Él sabía que su voz no era sensual intencionadamente. No hacía falta. Suscitó un fuerte anhelo en él. Y, desde luego, no fue ningún secreto qué parte de él encontraba más cautivadoras sus palabras.

Ahora le tocó a él ruborizarse. Carraspeó, giró con lentitud y caminó hacia el baño con aire de indiferencia.

–Por aquí –sugirió por encima del hombro.

Entró en la ducha, cerró la puerta tras él y esperó. Esperó contra toda esperanza.

Pero no le sorprendió mucho que pasaran los minutos y Sophy no fuera a abrir la puerta de la ducha y meterse con él. Empezó a ducharse con agua caliente y después apoyó una mano en la pared de azulejos debajo de la alcachofa de la ducha y la otra en el grifo y fue enfriando el agua inexorablemente.

Permaneció así hasta que ya no pudo soportarlo más. Tomó la tolla de encima de la puerta y se frotó los ojos antes de salir. Le castañeteaban los dientes, le martilleaba la cabeza y tenía todo el cuerpo rígido de frío.

–¿Se puede saber qué narices te pasa? ¡Estás azul!

George se apartó la toalla de la cara y se encontró mirando los ojos muy abiertos de Sophy.

Apretó los dientes, porque sabía que tartamudearía si intentaba hablar.

Sophy no tenía ese problema. Le tocó el brazo y frunció el ceño.

–Estás frío como el hielo.

Mejor eso que la alternativa.

–Estoy bien –repuso él–. No pasa nada.

–¡Pues claro que pasa! Yo creía que eras más listo. ¿Por qué narices tomas una ducha fría y...? ¡Oh! Volvió a ruborizarse y abrió y cerró la boca como un pez.

George sonrió.

–¡Hombres! –exclamó ella.

–Desde luego –asintió él–. Tomó otra toalla y se la puso alrededor de la cintura–. Puedes irte –sugirió–. A menos que quieras resolver el problema de otro modo.

Por un momento, pensó que ella casi consideraba la propuesta. Luego negó con la cabeza y empezó a retroceder hacia la puerta.

–Esperaré fuera –dijo–. No te caigas –se pasó la lengua por los labios–. Por eso estaba aquí –explicó–. Para cerciorarme de que no te caías.

George sonrió.

–¡Y yo que pensaba que habías cambiado de idea y habías venido a enjabonarme la espalda!

Sophy alzó los ojos al cielo y cerró la puerta con firmeza.

George se quedó un momento mirando la puerta. Movió la cabeza. Aquella mujer estaba llena de contradicciones. Se acercaba, se retiraba... Le decía que saliera de su vida, cruzaba el país porque tenía un accidente... A veces lo cuidaba como si le importara y luego se volvía fría y distante en un abrir y cerrar de ojos.

Mientras se secaba, George pensó que no era de extrañar que le doliera la cabeza. Y resultaba muy irritante haber sufrido con la ducha fría para que su efecto quedara anulado instantáneamente por la presencia inesperada de Sophy.

Se puso unos boxers y camiseta y abrió la puerta.

Gunnar estaba tumbado en mitad de la cama. Alzó la cabeza y movió la cola contento.

Sophy no estaba a la vista.

Capítulo 7

SOPHY se tumbó en la cama con la imagen de George desnudo clavada en la retina.

¡No era justo!

Ella estaba allí para cumplir con su deber, como había hecho él al casarse con ella. Era una responsabilidad, un trabajo para el que él la había contratado, aunque ella no pensaba dejar que le pagara ni un centavo. Ella hacía aquello para devolverle el favor y no quería su dinero.

Sobre todo, no quería verse tentada. No quería volver a desearlo.

Ya era bastante malo que le hubiera entregado una vez su corazón. Cuatro años atrás había creído que su unión podía salir bien. George, fuerte y fiable, era todo lo contrario de su primo. Lo único que Ari y él tenían en común era algunos genes y un gran atractivo. Pero mientras Ari lo utilizaba en provecho propio, George no parecía ser consciente de él. Y siempre había estado a su lado cuando lo necesitaba. Siempre.

Lo había conocido cuando salía con Ari, incluso había bailado con él en la boda de un primo suyo. Para entonces ella estaba todavía encaprichada con Ari. Era divertido y tenía encanto a espuertas. Se había acostado con ella y después se había ido a esquiar al oeste y no lo había visto en un mes. Cuando se enteró de que estaba embarazada, le escribió, pero él no contestó. Y la siguiente vez que lo vio, pareció sorprendido de que ella se hubiera molestado en decírselo.

Así era Ari. Se interesaba poco por los demás... y no le apetecía nada ser padre.

Sophy captó el mensaje. De hecho, estuvo tentada de no ir a su entierro tres meses más tarde. No parecía que tuviera sentido que fuera.

Al final optó por ir porque pensó que su hijo o hija preguntaría algún día por su padre.

Aunque ya no se hacía ilusiones con él, le debía a su vástago contarle lo que pudiera del hombre que lo había engendrado.

Fue un funeral muy concurrido, por un hombre joven que había muerto antes de tiempo. Toda la familia de Ari estaba presente. La mayoría no le prestó ninguna atención. Ella era sólo una de las muchas novias del difunto. La última quizá, pero no un miembro de la familia.

Sólo George se acercó después, le tomó la mano y le transmitió sus condolencias.

Su rostro atractivo y su pelo revuelto recordaban a Ari, pero el parecido entre los primos acababa allí. Ari era bullicioso y George callado y sereno.

No hablaron mucho y ella no mencionó el embarazo. Era invierno, llevaba abrigo y no se le notaba, así que nadie de la familia se dio cuenta.

Al marcharse se sentía algo deprimida, y debió notarse en su cara, pues George la atrajo hacia sí y le dio un abrazo firme. Un abrazo que le sentó tan bien que ella deseó poder apoyarse en él y sacar fuerzas de él.

De George.

Pero, por fortuna, prevaleció el sentido común y ella se apartó con decoro.

–Cuídate –le dijo él con voz aterciopelada, más fuerte que la de Ari. Más profunda.

Sophy asintió.

–Sí –repuso con la garganta oprimida–. Tú también.

Sonrió débilmente y se alejó antes de que las lágrimas corrieran por sus mejillas.

En los días y semanas que siguieron se aferró a aquel recuerdo de George. Se dijo que era porque le recordaba a Ari, no al Ari que había sido, sino al hombre que ella había querido que fuera. Se dijo que, si tenía un niño, esperaba que se pareciera más a George que a Ari.

Pero en realidad no tenía mucho tiempo para pensar en ninguno de los dos. Daba clases en una guardería, un trabajo divertido pero agotador, y cada día llegaba a casa más cansada que el anterior. Le encantaban los niños, pero a medida que avanzaba el embarazo, acababa el día agotada.

Cuando llegaba a casa después del trabajo, anhelaba poder hablar con adultos, que hubiera alguien allí. Pero no había nadie porque unas semanas antes del funeral de Ari, Carla, su compañera de piso, había aceptado un trabajo en Florida y se había mudado.

Después de su marcha, Sophy no se apresuró a buscarle una sustituta. Estaba embarazada y quería espacio para sí misma. Su prima Natalie, la única pariente con la que estaba unida, le había dicho que fuera a California con ella.

Sophy, que era hija única y huérfana, no tenía a nadie más. Pero aunque apreciaba la invitación de Natalie, no estaba preparada para aceptarla.

–No. Mi médico está aquí; aquí voy a clases de parto. Mi trabajo está aquí. Quiero terminar el año escolar.

Pero su apartamento en el West Village era caro, y aunque le habría gustado vivir allí sola, si no se esforzaba en encontrar una nueva compañera de piso pronto, no podría pagarlo.

Puso un anuncio en la sala de profesores de la guardería y en el gimnasio donde iba a clases de preparación al parto. Tuvo varias llamadas. La mayoría no encajaban en lo que buscaba, pero una parecía factible. Una profesora de segundo curso llamada Melinda, que tenía un niño de cuatro años y un loro.

Sophy no estaba segura del niño ni del loro, pero imaginaba que Melinda tampoco estaría segura de un recién nacido, así que una tarde a principios de mayo la invitó a ir a ver el apartamento.

Acababa de guardar los últimos platos y estaba barriendo el suelo para causar buena impresión a Melinda cuando sonó el timbre de la puerta.

Miró su reloj. Faltaba media hora para la cita, pero mejor alguien ansioso e impaciente que alguien que llegara tarde o no apareciera. Además, si el apartamento no estaba inmaculado, no tenía sentido que fingiera ser lo que no era. Guardó la escoba en la alacena, sonrió y abrió la puerta.

No era Melinda.

Era George.

Sophy se quedó sin aliento. Le temblaron las rodillas y lo miró sin saber qué decir.

Él tampoco habló inmediatamente. La miró con aquellos ojos verdes suyos y ambos se sostuvieron un momento la mirada hasta que la de él fue bajando inexorablemente hacia el estómago de embarazada de ella. Sophy apretó el picaporte de la puerta con tanta fuerza que le dolió la mano, pero no se movió.

En la mirada de él no vio tanto sorpresa como curiosidad y algo que parecía confirmación. ¿Confirmación?

George apretó brevemente la mandíbula y siguió mirándola. Volvió a subir los ojos a su cara.

—Estás embarazada —las palabras también sonaban a confirmación.

Sophy se pasó la lengua por los labios secos.

—Sí.

Seguía apretando el picaporte, pero le devolvió la mirada con firmeza. No tenía nada que ocultar y era demasiado tarde para que George le dijera lo que había dicho Ari. «¿Qué vas a hacer al respecto?».

Tenía que resultar claro lo que «pensaba hacer al respecto»; pensaba tenerlo. De hecho, la cuna del bebé estaba bien visible en la sala de estar detrás de ella.

Pero él no preguntó eso. Él preguntó:

—¿Estás bien?

—Sí, claro que sí —o tan bien como pudiera estar una mujer embarazada de siete meses con una personita dándole patadas en el abdomen, dolor de espada y varices.

¿Qué quería él? Sophy vaciló en invitarlo a entrar porque en cualquier momento podía llegar Melinda con su hijo de cuatro años y su loro. Pero no podía echarlo. No quería echarlo.

—Pasa —dijo. Y abrió más la puerta.

George entró. No se sentó. Se quedó paseando por la salita aunque ella le señaló el sofá con la mano.

—¿No te sientas? ¿Quieres beber algo?

Él negó con la cabeza.

–¿Por qué no dijiste nada? –preguntó, con la mirada de nuevo en el vientre de ella.

Sophy se llevó instintivamente las manos al abdomen como si fueran un escudo. Se encogió de hombros.

–¿Decir qué? ¿«Oh, por cierto, Ari me dejó embarazada antes de morir»? ¿Por qué? ¿Para qué?

–Él es responsable.

–Sí, bueno, quizá lo era. Ahora ya no lo es. Y de todos modos, no quería serlo.

George apretó los dientes.

–¿Cómo lo sabes? –preguntó.

–Hablé con él. Se lo dije. Me contestó: «Oh, mala suerte. ¿Qué vas a hacer al respecto?».

George murmuró algo y se frotó la nuca.

Sophy lo miró.

–¿Cómo te has enterado?

–Por tu carta.

–¿Carta?

–Tú le escribiste para decírselo. La carta estaba en su mochila. La encontramos cuando por fin enviaron sus cosas a casa.

–Oh, esa carta –la que le había enviado cuando se enteró de que estaba embarazada. La carta que Ari decía no haber recibido–. ¿Estaba en su mochila? Entiendo.

O sea, que Ari ya sabía lo del bebé antes de que ella lo buscara para decírselo en persona. Como no tuvo noticias de él, temió que no hubiera recibido la carta. Obviamente, sí la había recibido, simplemente había optado por ignorarla.

A Sophy ya no le sorprendía aquello. Era típico de Ari.

Pero sí le sorprendía ver a George en su casa. ¿Qué quería?

Le dolía la espalda, así que se sentó.

George no. Seguía merodeando por su sala de estar, parándose a mirar la cuna, el montoncito de ropa de bebé que había dentro y que le habían dado sus compañeras de trabajo hacía poco.

–¿Cuándo esperas el niño? –preguntó.

–A principios de octubre.

Él la miró.

–¿Y cómo te vas a arreglar cuando llegue?

–¿Qué quieres decir?

–¿Quién cuidará de él? ¿Tienes permiso de maternidad? ¿Puedes permitirte quedarte en casa con él?

Sophy apretó los labios, preguntándose qué podía importarle a él todo aquello.

–Puedo arreglármelas.

George la miró a los ojos.

–¿De verdad?

Su mirada era intensa, magnética. Ella no podía apartar la vista. Y al mismo tiempo, no podía mentir.

–Eso espero.

Él se colocó delante de ella.

–Podemos ayudarte –dijo–. Te ayudaremos.

Sophy lo miró.

–¿Quiénes?

–La familia –él hizo una pausa–. No sólo la familia. Yo.

–¿Tú? –ella negó con la cabeza–. ¿Económicamente quieres decir? Eres muy amable. Gracias, pero...

–Económicamente, sí, por supuesto –la interrumpió él–. A tu hijo no le faltará de nada –George dijo aquello casi con impaciencia–. No sólo a tu hijo –le tendió las manos.

Sophy las tomó instintivamente y se apoyó en ellas para levantarse.

George no se apartó, así que quedaron muy juntos, tanto que ella podía ver que se había afeitado hacía poco, que le faltaba una pizca minúscula en uno de los dientes delanteros y que había puntos dorados en sus ojos verdes intensos.

–¿Entonces qué? –preguntó.

–Cásate conmigo.

Sophy lo miró con incredulidad.

–Cásate conmigo –repitió él; lo decía con intensidad y su mirada resultaba embaucadora.

Sophy tragó saliva. La sangre le palpitaba en los oídos.

–Tengo que sentarme –dijo débilmente. Se hundió en el sofá.

–¿Estás bien? –quiso saber él–. No estás bien –se acuclilló ante ella de modo que Sophy quedó mirando de nuevo sus hermosos ojos.

–Estoy bien, sólo... –¿mareada? ¿Confusa?–. No lo dices en serio.

–No tengo la costumbre de proponer matrimonio si no lo digo en serio –repuso él.

–No, no me refería a eso. Me refería... ¿Por qué? –fue casi un lamento. No pudo evitarlo.

–¿Por qué? Estás sola, esperas un hijo... un hijo de mi primo. Él no puede casarse contigo.

–Él no quería casarse conmigo de todos modos.

George movió una mano en el aire.

–Yo sí. Yo puedo –se sentó en una silla al lado del

sofá y le tomó la mano–. Yo puedo, Sophy –repitió en voz baja.

Sophy veía en sus ojos que hablaba en serio. Observó su mirada, intentando encontrar sentido a lo que sugería. Era ultrajante, ridículo. Y terriblemente tentador.

No conocía a George. Él no la quería. Apenas la conocía, así que no podía quererla. Y ella no lo quería a él.

«Pero podrías quererlo», dijo una vocecita en su interior.

Y ella escuchó esa voz.

Quizá fueran las hormonas, que se habían vuelto locas durante el embarazo. Quizá fuera lo sola que se había sentido últimamente. Quizá fuera que no quería criar a su hijo sola. O quizá la intensidad con la que la miraba George, la calidez y la fuerza de sus dedos.

Había incontables razones. Todas cuerdas, sensatas y lógicas. Razones que George decía en voz alta.

Pero Sophy sabía cuál era la que la había convencido. El tono de voz de él cuando dijo: «Yo puedo, Sophy».

Su tono le hizo creer, no sólo que podía, sino también que quería.

–No sé –musitó ella.

Los dedos de él apretaron los suyos.

–Sí sabes –dijo en el mismo tono–. Di que sí.

Y ella dijo sí. Apretó la mano de George y le dio esa oportunidad al amor. Se lanzó a ello con los ojos cerrados y el corazón bien abierto.

«Sí, tómate. Tómanos. Quiérenos. Y déjanos quererte a ti».

Se casaron dos semanas después. La ceremonia tuvo lugar en el juzgado. Obviamente, no fue una gran boda. Hubo una pequeña recepción en casa de los padres de él; principalmente familiares y principalmente de él.

De la familia de ella sólo pudo ir Laura, la madre de Natalie. A Sophy no le importó. Estaba encantada de que la familia de George se convirtiera en la suya.

Cuando pronunció sus votos, los dijo de verdad. Y cuando miró el rostro serio de George y pensó en pasar toda su vida con él, no le pareció un error, le pareció un acierto.

Casi como un sueño hecho realidad.

Por supuesto, no lo era. Pero ella podía intentar que lo fuera. Lo haría feliz, sería la esposa perfecta, y luego quizá... Una chica tenía derecho a soñar, ¿no?

Después de la boda, George se mudó a su apartamento porque estaba cerca del trabajo de ella. Nunca dijo a qué distancia estaba del suyo, pero eso no parecía preocuparle. George nunca decía mucho de su trabajo. Y cuando ella preguntaba, las respuestas eran vagas.

Captó la indirecta y no lo presionó, ni siquiera cuando el padre de él mencionó en una fiesta el trabajo que le habían ofrecido en la universidad de Uppsala, en Suecia.

Él no se lo había dicho, pero a ella no le importaba adónde fueran. Y siempre había querido conocer Suecia.

Sí hablaban de muchas otras cosas... de béisbol, arte, astronomía, comida, música, cine, libros... y el bebé.

Porque, para sorpresa de Sophy, a George parecía importarle el bebé tanto como a ella. Le hacía muchas preguntas, leía libros sobre el embarazo y la crianza y volvía a hacer tantas pregunta que ella acabó por sugerirle que la acompañara a las citas del ginecólogo.

Asistió también a las últimas clases de preparación al parto, donde la ayudaba con los ejercicios y practicaba la respiración con ella. Incluso le daba masajes en la espalda cuando le dolía y en los pies cuando pasaba mucho tiempo sin sentarse.

Y cuando al fin llegó el parto, él estaba allí a su lado, tomándole la mano; y cuando la enfermera le puso a Lily en los brazos, en su cara había una expresión que hizo creer a Sophy que quería a Lily tanto como ella, que todo iría bien.

¿Demasiado bonito para ser verdad?

Quizá sí.

Pero no al principio. Al principio todo fue maravilloso, o todo lo maravilloso que podía ser con Lily llorando a menudo por gases. Sophy desesperaba de poder lidiar con aquello alguna vez y George, aunque trabajaba muchas horas, estaba allí cuando lo necesitaba, haciéndole reír y ofreciéndole su apoyo.

Una noche estaba agotada, no le quedaba leche y Lily no deseaba comer de todos modos. Sophy no podía más.

—Déjamela a mí —le pidió George—. Tú duerme un rato.

Ella no quería ser una molestia para él, no quería complicarle la vida, pero echarse a llorar, que era la otra alternativa, no arreglaría nada. Le entregó a Lily.

Él la apretó contra su pecho desnudo, inclinó la cabeza y besó la de la niña.

—Vamos, Lily. Nos vamos a dar un paseo.

—Oh, pero... —protestó Sophy.

–Sólo por el apartamento –le aseguró él–. No estoy vestido para salir –llevaba sólo el pantalón del pijama.

Sophy sabía que no se iría a ninguna parte, pero se sentía impotente y a punto de llorar. Lily seguía aullando.

–Vete a dormir –le dijo George–. Ella estará bien. Le daré un biberón si es preciso.

–Pero...

–Tú te has sacado leche. Yo sé calentar un biberón. Duérmete, vamos.

Sacó a Lily de la habitación y Sophy los vio salir sintiéndose como una fracasada. Sabía que no podría dormir.

Oyó alejarse los aullidos de Lily y se hundió en las almohadas sintiéndose desgraciada. Se puso de lado y hundió la cara en la almohada de George para respirar profundamente su olor. Y contra todo pronóstico, se quedó dormida.

Cuando despertó, había silencio. George no estaba en la habitación y Lily tampoco estaba en la cuna. Una mirada al reloj le indicó que había dormido dos horas. Apartó la ropa de la cama y fue a buscarlos.

No habían ido lejos. Los encontró en la sala de estar. George estaba tumbado en el sofá, con el pelo revuelto y los labios entreabiertos y Lily yacía sobre su pecho desnudo con los brazos de él a su alrededor. Los dos dormían.

Sophy se quedó un rato mirándolos, admirada y enamorada de los dos.

No habían empezado como la mayoría de las familias, pero eso no implicaba que no pudieran tener un final feliz. Después de todo, ella lo amaba. Y empezó a pensar que él también la amaba a ella. Pero hasta la noche anterior al bautismo de Lily no se atrevió a creer que fuera verdad.

Esa noche, poco después de que Lily cumpliera dos meses de vida, sólo al día siguiente de que el médico le hubiera dicho que «podían reanudar las relaciones matrimoniales», George y ella hicieron el amor.

Todo empezó de un modo muy sencillo... con gentileza y cuidado. Un masaje en la espalda como muchos otros, que pronto ya no se limitó sólo a la espalda. Las manos de él se aventuraron más lejos, jugaron con el pelo y la nuca de ella, trazaron la curva de su oreja, bajaron por los costados y por las nalgas...

La hicieron desearlo. Quería más. Lo quería a él.

Y cuando se volvió a tocarlo, resultó obvio que él también la deseaba a ella.

Empezó despacio, pero el fuego no tardó en calentarlo. Los besos de George, primero gentiles, se volvieron hambrientos y urgentes, y sus caricias desesperadas. Las manos de él recorrieron su cuerpo, aprendiendo los secretos de ella, compartiendo los suyos con ella. Cuando ella abrió las piernas y él se instaló entre ellas, Sophy supo que aquello estaba bien, y cuando empezó a moverse encima de ella, respondió con fervor, llevándolo más adentro.

Y cuando alcanzaron el clímax abrazados, Sophy conoció una sensación de plenitud que no había sentido nunca. En aquel momento comprendió cómo dos seres separados podían volverse uno.

George y ella eran uno. Ella así lo creía.

Abrazada a él, cerró los ojos con fuerza para reprimir lágrimas de alegría. Pero no lo consiguió y rodaron por sus mejillas. Supo que George las probaba cuando la besó.

Él no dijo nada; simplemente se apartó lo suficiente para mirarla.

Ella abrió los ojos y vio la expresión de su cara.

–Lo siento –dijo–. Es que... –¿Pero cómo podía explicarlo?

George le tocó la mejilla con gentileza; se puso de espaldas y yació a su lado en silencio.

–Todo irá bien. Lily despertará pronto. Vamos a dormir un poco –la abrazó y no dijo nada más.

«Todo irá bien». Ya «iba» bien. Más que bien. O eso pensaba Sophy cuando se abrazó a él.

Pero no era cierto.

El castillo de amor y felicidad eterna en el que se había atrevido a creer esa noche se derrumbó al día siguiente.

Ahora, casi cuatro años más tarde, Sophy sabía que volvía a estar en peligro.

Todos aquellos sentimientos volvían con fuerza. Tenía debilidad por George. Era guapo, encantador, inteligente y responsable. Todo lo que podía desear una mujer.

La había ayudado cuando más lo necesitaba. Se había casado con ella, le había permitido enamorarse de él y creer que él también podía amarla.

No había sido cierto.

No debía olvidarlo porque la última vez le había dolido mucho descubrir la verdad y con una vez bastaba.

No podía volver a poner en peligro su corazón.

Capítulo 8

A LA MAÑANA siguiente, ella empezó a construir un muro.

No un muro literal, por supuesto. Pero sí un muro profesional. Él era el cliente y ella la esposa contratada durante dos semanas o así. Y estaba decidida a lograr que los dos recordaran eso.

Le preparó el desayuno antes de que él bajara, le puso un sitio en el mostrador de la cocina y colocó un ejemplar del *Times* al lado del plato.

Cuando apareció, ella estaba hablando por teléfono, cosa que le venía bien. Así no tenía que conversar con él. Lo saludó con la mano, señaló la cocina y siguió hablando.

Cuando terminó, entró en la cocina y lo encontró mirando el horno abierto, donde ella había dejado el desayuno para que no se enfriara.

–¿Qué es esto? –preguntó él.

–Tu desayuno –contestó ella–. Yo tengo mucho trabajo esta mañana. Los viernes hago las facturas y preparo las nóminas. Hoy también haré colada. Voy a cambiar las sábanas. Lily llega mañana. Puede dormir conmigo.

Él se enderezó.

–Hay un dormitorio al final del pasillo del mío donde se quedan los niños de Tallie cuando vienen.

Sophy lo había visto, pero no quería que Lily estuviera en un piso distinto al suyo.

—Estará bien conmigo.

George apretó la mandíbula.

—Quizá podrías dejar que decida ella.

Sophy sonrió.

—Lo haré —ningún problema; su hija preferiría estar con ella a en una habitación extraña en una casa que no conocía—. ¿Dónde está la ropa que necesitas lavar tú?

Él le lanzó una mirada dura que decía que sabía muy bien lo que hacía ella, pero le dijo dónde estaba la ropa y se fue cojeando hacia las escaleras que llevaban a su despacho.

—¿Y el desayuno? —preguntó ella.

—No tengo hambre.

Sophy no volvió a hablar con él esa mañana. Pasó el polvo y el aspirador, fregó los platos del desayuno, después de tirar la comida que él había rechazado. La lavadora y secadora estaban en el otro extremo del piso donde él tenía su despacho y al pasar por allí lo vio trabajando delante del ordenador.

A las doce y media preparó el almuerzo y bajó a decirle que estaba listo.

—¿Qué vamos a tomar? —preguntó él.

—Tú vas a tomar un sándwich de jamón y una ensalada. Yo ya he comido —se cruzó de brazos.

Él la miró.

—¿Qué has comido tú?

Ella se ruborizó.

—Un sándwich.

—¿De jamón?

Sophy asintió con la cabeza.

George enarcó una ceja.

—¿Y una ensalada?

—Voy a estar ocupada —repuso ella—. No tenemos que comer juntos.

—¿No te pago lo suficiente para que comas conmigo?

—¡Maldita sea, George! Deja de retorcer las cosas para darles significados que no tienen.

—¿Es eso lo que hago? —él se levantó y echó a andar hacia las escaleras.

Sophy, que estaba entre ellas y él, retrocedió rápidamente para dejarle pasar.

—No, claro que no. Es sólo que...

—No tienes que explicar nada —comentó él.

Empezó a subir las escaleras. Sophy no lo siguió y, cuando subió quince minutos más tarde con una cesta de ropa seca, el plato estaba vacío y George no estaba.

Miró en la sala de estar, pero no se encontraba allí. Gunnar tampoco. No podía ser que hubiera sacado al perro a dar un paseo. Se asomó a la puerta de la calle, pero no los vio. ¡Maldición! ¿Cómo iba a cuidar de él si no le decía adónde iba?

Sonó el teléfono. Era Natalie con los detalles del vuelo del día siguiente. Le preguntó cómo iba todo.

—De maravilla —contestó Sophy.

—¿George se porta bien?

—Se ha ido.

—¿Cómo que se ha ido? ¿Tú no estabas cuidando de él?

—Sí, bueno —Sophy hundió los hombros con cierta culpabilidad—. Yo estaba haciendo la colada abajo y cuando he subido no estaba aquí.

—Pues más vale que lo encuentres. Lily está deseando verlo.

—Lily no lo conoce —protestó Sophy—. Al que quiere llevarse a casa con nosotras es a Gunnar.

—A él también está deseando verlo —repuso Natalie—. Y a ti —añadió diplomáticamente.

—Gracias.

Natalie se echó a reír.

—Te echa mucho de menos.

—Iré a esperaros al aeropuerto.

—No es necesario.

—Sí lo es —replicó Sophy con firmeza—. Tengo que preparar a Lily.

—Como quieras.

Dos horas después, George no había regresado todavía y Sophy empezaba a irritarse. ¿Qué era lo que intentaba probar?

No sabía qué hacer. No podía llamar a Sam y decirle que había perdido a su paciente y no quería preocupar a Tallie en sus últimas semanas de embarazo.

Preparó las facturas de los viernes de su negocio con Natalie y cuando hubo terminado, fue a la cocina y preparó las galletas favoritas de avena y chocolate de Lily, en parte porque sabía que su hija estaría encantada, pero sobre todo para darse algo que hacer mientras apretaba los dientes y murmuraba en voz alta sobre George.

Fregó el suelo de la cocina, dobló la ropa y subió las escaleras con la cesta. Guardó sus cosas y se acercó a la habitación de George a dejar las de él. Y se encontró con George tumbado boca abajo en su cama dormido profundamente en el colchón sin sábanas.

Lo miró incrédula desde la puerta. ¿Había estado allí toda la tarde?

Respiró hondo. Gunnar, que estaba tumbado al

lado de su amo con la cabeza apoyada en la espalda de George, la alzó para mirarla y movió la cola un par de veces.

Aquello debió de despertar a George, pues lanzó un gemido y abrió los ojos. Cuando la vio en el umbral, se dio la vuelta.

—Lo siento dijo —ella—. No sabía que estabas aquí. Creía que habías salido.

—¿Creías o deseabas? —preguntó él con voz todavía cargada de sueño. No se levantó, sino que cruzó los brazos debajo de la cabeza y la miró.

Sophy negó con la cabeza.

—No lo deseaba.

—Mejor —repuso él—. ¿Vamos a cenar juntos? Estoy muerto de hambre.

—Te comiste un sándwich...

—Se lo di a Gunnar.

Cenaron juntos con Sophy conversando de temas impersonales como el tiempo, las posibilidades de los Yankees de ganar el campeonato o las críticas de una obra de Broadway.

George la dejaba hablar; disfrutaba de la cena y la conversación.

Por supuesto, no le bastaba. Él lo quería todo.

Pero cuatro años atrás había manipulado a Sophy para que se metiera en un matrimonio que no deseaba y no iba a repetir aquello. Ella merecía algo mejor y él también. Había aprendido la lección.

O intentaba hacerlo.

Porque él la quería y ella a él no.

Amor. Lo que quiera que eso fuera.

No estaba acostumbrado a lidiar con el amor. No lo entendía; él era científico, trataba con leyes y fuerzas naturales. El amor no era una de ellas.

Y por eso apretaba los dientes y contestaba preguntas sobre los Yankees, porque el amor implicaba dejarle tomar sus propias decisiones. Tendría que haber sido más fácil. Después de todo, él era un científico, estaba acostumbrado a montar experimentos y apartarse luego para observar los resultados, no provocarlos.

Pero también era un hombre... un hombre que sabía lo que quería e iba a por ello. Eso era lo que había hecho la última vez y no había salido bien.

—¿Quieres llevar a Lily a un partido de béisbol? —preguntó de pronto.

Sophy parpadeó con el tenedor a medio camino de la boca.

—¿Por qué iba a querer yo eso?

—George se encogió de hombros.

—Pareces muy entusiasta de los Yankees.

—Pero ella es muy pequeña.

—¿Qué le gusta a ella?

Sophy sonrió.

—La playa y nadar. Le gustan los libros y que le lean. Ir al parque y jugar a los columpios. Le gustan los perros. Le gustará Gunnar.

—Ella también a él —repuso George—. ¿A qué hora llegan?

—A las tres. Iré a buscarlas al aeropuerto.

—Te acompañaré.

—Eso no es necesario.

—Quiero hacerlo —insistió él. Y era verdad.

Sophy parecía a punto de protestar, pero él no le

dejó. Terminó su chuleta de cerdo, se levantó y llevó el plato al fregadero.

—Una cena estupenda. Gracias.

—De nada. Para eso estoy aquí.

George ya lo sabía.

Pero seguía esperando mucho más.

—¿Seguro que no prefieres quedarte en casa? —preguntó Sophy a la tarde siguiente. Se disponía a entrar en el coche que había alquilado para ir al aeropuerto y George estaba justo detrás de ella—. No tiene sentido que te agotes así.

—Me vendrá bien —contestó él animoso.

Ese día no usaba las muletas y se movía con más facilidad, aunque todavía llevaba la bota.

El viaje hasta el aeropuerto era bastante largo y Sophy era muy consciente de la proximidad de él en el coche.

—No dejes que te moleste Lily —le dijo en cierto momento—. Procuraré apartarla de tu camino.

—¿Por qué?

—¿Por qué? —ella lo miró—. Porque tiene cuatro años y todavía está aprendiendo a no interrumpir. No es fácil trabajar con ella cerca.

—Nos arreglaremos —musitó él.

Sophy no estaba tan segura.

—Sobre todo, no le grites.

George abrió mucho los ojos.

—¿Cuándo le he gritado yo?

—Nunca. Pero entonces era muy pequeña.

George apoyó el brazo en la parte de atrás del asiento. Sus dedos quedaban peligrosamente cerca del hombro de ella.

–No tienes que preocuparte –le aseguró–. Me gustan los niños. Sé tratar con ellos.

Sophy suponía que aquello era cierto; después de todo, tenía sobrinos. Y era verdad que Jeremy, su vecino, era amigo suyo. Esa mañana, cuando George estaba en la ducha, había llamado para preguntar si su amigo George estaba allí y si podía salir a jugar.

–Todavía no –le había dicho Sophy–. Tiene que descansar un poco más.

La madre de Jeremy se había disculpado por molestarlos.

–Le he dicho que era muy pronto, pero él quería comprobarlo. Sentimos muchísimo que George resultara herido. Le salvó la vida a Jeremy. Si hay algo que podamos hacer por él...

Sophy había negado con la cabeza.

–Él lo hizo encantado.

Sophy suspiró en el coche y no dijo nada más. Natalie llamó para decir que habían aterrizado.

–Estupendo –dijo Sophy–. Os veré en la recogida de equipajes y George esperará en el coche con el conductor.

–¿George? –preguntó Natalie.

–Sí –colgó el teléfono–. Es demasiado largo para que vayas andando –dijo a George–. Y no has traído las muletas.

No esperó a oír nada más. En cuanto el chófer paró en la acera, salió del coche y caminó deprisa hacia las puertas automáticas. Sólo tardó unos minutos en encontrar el lugar donde Natalie y Lily esperaban su equipaje.

–¡Mami! –la niña se abrazó a ella con fuerza–. El viaje ha sido larguísimo y yo he sido buena. Bueno, bastante buena.

Sophy la alzó en brazos y enterró el rostro en sus rizos morenos. La había echado mucho de menos.

—Bastante buena, ¿eh? —murmuró. Le dio una multitud de besos rápidos y miró a Natalie, que sonrió.

—Muy buena —confirmó—. A veces un poco impaciente, pero porque estaba deseando llegar. Ah, bien. Ahí llegan ya.

Sacó una bolsa de fin de semana.

—Yo vuelvo mañana —dijo—. Pero Lily... —se encogió de hombros y sacó otra bolsa mucho más grande de la cinta transportadora—. Quería venir preparada.

Sophy miró sorprendida la enorme bolsa.

—¿De dónde la has sacado?

—Era de Christo. La usaba cuando era niño y volaba entre su madre en California y su padre en Brasil. Dice que guardaba su vida en esta bolsa.

—Y ahora es mía. Christo ha dicho que me la puedo quedar —anunció Lily—, para que pueda traer todo lo que necesito. Y he traído mis libros, mi oso, mis muñecos y...

—¡Santo cielo! —exclamó Sophy. Natalie se encogió de hombros.

—Y ropa —continuó Lily—. Y he traído a Chloe porque quiere conocer a Gunnar —estiró el cuello y miró a su alrededor—. ¿Dónde está?

—Está esperando en casa. No podíamos traerlo al aeropuerto.

Lily hizo un mohín.

—¿Por qué no?

—Porque me ha traído a mí en vez de a él —dijo una voz detrás de Sophy.

Ésta se volvió.

George estaba allí con los ojos clavados en Lily.

–Creía que ibas a esperar en el coche.

–No.

–He dicho que no necesitabas...

–Sí lo necesitaba –replicó él con firmeza.

Había una urgencia en su voz que hizo que ella lo miraba con más atención. Sus ojos tenían un brillo verde de fuego cuando añadió:

–Quería hacerlo. He esperado esto demasiado tiempo y no pensaba esperar más. Hola, Lily.

Sophy sintió que su hija se ponía tensa en sus brazos. Miró al hombre con curiosidad.

–¿Papi?

La expresión de la cara de George fue toda la respuesta que necesitaba. La niña empezó a moverse de tal modo que Sophy casi la tiró al suelo.

–¡Lily!

Pero ella no escuchaba. Tendió los brazos a George y gritó:

–¡Papi!

«Papi».

George sintió una opresión en la garganta. Y no tenía nada que ver con que su hija le apretara el cuello. Casi se tambaleó cuando la tomó de brazos de Sophy, pero se enderezó y la estrechó contra sí. Ella le dio un beso fuerte y se apretó mucho en su abrazo.

–¡Ah, Lily! –él enterró la cara en su pelo y respiró hondo. La había tenido en su vida tan poco tiempo que, cuando se hubo ido, se había dicho a sí mismo que no era posible que la echara tanto de menos.

No era verdad. Las había echado de menos a las

dos. Había sentido un vacío dentro todos los días de su vida.

—Papi —Lily se apartó lo suficiente para mirarle la cara y darle palmaditas en las mejillas. Le sonrió.

George sonrió también, con la garganta demasiado oprimida todavía para formar palabras. Le pasó una mano por el pelo moreno y rizado y lo besó. Parpadeó rápidamente para reprimir las lágrimas. Carraspeó y se sintió aliviado al ver que la opresión había pasado y probablemente podría hablar sin que se le quebrara la voz.

Acomodó a Lily en un brazo y tendió la mano a la prima de Sophy.

—Hola, soy George. ¿Tú eres Natalie? Gracias por venir —le sonrió y apretó a Lily contra sí—. Gracias por traerme a mi chica.

Y sí, su voz casi se quebró en las dos últimas palabras, pero al menos pudo decirlas.

La prima de Sophy sonrió a su vez; le estrechó la mano y lo miró con una mezcla de curiosidad y franqueza.

—Soy Natalie; encantada de conocerte por fin.

George miró a Sophy.

—¿Quieres llevar a Lily y yo llevo la bolsa? —preguntó.

Ella negó con la cabeza.

—La bolsa pesa mucho. Con el pie así, no sería fácil para ti. Yo me las arreglaré si tú llevas a Lily.

—¿Estás segura? —se sentía sorprendido y agradecido—. De verdad que puedo con la bolsa.

Sophy volvió a negar.

—No, adelante. Estoy segura.

—¿Puedo montar en tus hombros? —preguntó Lily.

George la colocó en ellos sin decir nada y reprimió un gemido cuando sus músculos protestaron.

—Lily, le duele el hombro —la riñó Sophy.

—No pasa nada —repuso George. Aquello no era nada comparado con el dolor de haberla perdido.

Pero Lily no estaba convencida. Bajó la cabeza hasta que pudo mirarlo a los ojos desde arriba.

—¿Te duele? —le acarició el pelo como si quisiera consolarlo.

—Estoy bien. Y ahora estoy especialmente bien —le dijo. La bajó más para besarle la punta de la nariz—. Porque tú estás aquí.

Sophy los miró alejarse sin atreverse ni a respirar.

—Bueno, creo que ella lo ha conquistado —comentó Natalie a su lado.

—Eso parece —sintió Sophy, intentando no parecer tan desconcertada como se sentía. Empezó a tirar de la bolsa de Lily.

—Te vas a matar haciendo eso —protestó Natalie—. Tú agarra un asa y yo agarraré la otra.

Se echó una de las asas al hombro y tomó la bolsa de fin de semana con la otra mano. Sophy hizo lo mismo con la otra asa.

—Es simpático —decidió Natalie después de un momento—. Me gusta.

—Acabas de conocerlo —repuso Sophy irritada—. Además, nunca he dicho que no fuera simpático.

—Dijiste que te rompió el corazón.

Sophy deseó no haberlo dicho.

—Quería advertirte contra los hombres Savas —respondió—. Contra Christo.

—Eso no sirvió de mucho —contestó Natalie sonriente.

Sophy lanzó un gruñido.

—No seas así. Al final salió bien, ¿no? —comentó Natalie.

—Para ti sí, pero...

—Exacto. Para nosotros sí —asintió Natalie—. Y quizá acabe bien también para ti.

Natalie señaló las dos figuras al otro lado de las puertas de cristal. Habían llegado al coche y George había bajado a Lily al suelo. La niña se abrazó inmediatamente a su pierna y se colgó de ella.

—A ella le gusta —comentó Natalie.

—Tenía que gustarle Gunnar —protestó Sophy.

—Y le gustará. Creo que le gustarán los dos.

—Sí —eso era lo que se temía Sophy.

Si Sophy era un mundo de contradicciones, su hija era un libro abierto.

Lily sabía lo que le gustaba y no le gustaba y lo decía claramente. Le gustaban la playa, el mar y los edificios altos.

—Me gusta ése —dijo cuando iban en el coche camino de la casa—. Y ése —señaló otro—. Y me gustar leer cuentos y el helado de chocolate.

—Mira ahí —le dijo George—. ¿Te gustan los caballos? —preguntó cuando pasaron por Central Park, donde esperaba una fila de carruajes para pasear a los turistas.

Lily miró y asintió con la cabeza.

—¡Mira, mami! ¡Caballos! ¿Podemos ir a montar? ¿Por favor?

—Podemos —contestó George sin esperar la respuesta de Sophy–. Pero no hoy. Hoy has tenido ya un día muy ajetreado. Iremos un día de la semana que viene.

–¿Qué día? –preguntó la niña–. ¿El lunes? ¿Podemos ir el lunes? –lo miró con avidez.

George vio por el rabillo del ojo que Sophy reprimía una sonrisa. Sonrió a su vez.

–El miércoles –dijo–. Lo prometo.

–¿Cuántos días faltan hasta el miércoles? –preguntó Lily.

Sophy se echó a reír.

–Hoy es sábado –contestó George–. Luego domingo –sacó otro dedo–. Luego lunes –otro dedo.

–Y martes y miércoles –dijo Lily. Contó también con los dedos y lo miró con desmayo–. Cuatro días es mucho tiempo.

–No tanto –le aseguró él–. Y tendrás otras cosas que hacer.

–¿Cómo cuáles?

Lily, su madre y Natalie, que iba sentada delante con el conductor, lo miraron con interés.

Obviamente, las generalidades no servirían. George intentó pensar lo que les gustaba a las niñas, pero no tenía ni idea. Hasta el momento sólo tenía sobrinos.

–Bueno, obviamente, jugar con Gunnar –dijo–. Y sacarlo de paseo. Llevarlo al parque. Está deseando conocerte.

Al parecer, el perro era distracción suficiente, pues Lily saltó en su rodilla y miró impaciente por la ventanilla.

–¿Cuánto falta? –preguntó–. ¿Cuántos años tiene? ¿Crees que le gustará Chloe? ¿Podemos sacarlo a pasear cuando lleguemos?

Las preguntas salían con más rapidez de la que George podía contestarlas. Pero lo intentaba. Y veía que Sophy sonreía a su lado, divertida por verlo lidiar con una niña de cuatro años.

Que sonriera.

No tenía ni idea de cómo se alegraba de tratar con aquella niña en particular, de cómo la había echado de menos esos cuatro años y de lo mucho que quería tenerlas a su madre y a ella en su vida para siempre.

Capítulo 9

SOPHY se dijo que aquello no duraría.

Sí, George se mostraba amable por el momento. Contestaba las interminables preguntas de Lily con mucha paciencia, se dejaba toquetear y abrazar y toleraba bastante bien a la niña. De hecho, más que tolerar, parecía disfrutar con ella.

Pero eso era el primer día. Las primeras horas. Y de un fin de semana.

No duraría.

George era un hombre ocupado, un físico que se sentía mucho más en casa en el laboratorio que jugando con niños. Se cansaría de la conversación de Lily y querría volver a su importante trabajo. Desde luego, trabajaba muchas horas cuando vivía con ellas y Sophy estaba segura de que seguía trabajando muchas horas todavía.

Y aunque había estado a su lado ayudando los primeros meses de la vida de Lily, no lo había hecho porque quisiera.

Lo había hecho porque se sentía obligado.

«Obligado». Sophy se repitió la palabra mentalmente y miró por la ventana el jardín de atrás, donde George enseñaba a Lily a lanzar pelotas a Gunnar. Se había sentido obligado.

Pero ya no había necesidad de que se sintiera así. No les debía nada. Nunca les había debido nada.

Tenía que procurar que él recordara eso y así, cuando perdiera la paciencia, no tendría que sentirse mal; simplemente tendría que asegurarse de que Lily no sufriera en el proceso.

—Es mucho más niñero de lo que imaginaba —comentó Natalie, a su lado. Se llevó una taza de café a los labios y sorbió de ella.

—Es la novedad.

Natalie enarcó las cejas.

—¿Tú crees?

—Por supuesto.

—A mí me parece que se entienden bien.

—Sí, pero es todo muy nuevo. Ella sólo lleva unas horas aquí.

Natalie se encogió de hombros.

—Quizá tengas razón.

—La tengo.

Natalie la miró.

—Pero tú no llevas sólo unas horas.

—¿Qué quieres decir?

—Tengo ojos. Y no me parece que George sea sólo un trabajo. Te he visto trabajar y lo sé.

Sophy se encogió de hombros.

—Tenemos una historia pasada, pero es eso, pasada.

Natalie rió.

—Sí, claro, por eso lo miras cuando no se da cuenta.

—Tuvo un accidente —contestó Sophy a la defensiva—. Tengo que asegurarme de que está bien y de que Lily no le hace daño sin darse cuenta.

—Claro que sí —Natalie desechó aquella excusa moviendo una mano en el aire—. Y por eso te mira él a ti igual. Con deseo. Y eso no es pasado –miró a su prima–. ¿No te gustaría que saliera bien?

Sophy se encogió de hombros.

–No soy una soñadora –dijo–. Soy realista. Nos casamos por los motivos equivocados y puede que él me desee, pero eso no significa que me quiera. Para los hombres el sexo es fácil.

Para ella no. Ella no podía separar los sentimientos del acto. Por eso no se había acostado con nadie desde... desde aquella única noche con George cuatro años atrás.

Natalie la miró sorprendida.

–Lo que de verdad me gustaría –siguió Sophy con fiereza– es que no fuera tan encantador, porque no quiero que Lily sufra cuando nos vayamos.

Natalie abrió todavía más los ojos, pero no dijo nada.

Y bien mirado, ¿qué podía hacer ante un estallido así? Sophy suspiró. ¿Por qué había dicho eso? ¿Por qué hablaba como si le importara?

¿Por qué le importaba?

Darse cuenta de que le importaba fue como si le hubieran dado un golpe en el esternón, la dejó sin aliento.

¿Le gustaría que saliera bien?

Palabras inocentes que había creído podían hacerse realidad cuatro años atrás.

Y cuando no había sido así, ella había vuelto la espalda. Había tenido que volver la espalda. Había tenido que hacer una vida para su hija y para ella; había tenido que negarse a esperar.

Y ahora la esperanza se movía de nuevo en su interior.

Y hacía que se cuestionara su cordura. No podía ser que contemplara de nuevo en serio la posibilidad de vivir con George.

¿O sí?

No. No podía.

Pero...

Pero se encontró mirando de nuevo el jardín donde George y Lily reían juntos. Era una risa pura y franca entre dos personas que estaban en sintonía una con la otra.

Padre e hija.

No.

Lily era hija de Ari.

Pero George era el único padre que había conocido. Era él por quien preguntaba cuando hablaba de su papi. Era su foto la que tenía en la cómoda junto con la de su madre. Era a George al que había reconocido instintivamente en el aeropuerto, el mismo que no la había soltado desde que llegara.

Y él parecía sentir lo mismo.

Aquello no tenía sentido.

¿Y por qué, sabiendo como sabía las razones por las que George se había casado con ella, por qué era tan tonta como para desear otra cosa?

Seguramente Natalie tenía razón y él la deseaba todavía. Ella también. ¿Pero y qué? Ella quería más. Quería amor. Querer y ser querida.

No ser un deber. No ser «uno de los líos de Ari» que George se sentía obligado a arreglar. Las palabras que le había oído pronunciar el día del bautizo de Lily, el día en el que el mundo se había derrumbado a su alrededor.

George no se lo había dicho a ella. Pero en el bautizo, cuando había ido a buscarlo para las fotos de familia, lo que le había oído decirle a su padre lo había cambiado todo.

Ellos discutían y alzaban la voz. Socrates solía gritar, pero era la primera vez que Sophy oía alzar la voz a George. Recordaba todavía las palabras exactas de aquella conversación como si las llevara grabadas en el cerebro.

Había oído primero la voz de George. Insistía en que no quería hacer algo, algo que Socrates insistía también gritando que tenía que hacer.

Ella estaba a punto de llamar a la puerta cuando George dijo:

—¡Ya estoy harto de limpiar los líos de Ari, maldita sea! Dame una buena razón para que deba hacerlo.

Sophy se sintió como si le hubieran dado un puñetazo. Se quedó paralizada en la puerta del despacho del padre de George, incapaz de respirar, capaz sólo de escuchar.

Y oyó que Socrates le daba una buena razón. En realidad, le dio varias, todas muy racionales.

—Porque lo haces bien —le dijo—. No te lo tomas como algo personal, no exageras. Haces lo que hay que hacer y no mezclas los sentimientos en eso.

Sophy sintió la boca seca. El corazón le latía con tanta fuerza que le sorprendió que no pensaran que alguien llamaba a la puerta.

Pero no la oyeron en absoluto; simplemente siguieron hablando.

—Pues no quiero hacerlo —George ahora sonaba tan racional como esperaba su padre—. Tengo otras cosas que hacer.

No las dijo y Socrates no preguntó.

A Sophy le pareció que a Socrates no le importaba, sólo le importaba limpiar los cabos sueltos de la vida de Ari. «Los líos de Ari». Y estaba claro que George era el hombre que quería que lo hiciera.

–No te llevará mucho tiempo. No es una gran obligación –comentó Socrates. Y pasó a prometerle que aquélla sería la última vez.

–¿La última vez? –preguntó George dudoso.

–Bueno, está muerto, ¿no? –Socrates parecía exasperado–. ¿Qué más problemas puede causar?

–Más vale –contestó George–. Porque después de esto, he terminado. Tengo una vida, maldita sea. ¿O lo has olvidado?

–Claro que no –contestó su padre indignado.

–Al menos no puedes esperar que me case con ésta.

Aquellas palabras fueron como un cuchillo en el corazón de Sophy. Pero ellas le dijeron la verdad. Se había casado con ella para cumplir con las expectativas de su familia.

Todo cobró sentido entonces. El trabajo en Uppsala del que no se había molestado en hablarle... Ahora sabía por qué no lo había hecho. Porque era una parte de su vida que había puesto en compás de espera a causa de ella. No lo había mencionado porque no pensaba aceptarlo porque Ari había muerto dejándola sola y embarazada.

Necesitada. «Un lío».

Uno que podía arreglar casándose con ella. Por la familia. Por ella. Por Lily.

En realidad, también se lo había dicho así al pedirle que se casara con ella.

Le había dicho que cuidarían de ella. En plural. Su familia, no él. Ella entendió entonces que él sólo había hecho lo que esperaban porque era el que «no mezclaba los sentimientos», el que no se tomaba las cosas de un modo personal, el que llegaba y hacía el trabajo sucio cuando era necesario.

Nunca la había querido.

Ella había creído que sus acciones hablaban por él, que al casarse mostraba cuánto le importaba y la noche anterior al bautizo, cuando habían hecho el amor por primera vez, se había atrevido a pensar que él la quería como ella había llegado a quererlo.

Esa noche había sido mágica para ella.

Pero a la tarde siguiente había descubierto lo equivocada que estaba y había comprendido que tenía que acabar con aquel matrimonio y enviarlo lejos. Dejarlo libre.

Y lo había hecho.

No lo había hecho con calma ni racionalmente ni con el distanciamiento sentimental que permitía a George hacer cosas difíciles. No. Le había dicho que se marchara, que su matrimonio había sido un error y que lo quería fuera de su vida.

Él la había mirado atónito, como si no pudiera creer lo que oía. Había discutido un poco, le había dicho que era preciso que se atuviera a razones.

Pero Sophy había insistido.

—Lárgate. Hemos terminado —había dicho entre lágrimas.

Y George había acabado por irse.

Había desaparecido calladamente de su vida, con la misma eficiencia con la que había aparecido, dejándola vacía, hueca por dentro, más alterada de lo que se había sentido nunca.

Pero ella se había reagrupado y había salido adelante. Había cruzado el país y se había hecho una nueva vida para sí misma y para su hija. Era una mujer fuerte e independiente que no necesitaba un hombre para sentirse completa.

Lily y ella no eran obligaciones ni deberes ni mucho menos un lío que había que arreglar.

¿Comprendía George eso ahora? ¿Tenían alguna posibilidad? ¿Tenía razón Natalie? ¿Había algo más profundo en su relación para que hasta su prima se diera cuenta?

A veces, en la última semana, Sophy había pensado que sí. Pero tenía miedo de creerlo. Aunque, ¿volver la espalda no sería de cobardes?

¿Deseaba ella que funcionara su matrimonio?

Sí. En el fondo del corazón, sabía que seguía queriéndolo todo.

Miró el jardín, donde George estaba acuclillado en la hierba con el brazo alrededor de Lily. Charlaban con las dos cabezas juntas.

Sí, lo quería todavía. Lo deseaba.

¿Pero tenía el valor de arriesgarse de nuevo?

George no supo cuándo había empezado a tener esperanza.

Quizá ésta no lo había abandonado nunca. Ciertamente, nunca se había divorciado ni se había sentido impulsado a comprometerse con otra mujer. ¡Qué narices!, nunca había pasado más allá de algunas cenas.

Pero sí supo exactamente cuándo empezó a creer que podían ser de nuevo una pareja... una familia.

Fue cuando despidieron al día siguiente a Natalie en el taxi que la llevaría al aeropuerto.

La despidieron con la mano hasta que el taxi se perdió de vista y se quedaron los tres solos.

Por un momento pareció que no había ningún ruido en todo Manhattan, fue como si todo se detuviera. Luego Lily les dio una mano a cada uno y se columpió entre ellos.

–Vámonos a casa –dijo.

George miró a Sophy por encima de la cabeza de la niña y ella le sonrió.

Él le sonrió a su vez.

–Vámonos a casa.

Era increíble, pero Sophy se sentía como si la estuvieran cortejando.

Nunca la habían cortejado. Había salido con chicos, había tenido una aventura con Ari y se había casado apresuradamente con George.

Pero hasta ese momento, nunca la habían cortejado.

Se dijo que era bobo sentir eso. Pero algo en las atenciones de George hacía que Sophy sintiera así y no podía evitarlo.

Ni quería.

Cuando preparaba la cena esa noche, George apareció con Lily en la puerta de la cocina.

–¿Cómo podemos ayudar? –preguntó.

Sophy intentó decirles que no era necesario, pero ellos no se fueron. George enseñó a Lily a pelar zanahorias y luego las cortó en pedazos para que Sophy las añadiera a las patatas y la carne en el estofado que estaba preparando.

Prepararon juntos la cena y, mientras se hacía, George

sugirió que llevaran a Gunnar a dar un paseo por Central Park.

Lily echó a correr hacia la puerta.

–¿Estás seguro? –preguntó Sophy–. Has usado mucho el tobillo hoy. ¿Y qué tal la cabeza?

–La cabeza no me duele y el tobillo no está mal. Prometo no excederme. Vamos, Sophy. No seas aguafiestas. ¿Cuántas veces surge un día tan perfecto?

Así que fueron. Ella no quería ser aguafiestas. Y él tenía razón en lo del día perfecto.

Era una tarde soleada de otoño y las hojas empezaban a adquirir maravillosos tonos de rojo y oro. Lily, poco acostumbrada a los cambios estacionales, se mostró encantada con las «hojas pintadas».

–Elige unas cuantas buenas y podrás hacer vidrieras –le dijo George.

–¿Con hojas? ¿Cómo? –Lily empezó a buscar hojas con él.

–Las queremos enteras y lo más perfectas posible –le dijo George–. Y de colores brillantes. Mi madre hacía esto con mis hermanos y conmigo todos los años. ¿No quieres ayudar? –preguntó a Sophy.

Ésta se unió a la caza y acabaron arrastrándose por el suelo, eligiendo hojas y guardando las mejores.

–Esto no puede ser bueno para tu tobillo –protestó Sophy una vez.

George movió la cabeza.

–Algunas cosas son más importantes que mi tobillo.

Al final acabaron recogiendo una docena de hojas de brillantes colores, que Sophy transportó con cuidado mientras George tiraba de la correa de Gunnar y llevaba a Lily sentada en los hombros.

Una vez en casa, vio cómo enseñaba George a Lily a hacer «vidrieras» colocando las hojas entre dos pliegos de papel de cera, extendiendo después una camiseta encima de ellas y planchándolas con una plancha templada.

—No muy caliente —explicó—. Sólo queremos que la cera de las dos capas se funda con las hojas de dentro. Ven aquí —subió a Lily a una silla y la ayudó a planchar.

Cuando terminaron, dejó la plancha en el mostrador, fuera del alcance de la niña, apartó la camiseta y sostuvo el papel encerado contra el cristal.

El sol de la tarde brilló a través de él, iluminando las hojas y haciéndolas relucir como vidrieras.

Lily aplaudió.

—¡Qué bonito! —dijo—. Mira el rojo. Y el dorado. Vamos a hacer otra.

Tenían hojas suficientes para hacer varias más. Empezaron otra. George miró a Sophy.

—No te quedes ahí parada. Ayúdame; yo no tengo habilidades artísticas.

Aquello no era cierto, pero ella apreció la invitación y se acercó a ayudar. George le pasó las hojas. Sus dedos se rozaron.

Se dijo que eso no significaba nada.

Trabajaron juntos y pronto tuvieron tres «vidrieras» más.

Y esa tarde y los días siguientes fue aumentando la sensación de que crecían juntos como una familia.

El lunes George tenía que ir al laboratorio.

—¿Vienes conmigo? —preguntó por la mañana.

—¿Te duele la cabeza?

—No mucho. Pero si eso te hace venir, me la golpearé con algo para que me duela más.

Sophy se echó a reír.

—Ni se te ocurra.

Lily y ella fueron con él en el metro hasta Hudson y, mientras él trabajaba en el laboratorio, caminaron por las calles, jugaron en un parquecito y se reunieron a almorzar con George en un restaurante con vistas al río.

—Dadme una hora más y luego venid a buscarme al laboratorio —les dijo éste.

Terminó rápidamente el almuerzo y volvió al trabajo. Sophy y Lily se quedaron viendo cómo navegaba un barco en el río y contando historias de dónde podía haber estado.

—Me gustan los barcos —dijo Lily—. Papá dice que el tío Theo tiene uno. ¿Crees que podremos ir alguna vez?

—Tal vez —repuso su madre. ¿Podrían? Una semana atrás lo habría considerado imposible; ahora, como decían los marines, quizá lo imposible podía suceder.

Cuando llegaron al laboratorio, que estaba en una casa amplia al lado del río, George las esperaba sentado en los escalones de la entrada. Tenía el maletín en una mano y algo azul, rojo y amarillo en la otra.

Se levantó sonriente y se lo pasó a Lily.

—¡Es una cometa! —exclamó la niña.

—¿Has volado una alguna vez? —le preguntó George. La niña negó con la cabeza.

—Pero las he visto en la playa. Y quería tener una.

—Pues ya la tienes. Espera sólo un momento mientras termino de montar la de tu madre.

—¿Mía? —Sophy parpadeó.

—Es más divertido con dos. Podemos compartir, ¿vale?

–Sí –contestó Sophy, más encantada de lo que quería admitir.

George montó la cometa rápidamente, ató luego las colas de las dos y los ovillos de hilo.

–¡Ahí va! –gritó Lily cuando empezó a subir la suya–. ¡Mírala!

Sophy descubrió que tenía que sujetar la suya con fuerza o la perdería.

–¿Estás seguro de lo de las dos juntas? –preguntó.

–Déjale que sujete ella ésa y nosotros volaremos ésta.

–Es muy fuerte –le advirtió Sophy.

–Ella es una niña fuerte, ¿verdad, Lily?

La interpelada alzó las manos.

–Sí, mami. Puedo hacerlo.

Sophy le pasó el ovillo y George se lo envolvió alrededor de la muñeca para que no lo perdiera y se lo colocó en la mano. Le enseñó cómo tirar de la cuerda si era preciso.

–¿Cómo lo sabré? –preguntó la niña muy seria.

–Tú sólo inténtalo. Hazlo lo mejor que seas. Siente hacia dónde la lleva el viento y confía en tus instintos.

A Lily le encantó volar la cometa. Les gustó a todos. Fue un día fabuloso. Y Lily protestó cuando Sophy puso fin a la diversión porque vio líneas de cansancio en torno a la boca de George.

–Podemos repetirlo otro día –dijo.

Cuando llegaron a casa, dejó a George al cuidado de Lily, sacó un rato a Gunnar y compró una pizza para cenar.

Cuando volvió, era casi de noche y George estaba tumbado en el sofá con los ojos cerrados. Lily se sentaba a su lado acariciándole el pelo. Alzó la vista al verla.

—Soy la enfermera —dijo—. Papá dice que esto hace que sienta mejor.

—Eres muy amable —repuso Sophy—. Ahora lávate las manos y vamos a cenar. ¿Quieres pizza, George?

Él se sentó en el acto.

—Sí, claro —echó a andar hacia la cocina. Su rostro reflejaba dolor.

—A la cama —dijo Sophy con firmeza.

—Puedo comer...

—Si quieres pizza, te la subiré yo. Sube y acuéstate. Hoy te has excedido y tienes que tumbarte.

—Pero le he dicho a Lily...

—Lily quiere cuidar de ti. Comprenderá que eso implica dejarte dormir para que te pongas bien. Vamos, vete —señaló las escaleras.

George obedeció.

Por la mañana parecía estar mejor. Incluso llevó a Lily y Gunnar al parque mientras Sophy preparaba el desayuno.

Al día siguiente, Tallie llamó para preguntar cómo estaba George y le encantó saber que Lily estaba con ellos.

—Los chicos querrán que venga a casa —dijo—. Quieren conocer a su prima. ¿Puede venir el jueves por la tarde y quedarse a cenar? Os invitaría también a vosotros, pero he pensado que así podréis pasar un tiempo a solas, ¿no?

Sophy tragó saliva. No se le pasó por la cabeza resistirse.

—Eso pude ser divertido —dijo—. A Lily le gustará mucho.

Como suponía, la niña se mostró encantada. Ya se había hecho amiga de Jeremy y era maravilloso que tuviera un amigo en la misma calle con el que pudiera jugar cuando George estaba en el trabajo y Sophy necesitaba hacer cosas en Internet o por teléfono.

Pero la idea de los primos le gustó todavía más. Nunca había conocido a ningún primo aparte de Natalie, que era mayor y no contaba. Esperó con impaciencia que llegara el jueves para que Sophy la llevara en el metro hasta Brooklyn.

Y cuando sonó el teléfono de Sophy a media mañana, Lily dijo:

—A lo mejor son ellos para decirnos que vayamos antes.

Sophy sonrió.

—Lo dudo.

—Soy Tallie —dijo su cuñada—. Tengo que pedirte un favor. ¿Puedes venir antes con Lily y quedarte con los chicos? Ya sé que no es lo que habíamos planeado, pero me temo que estoy de parto.

Capítulo 10

PUEDES ser mi «Alquila una mamá» –dijo Tallie a Sophy después de despedirse de sus hijos y darles instrucciones de última hora mientras Elías intentaba sacarla por la puerta.

–No hace falta que me alquiles –repuso Sophy–. Estoy encantada de hacerlo. Vamos, vete ya y ten un buen parto y una niña sana.

–Lo haré –prometió Tallie. Dio un último abrazo a los chicos y abrazó también a Lily–. Espero que sea tan guapa como ésta.

–Vamos, vamos –murmuró Elías, con la bolsa de Tallie en una mano y el brazo de su esposa en la otra–. Tú no quieres tener a la niña en el vestíbulo.

Tallie se echó a reír.

–Siempre es así. Un manojo de nervios. Portaos bien –dijo a sus hijos.

Y ellos obedecieron. Los mellizos se llevaron a Lily para enseñarle sus juguetes y ella fue de buen grado. El pequeño, un niño de tres años llamado Jonathan pero al que todos llamaban Digger, se quedó con Sophy y parecía preocupado.

–Todo irá bien –le aseguró ella–. ¿Quieres leer un cuento?

Él asintió muy serio; fue a su habitación y regresó con veinte libros.

—¿Todos éstos son tus favoritos? —ella lo sentó en su regazo y abrió el primero.

El niño volvió a asentir. Sophy empezó a leer. En el quinto o sexto libro, empezó a hablarle de las ilustraciones y qué personajes eran los mejores. En el décimo estaba contando la historia con ella y después del último, la tomó de la mano y dijo:

—¿Quieres ver mis camiones?

Ella lo acompañó al pequeño jardín de atrás, donde él le enseñó sus camiones en una gran caja de arena llena de agujeros profundos y túneles.

—¿Has hecho tú todo esto? —preguntó Sophy.

Digger asintió contento y le brillaron los ojos.

—El tío George y yo.

—¿El tío George excavó esto contigo?

—Al tío George le gustaba excavar. A veces vamos a la playa a excavar. Hacemos planos. ¿Quieres verlos?

—Me encantaría —Sophy lo siguió de vuelta a la casa y a la sala de estar, donde él tiró del cajón inferior de un gabinete.

—Aquí —sacó papeles que contenían diagramas simplificados de una serie de túneles y zanjas.

Sophy lo miró, asombrada y cautivada. Los dibujos eran claros y meticulosos, pero a un nivel muy básico.

—No sólo excaváis túneles —murmuró.

—A veces sí —contestó Digger—. Pero a veces se caen y por eso hacemos planos. Funcionan mejor. ¿Cuándo vendrá mi mamá a casa?

—Probablemente pasado mañana —le dijo Sophy—. Tiene que tener el bebé y luego descansar un día. Es mucho trabajo tener un bebé.

—Papá dice que yo tenía prisa. A lo mejor el bebé también tiene prisa y llega pronto.

Sophy le pasó una mano por el pelo reluciente.

–A lo mejor sí.

Pero no tuvieron noticias en toda la tarde. Cuando llegó George a las cinco, Elías no había llamado aún.

–¿No ha llamado? –preguntó preocupado.

Sophy se colocó entre él y los niños para que éstos no vieran su expresión.

–Aún no. Pero seguro que no tardará.

–¿Podemos llamarla nosotros? –preguntó Nick.

–¿O a papá? –sugirió Garrett.

–Creo que ahora están muy ocupados –les dijo Sophy–. Vuestro padre llamará en cuanto nazca el bebé.

–Vamos –intervino George–. Vamos al parque a jugar al béisbol.

Sophy fue con ellos y jugó también, decidida a asegurarse de que George no se excedía. Pero no tenía que haberse preocupado. Lily se encargó de eso.

–A mi papá le duele la cabeza cuando juega mucho rato –dijo a los chicos–. Así que sólo podemos jugar un rato corto.

–¿Por qué te duele la cabeza? –quiso saber Garrett.

George les contó el incidente con Jeremy y el camión. Los niños lo miraron con ojos muy abiertos.

–Papá es un héroe –anunció Lily con solemnidad.

George negó con la cabeza.

–Un hombre tiene que cumplir con su deber. Vamos a jugar al béisbol.

Jugaron y Sophy los miró sonriente. Cuando sonó su móvil lo sacó corriendo del bolsillo.

Era Elías.

–Es una niña. Tallie y ella están bien –le tembló un poco la voz–. Al final ha sido una cesárea de urgencia. El cordón estaba enrollado alrededor de la cabeza.

–¡Oh, Elías!

–Se estaba quedando sin oxígeno y Tallie estaba al borde de un ataque de nervios. Yo también, pero ya está todo bien.

–Me alegro. Me alegro mucho. Toma. Díselo a los niños.

Los llamó y les dejó hablar con su padre mientras ella daba la noticia a George y Lily.

–Podemos ir a verlos después de cenar –informó Nick–. Lo ha dicho papá.

A Digger le brillaron los ojos.

–Vamos a cenar –dijo.

Alethea Helena Antonides era mucho más pequeña que su nombre. Pero con ojos grandes, mejillas redondeadas, boca de capullo de rosa y una gruesa capa de pelo moreno, era una niña preciosa.

Cuando llegaron al hospital, Tallie la tenía en brazos. Sus hermanos la miraron con ojos muy abiertos y después miraron a su madre como si no estuvieran muy seguros de lo que había pasado ni de lo que ocurriría a continuación. Tallie parecía agotada pero radiante. Elías, destrozado.

–Es guapísima –musitó Sophy.

George, que tenía en brazos a Lily para que pudiera ver mejor a su nueva prima, tragó saliva.

–Sí que lo es –miró a su hermana–. Me alegro de que las dos estéis bien.

Tallie le tendió una mano y él se la apretó.

–Yo también –Lily metió su mano entre las de ellos–. Me gusta tu bebé –dijo a Tallie. Miró a su madre–. ¿Podemos tener uno nosotros?

Sophy se ruborizó. No se atrevió a mirar a George.

—Ven, Digger —lo alzó en brazos—. Seguro que quieres sentarte al lado de tu mamá y Thea.

A Digger aquello le gustó mucho. Los otros niños se acercaron también con su papá y George les hizo una foto. Lily también quería salir en ella.

—No, cariño. Es su familia —le dijo Sophy mientras George sacaba un par de fotos más.

—Pues el tío Elías puede hacer una a nuestra familia —insistió Lily—. Papá, tú y yo.

Sophy miró a George, que la miró a ella. Lily los miró a los dos y pasó a la acción. Tomó una mano de cada uno y tiró de ellos hasta la silla.

—Papá, siéntate aquí.

George obedeció. Lily se sentó en el brazo de la silla y tiró de Sophy para que se sentara en el regazo de él.

—¡George! —protestó ella.

Pero él la rodeó con el brazo y apretó su espalda contra él. Y Sophy no protestó más. Sentía el aliento de él en la nuca y las rodillas flojas.

—Sonreíd —ordenó Elías. Y sacó la foto. Miró la imagen—. No está mal —sacó otra y otra más—. Sí —sonrió a la última—. Ésta me gusta.

Cuando terminaron de hacer fotos, llegó el momento de que los niños se fueran a casa.

—¿Podéis quedaros allí esta noche? —preguntó Elías cuando se marchaban—. Odio pedíroslo, pero esta noche necesito estar aquí.

Sophy le puso una mano en el brazo.

—Me quedaré yo. George tendrá que ocuparse de Gunnar, pero...

—Iré a sacarlo y volveré —intervino George—. Tú quédate con Tallie.

Elías les sonrió agradecido.

–Llegaré a tiempo de llevar a Nick y Garrett al colegio y me traeré a Digger aquí.

–Tarda todo lo que necesites –le dijo Sophy–. Nos arreglaremos.

Se llevó a los niños a casa en un taxi mientras George iba en metro a su casa. Sophy bañó a los pequeños, dejó que los mellizos leyeran en su cama y estaba leyendo un cuento a Lily y Digger cuando volvió George con un cambio de ropa para Lily y ella. Dijo que al día siguiente tenía que salir pronto para ir a sacar a Gunnar antes de dirigirse al laboratorio, donde tenía una reunión importante.

–Me temo que te estoy cargando mucho y lo cambiaría si pudiera, pero es una reunión que fijamos hace semanas.

–No es problema –le aseguró ella–. ¿Por qué no lees tú a los niños mientras yo limpio la cocina? –estaba tal y como la habían dejado cuando salieran para el hospital después de cenar.

–De acuerdo.

Sophy aclaró los platos y los metió en el lavavajillas; lo encendió y limpió la mesa y las encimeras. Cuando terminó y subió las escaleras, todo estaba en silencio.

Digger y Lily dormían profundamente. Nick también dormía. Garrett leía todavía. A George no lo vio.

Oyó un ruido y lo vio salir del dormitorio de la parte central de la casa con ropa en las manos.

–He cambiado las sábanas de la habitación de Tallie y Elías –dijo.

Y entonces se dio cuenta Sophy de que sólo había una cama. George debió de ver algo en su expresión, porque dijo:

–No tienes que compartirla si no quieres.

–Sí quiero –ella lo miró a los ojos–. Si tú quieres.

–¡Oh, sí!

Sophy le dedicó una sonrisa temblorosa y tendió las manos para quitarle las sábanas. Sus dedos se rozaron.

–Llevaré esto abajo y apagaré las luces.

George estaba esperando cuando volvió. Había abierto la cama y dejado encendida sólo la pequeña lámpara de lectura de la mesilla.

–¿Quieres una ducha? –preguntó.

Ella asintió sin palabras.

–¿Quieres que te enjabone la espalda?

Sophy se humedeció los labios con nerviosismo.

–Eso estaría muy bien.

Y lo estuvo. Él la desvistió despacio, le sacó el suéter por la cabeza y se detuvo a besarle el cuello antes de continuar. Ella intentó abrirle los botones de la camisa y se sintió como un idiota cuando acabó desabrochándolos él.

–Lo siento –murmuró.

–Soy un impaciente –musitó él–. Ha pasado mucho tiempo.

De hecho, nunca se habían duchado juntos. Él nunca le había enjabonado la espalda. Y cuando estuvieron desnudos, no estaba claro si esa vez lo iban a hacer o si el deseo los llevaría directamente a la cama.

Hasta que George le besó la mejilla y murmuró:

–Umm, uva, creo.

Sophy se echó a reír.

–Ducha seguro.

Se metió. Por suerte, George había abierto antes el grifo y el agua estaba caliente. Como también el cuerpo del hombre que se situó tras ella, le tomó los pechos en las manos y le mordisqueó los hombros.

–Creía que me ibas a lavar la espalda –Sophy se estremeció de placer al sentir sus labios en la piel y la presión de su erección en el trasero. Se inclinó hacia él y se movió.

George gimió.

–Ya voy –murmuró. Y volvió a mordisquearla. Pero una mano abandonó sus pechos el tiempo suficiente para enjabonarle el vientre, los pechos y la espalda.

Pero lavarle la espalda implicaba apartarse, dejar espacio entre ellos. Y justo cuando ella iba a protestar, George la volvió en sus brazos y la estrechó contra sí para lavarle la espalda. Luego bajó las manos y las deslizó entre las piernas de ella.

A Sophy le temblaron las rodillas. Contuvo el aliento. Pasó las manos por el abdomen de él, acarició su pecho, su vientre plano, su sexo.

–Basta –advirtió George

Pero ella no hizo caso. Acercó la lengua a los pezones de él, le pasó las uñas por las costillas y sonrió cuando él emitió un gruñido de deseo y placer.

George se puso rígido.

–¿Qué pasa?

–Me estoy controlando –dijo él entre dientes. Sus ojos eran oscuros como la noche y cargados de deseo.

–Yo podría... ayudarte con eso –murmuró ella.

Él soltó una risita estrangulada.

–No lo hagas.

–¿No?

Él negó con la cabeza.

–Será mejor... así –se enjuagó las manos y la alzó en vilo.

Sophy lo abrazó instintivamente con las piernas y sintió que la penetraba. Contuvo el aliento.

—¿Estás bien? —preguntó él.

Sophy asintió, lo estrechó en sus brazos y él se mordió el labio inferior y empezó a moverse.

Ella le clavó las uñas en los hombros. Tenía los talones clavados en la parte de atrás de los muslos de él. Y a medida que se movían, sintió creer la tensión en su cuerpo y las palpitaciones de su parte íntima cuando los dos llegaron juntos al clímax.

Él se dejó caer contra la pared de la ducha, abrazándola todavía. Y Sophy se aferró a él e intentó encontrar palabras para expresar lo que aquello significaba para ella. Pero las palabras se perdieron en el fragor de los sentimientos. Sentía el corazón rebosante y, cuando lo intentó, cuando alzó la cara para mirarlo y sus ojos se encontraron, no encontró palabras.

Él le acarició el rostro con las yemas de los dedos y la besó en los labios.

—Hermoso.

Sí, una sola palabra. Y Sophy podía conformarse con ella.

Se aclararon el jabón y se secaron mutuamente despacio y con cuidado. Y luego George la llevó a la cama y volvieron a hacer el amor.

Sophy se lo dijo entonces, acurrucada a su lado y con la mejilla apoyada en su pecho. Él dormía ya, pero no importaba. Podría decírselo al día siguiente, podría decírselo todos los días de su vida.

Y lo haría.

George habría preferido quedarse en la cama con su esposa.

«Su esposa». Las palabras le hicieron sonreír.

Cuando sonó el despertador a las cinco y media, sonrió a Sophy, que dormía acurrucada a su lado con la mejilla apoyada en la mano. La noche anterior no había habido lágrimas; Ari no había colgado como un espectro entre ellos cuando hacían el amor. Esa vez ella era suya, totalmente suya.

Inclinó la cabeza y la besó en la mejilla. A continuación salió de la cama y entró en el baño.

Se duchó rápidamente, se afeitó, vistió y peinó, y volvió al dormitorio a ponerse los zapatos. Estaba todavía oscuro y no vio que Sophy estaba despierta hasta que ella dijo:

—Buenos días.

George sonrió.

—Buenos días a ti también.

Ella se incorporó sobre el codo y le echó el otro brazo al cuello para besarlo.

George la deseó al instante, pero sabía que no tenía tiempo. Se apartó de mala gana del abrazo.

—Tengo que irme.

Ella suspiró.

—Lo sé —ella volvió a tumbarse y George sintió que lo miraba mientras intentaba abrocharse la corbata en la penumbra—. ¿Siempre tienes que cumplir con tu deber, George?

—Más o menos. ¿No tenemos todos?

—Ari no tenía.

¿Ari? ¡Maldición! ¿Siempre iba a estar Ari con ellos?

—Yo no soy Ari —dijo entre dientes.

—Ya lo sé.

—Nunca seré Ari —continuó.

—Te casaste conmigo por Ari —comentó ella.

George respiró hondo.

–Sí, es verdad –se pasó una mano por la cara–. Y lo siento –añadió con dureza porque Dios sabía que aquello también era verdad–. No debí hacerlo.

Sophy respiró con fuerza, pero no dijo nada. No se movió ni pronunció una palabra.

George apretó los dientes, miró el reloj y vio que no había tiempo para explicar nada por importante que fuera. Se pasó una mano por el pelo, suspiró y movió la cabeza.

–Lo siento –dijo–, pero podemos hacer que esto funcione. Aunque en este momento tengo que ir a esa reunión...

Sophy alzó una mano.

–Vete –dijo con calma–. Claro que sí. Vete.

Capítulo 11

CUANDO Sophy salió con Lily de casa de Tallie, no le dijo a Elías que se iban de Nueva York. Sólo le dijo que tenía una familia maravillosa y lo afortunado que era por ello. Y si se emocionó un poco al decirlo, bueno, ese día eso era algo normal.

Elías parecía todavía cansado y claramente distraído. No notó en absoluto que a Sophy le temblaba la voz; simplemente estaba muy agradecido porque hubiera pasado la noche allí.

—Os invitaremos cuando estemos en casa y organizados —prometió—. Tallie querrá daros las gracias. Y los chicos querrán ver a Lily.

—Gracias a vosotros —repuso Sophy.

Lo vio alejarse con los tres niños, fregó los platos del desayuno y tomó el metro con Lily a casa de George.

—¿Dónde está papi?

—En el laboratorio. Tenía una reunión muy temprano.

—Y no podíamos ir con él —comentó Lily—. ¿Pero podemos ir ahora y llevarnos las cometas?

—No —repuso Sophy—. Tenemos que volver a la casa y sacar a Gunnar —respiró hondo—. Y después tenemos que volver a casa.

—Pero Gunnar está en casa —dijo la niña.

Aquello hacía aún más difícil la situación.

—No, a nuestra casa. Con Natalie y Christo. En California.

Lily negó con la cabeza.

—Ésta es nuestra casa —dijo—. Con papi.

Sophy no discutió. Probó otro ángulo.

—Es la casa de papá. Y tú puedes venir a quedarte a veces, pero no es mi casa. Y yo necesito ir a casa, Lily.

—Pero...

Sophy miró al frente y se negó a escuchar más, aunque posiblemente todas las demás personas del vagón oían a su hija. Fue un alivio llegar a su parada y bajarse.

Gunnar se mostró encantado de verlas. Lily lo dejó salir al jardín y le tiró pelotas de tenis; ignoraba a su madre porque ella no la había escuchado. No era ideal, pero era mejor que la alternativa, llevarse a Lily llorando y pataleando hasta California.

Sophy llamó a una agencia de viajes.

—Necesito dos billetes para Los Ángeles —dijo—. Sí, para hoy.

George estaba distraído.

Tenía que esforzarse por concentrarse en la reunión. Pensaba en Sophy; recordaba su noche juntos y el modo en que ella se había cerrado esa mañana.

En la reunión hablaba poco, cosa que tenía confusos a sus colegas y atónitos a los estudiantes de postgrado; al fin alguien se rascó la cabeza y dijo que creía que debían discutir el proyecto otro día.

George aprovechó enseguida la oportunidad.

—Buena idea. Hagamos eso.

—¿A qué viene tanta prisa? —murmuró Karl VanOstrander, el jefe del departamento de Física.

–¿Qué? –George guardaba ya sus papeles en el maletín.

Karl movió la cabeza y le dio una palmada en el hombro.

–Me alegra ver que eres humano.

George no sabía que hubiera habido alguna duda de eso. Asintió con la cabeza y salió corriendo.

Llamó a Sophy desde el metro pero ella no contestó. Llamó a casa de Tallie y tampoco obtuvo respuesta. Supuso que había ido a su casa, pues Gunnar necesitaba salir.

Compró un ramo de margaritas en la esquina de su casa y subió los escalones corriendo. Gunnar estaba en la entrada. Sophy y Lily no estaban.

Decidió que iría a casa de Tallie y subió a buscar ropa limpia para Sophy y Lily, pero encontró los armarios vacíos.

George los miró y movió la cabeza. Inmediatamente sintió náuseas. Ser atropellado por un camión no era nada comparado con aquello.

Ella lo había dejado otra vez.

¡Pero no podía hacer eso! Se lo había permitido una vez porque la había presionado demasiado rápido, había querido demasiado.

¿Ahora?

Se frotó la nuca para intentar paliar el dolor de cabeza, pero nada podía paliar el dolor de su corazón.

Eso sólo podía hacerlo el amor de Sophy.

A Sophy le dolía el cuello de haber pasado casi toda la noche en la cama de Lily con su hija y Chloe para evitar que la niña se pasara la noche llorando.

Que era lo que había hecho todo el día.

Sophy sabía que la culpa era suya. Tenía que haberse asegurado de que su hija supiera que su visita a Nueva York era sólo temporal. Decirlo después del hecho consumado no tenía el mismo efecto.

Lily la miraba de hito en hito o decía:

–¿Por qué tuvimos que irnos sin decirle adiós?

Y ella sólo podía encogerse de hombros y contestar:

–Porque yo necesitaba volver.

Cuando en realidad tendría que haber dicho: «Necesitaba irme». Era así de sencillo.

Y de egoísta. Por eso había prometido a Lily que podría volver pronto a ver a su padre. No dudaba de que George la quería de verdad y les vendría bien a los dos.

A Lily aquello no le pareció mucha consolación.

–Quiero a papi –había sollozado al acostarse la noche anterior–. Quiero a Gunnar.

–Tienes a Chloe, querida.

Lily había tirado a la perra de peluche contra la pared y luego había ido a recogerla, se había metido en la cama con ella y sollozado más fuerte.

–Lo superará –había dicho Natalie por la tarde–. Los niños son fuertes.

No había preguntado qué había ocurrido; simplemente las había recogido en el aeropuerto y las había abrazado. Sophy le agradecía su comprensión y la falta de preguntas. Y durante la noche, oyendo el llanto de Lily, había confiado en que su prima tuviera razón.

Salió de la cama con cuidado de no despertar a la niña, flexionó los hombros y movió el cuello. Le dolía.

Tomó una larga ducha caliente y se negó a pensar

en la ducha con George. Se lavó el pelo y se puso una camiseta y pantalones cortos limpios. En Nueva York era otoño pero en California casi siempre era verano.

Empezó a hacer café y encendió el ordenador. Pero como no consiguió concentrarse en el trabajo, bajó la tapa y miró el espacio.

Llamaron a la puerta y fue a abrir convencida de que sería Natalie.

–¿Qué narices te crees que estás haciendo? –George entró en el apartamento y la miró con ojos llameantes.

Sophy lo miró atónita. Tenía el pelo revuelto y la mandíbula con asomo de barba. También tenía los ojos inyectados en sangre; parecía tenso, dolorido y muy enfadado.

Ella nunca lo había visto enfadado y no quería verlo.

–Márchate –mantuvo la puerta abierta.

Él se sentó en el sofá.

–No pienso ir a ninguna parte –la miró desafiante–. ¿Quieres obligarme?

Ella apretó los dientes y cerró la puerta. Puso los brazos en jarras.

–Eso no debería ser necesario. No sé lo que haces aquí. Bueno, sí lo sé, pero no hay ninguna razón para ello.

Él la miró con el ceño fruncido.

–¿Lo sabes pero crees que no hay motivo? ¿Por qué estoy aquí? –preguntó con un tono de voz más normal.

Ella se encogió de hombros.

–Porque tú siempre haces lo que tienes que hacer. Hablamos de eso ayer.

–¡No hablamos de eso ayer! –George se levantó de un salto y empezó a andar por la estancia–. Lo dijiste

tú cuando yo salía por la puerta para ir a una reunión.
Yo no tuve ocasión de hablar de ello.

—Tú dijiste que te habías casado conmigo por causa
de Ari.

—Sí. Es verdad.

Ella asintió, justificada.

—Lo sabía.

—En parte —añadió él con firmeza.

Sophy frunció el ceño.

—¿Qué significa en parte?

—Significa que tú no lo sabes todo —él dudó un momento—. Me casé contigo porque Ari te dejó...

—Sí.

—Pero sobre todo me casé contigo porque quería
hacerlo. Te deseaba —hizo una pausa y la miró a los
ojos sin parpadear—. Te quería.

Sophy lo miró fijamente. Se preguntó si el dolor de
cuello le había afectado al oído. Tendió la mano y se
agarró al respaldo de la silla que tenía más cerca. Movió la cabeza y se pasó la lengua por los labios.

—No —dijo—. No lo...

—¿No lo crees? —terminó George con amargura—.
No, supongo que no. Yo no podía decírtelo entonces.

—¿Cuándo? —preguntó ella.

—Cuando nos casamos. Tú todavía querías a Ari y...

—¡No es verdad!

Ahora le tocó a él mirarla fijamente.

—Tú querías a Ari —insistió—. Tuviste a su hija. Mi
hija —corrigió con firmeza.

—Tu hija —asintió ella—. De Ari son los genes, nada
más. Pero yo no lo quería. Cuando me casé contigo,
no lo quería.

—Pero... —George no dijo nada más.

—Al principio creía que lo amaba —admitió ella—. Era encantador.

—Eso es verdad.

—Pero un hombre muy poco fiable —Sophy suspiró—. Era divertido estar con él, pero no se quedaba mucho tiempo. ¿Cómo iba a querer a un hombre que no nos quería ni a nuestra hija ni a mí?

George movió la cabeza confundido.

—Estuve a punto de no ir a su entierro —dijo ella—. Pero luego pensé que debía ir por Lily. Quizá ella quisiera que se lo contara todo cuando fuera mayor —extendió las manos—. No quería a Ari, de verdad.

George movió la cabeza.

—Pero tú lloraste.

Sophy frunció el ceño.

—¿Lloré? ¿Por Ari?

—Yo creía que sí. La primera noche que... que hicimos el amor.

Sí, ella recordaba aquellas lágrimas.

—No lloraba por Ari. Ni siquiera pensaba en él. Hacer el amor contigo fue... hermoso —dudó un momento, pero pensó que no tenía nada que perder—. Y te quería.

George no contestó. Apretó los puños y respiró hondo varias veces.

—¿Y por qué estabas tan enfadada al día siguiente? ¿Por qué me dijiste que me fuera?

—Creía que no me querías. Pensaba que yo era un deber para ti, uno de los líos de Ari que siempre tenías que arreglar.

George hizo una mueca y soltó una palabrota.

—¡No! Yo nunca...

—Te oí decirlo, George. Le dijiste a tu padre que tú siempre arreglabas los líos de Ari y que ya estabas harto y que lo que él te pedía que hicieras sería lo último. Te oí yo misma, George.

—¿Cuándo?

—En el bautizo. Arriba. Tú discutías con tu padre por una mujer, una de las mujeres de Ari —ella se obligó a ser franca—. Dijiste que no podías seguir arreglando sus líos y que al menos tu padre no podía esperar que te casaras con ésa.

—¡Porque estaba casado contigo!

—¡Porque yo era uno de los líos de Ari!

—¡No! Yo no me refería a ti. ¡Por el amor de Dios! ¿Cómo pudiste pensar eso?

—¿Qué otra cosa podía pensar?

—Tú no. Tú nunca. Había otras cosas, muchas otras cosas. Me pasaba la vida arreglando los desastres de Ari. Cuando estaba en la universidad tuvo un accidente de coche. Era culpa suya y no tenía seguro. Su padre había muerto el año anterior. Nosotros pagamos las facturas, la compensación, todo. Yo me ocupé de eso. Mi padre no podía y Theo se había ido. Ari era el más cercano a mí en edad. Crecimos juntos. La gente pensaba que los hermanos éramos nosotros porque éramos los que más nos parecíamos. Y hubo también otras cosas.

—¿Esa mujer?

George movió la cabeza.

—Sostenía que Ari le debía dinero. No, pero antes... hubo otras cosas.

Guardó silencio tanto rato que Sophy se preguntó si pensaba continuar, pero al fin lo hizo.

—Me pidió dinero para un proyecto y en realidad era porque había dejado embarazada a una chica, para pagar el aborto —la miró sombrío—. Cuando me enteré de que estabas embarazada, me alegré de que estuviera muerto.

—Yo nunca habría...

—Lo sé. Lo sabía ya entonces. Pero no quería que tuvieras al bebé sola. Quería estar a tu lado. Desde la primera vez que te vi sentí que había una conexión, pero no podía hacer nada. Tú eras suya.

Sophy se acercó a él y lo miró a los ojos.

—Nunca fui suya del modo que soy tuya.

Se miraron y los ojos de ella se llenaron de lágrimas. George la abrazó y enterró el rostro en su pelo.

—Te quiero —susurró ella—. Te he querido desde el principio. No acepté para que cuidaras de mí, lo hice porque creía que podíamos tener una buena vida juntos los tres. Y cuando pensé que tú sólo hacías aquello por deber, supe que tenía que dejarte ir para que pudieras llevar la vida que querías.

Él se sentó con ella en el sofá, la abrazó de nuevo y le besó la mejilla.

—El deber no tiene nada que ver con lo nuestro. Nunca lo ha tenido. La vida que quería y que sigo queriendo es contigo. ¿Comprendes?

—Pero ¿y Uppsala? Ni siquiera lo mencionaste.

—Un proyecto secreto del gobierno. Y no pensaba aceptar, ya te lo dije la semana pasada.

—No me dijiste lo que era —protestó ella.

—Porque entonces tendría que matarte.

Sophy sonrió.

—¿Todavía sigues...?

—No. Ahora sólo hago cosas que te aburrirían. Pero es lo que quiero hacer... si venís a casa conmigo —la miró a los ojos—. ¿Vendréis?

Sophy sonrió; tomó el rostro de él entre las manos.

–Sí. ¡Oh, sí!

Se estaban besando cuando se abrió la puerta y llegó Lily por el pasillo.

–¡Papi!

Se echó encima de ellos, que la abrazaron.

–Esperad –dijo George. Se levantó–. Esperad aquí. Enseguida vuelvo.

Lily no parecía convencida, pero se abrazó a Sophy.

–Sabía que vendría papi –dijo.

–Eres una chica lista.

Volvió a abrirse la puerta y entró Gunnar, que se subió al sofá con ellas.

–¡Gunnar! –gritó Lily, abrazándolo.

–¿Has traído al perro? –Sophy miró sorprendida a George–. ¿En el avión?

–Es parte de la familia –contestó él. Tomó a Lily en brazos para que hubiera sitio para todos en el sofá–. Y pensé que, si no me escuchabas, Lily y Gunnar podrían convencerte juntos.

Lily miró al perro.

–Gunnar es un buen hermano –dijo–. Pero no me importaría tener uno como Digger. ¿Puedo tener un hermano como Digger, por favor?

George besó a su esposa.

–Es una gran idea. Creo que tu madre y yo veremos lo que podemos hacer.

BIANCA™

ANNE McALLISTER

UNA NOCHE·PARA EL RECUERDO

HARLEQUIN™

Capítulo 1

POR SU aspecto, Edie pensó que Don Alto, Moreno y Espectacularmente Guapo, que dedicaba una seductora sonrisa a su preciosa hermana, Rhiannon, debería haber llevado en la frente escrita con mayúsculas la palabra «PELIGROSO».

El tipo de peligro del que le correspondía a ella salvarla. Así que Edie se quedó observándolos, apoyada en un pilar del salón de baile del castillo Mont Chamion, mientras a su alrededor se celebraba la boda de Su Alteza Real la princesa Adriana con su atractivo novio, el conocido actor y director Demetrios Savas. La orquesta tocaba y las parejas bailaban en la pista. Pero en lugar de bailar, Rhiannon permanecía junto al hombre, hablándole desde tan cerca que casi se tocaban.

¿Era mucho pedir que Don Peligroso se limitara a corresponder a su sonrisa y a su coqueto parpadeo con una sonrisa amable, y que pasara de largo? Era evidente que estaba fuera de la liga de Rhiannon. Su hermana podía ser bonita y coqueta, pero aquel hombre debía de pasar de los treinta y era demasiado hombre para Rhiannon, que acababa de cumplir veinte... y que no era precisamente madura para su edad.

Edie vio a su hermana posar la mano sobre el brazo de él, y mirarlo con admiración. Edie reconocía aquella expresión: o estaba verdaderamente interesada en lo que él decía, o Ree estaba haciendo lo que se le daba mejor: actuar. En cualquier caso, Edie sabía que tendría que intervenir.

Las parejas de baile le bloqueaban la visión por un momento, pero cuando volvió a verlos, el hombre miraba con gesto divertido a su hermana. Al sonreír se le formaba un hoyuelo en la mejilla, que Ree acarició con un dedo.

Edie contuvo un gemido, notó un codo en la espalda y se volvió esperando una disculpa. Pero encontró a su madre con gesto alarmado.

–¡Haz algo! –musitó Mona Tremayne. Y se volvió para tomar del brazo al productor danés, Rollo Mikkelsen y dedicarle una de sus cegadoras sonrisas de antiguo sex symbol del celuloide.

Edie pensó que era una suerte que Rhiannon todavía no hubiese alcanzado el nivel de perfección que tenía la madre de ambas en el arte de la seducción. Cesó la música y Edie creyó oír una risa ahogada de su hermana, a la que se unió la de una profunda voz de barítono.

Mona también debió de oírla, porque se volvió y lanzó una mirada de irritación en su dirección antes de volverla a Edie con preocupada complicidad. Así que Edie apretó los dientes, consciente de su deber:

–Está bien. Allá voy.

Como mánager de su madre y de su hermana, Edie era responsable de sus carreras profesionales. Se ocupaba de la administración de sus finanzas, organizar su agenda, estudiar las ofertas que recibían, los contratos y la multitud de peticiones que recibían una de las más famosas actrices de cine, y su preciosa hija de prometedora carrera.

Pero de todo eso, lo único que Edie odiaba era tener que intervenir cuando su hermana hacía alguna tontería. A lo largo de los años, Mona había aprendido a cuidar de sí misma. Y si cometía errores, se ocupaba de rectificarlos.

Rhiannon, por contraste, era joven y vulnerable, emocional y temperamental. También era amable y cariñosa. Lo que la convertía en una bomba de relojería.

Conseguir que Rhiannon estuviera lo bastante ocupada y con constantes proyectos profesionales era la mejor manera de asegurarse de que no cometía alguna locura.

Normalmente Edie se ocupaba de ello organizando su calendario, para lo que no necesitaba moverse de California. Pero dos días antes su madre había llamado desde Mont Chamion diciendo: «Haz las maletas». Y cuando su madre hablaba en ese tono, sabía que no valía la pena discutir. Mona tenía un sexto sentido para intuir cuándo Rhiannon podía meterse en un lío, y siempre era mejor actuar con prontitud. Así que Edie había tomado el primer vuelo para intentar apagar el fuego antes de que prendiera.

Pero no había contado con asistir a la boda.

«¿Por qué no?», Mona insistió. «Claro que vas a venir. Y a la recepción. Cualquiera sabe qué puede hacer Rhiannon, sobre todo ahora que Andrew se ha marchado».

El encantador Andrew, el paciente Andrew para Edie, era el prometido de Rhiannon. Era su primer amor y el hombre perfecto para Rhiannon. Cuando pasaban una buena racha, la vida de Edie era relativamente tranquila.

Pero tras una pelea de enamorados, Andrew se había marchado el día anterior. Y Mona tenía razón, Rhiannon era impredecible cuando se sentía rechazada y dolida.

Aun así, Edie había protestado por tener que ir a la boda.

«Claro que vas a venir», dijo Mona con firmeza por la tarde, a la vez que se ponía el vestido para la boda e indicaba a Edie que se lo abrochara.

Se trataba de un vestido de un profundo azul que enfatizaba el color de sus ojos, con un escote en forma de uve en la espalda.

«No estoy invitada», dijo Edie, obedeciendo.

«Tonterías», Mora la miró a través del espejo. «Eres mi invitada».

«Oliver es tu acompañante».

Sir Oliver Choate, actor inglés y el más reciente coprotagonista de Mona, había volado desde España el día anterior expresamente para escoltarla a la boda.

«Además», dijo Mona con impaciencia, «puede que conozcas a alguien».

Edie apretó los dientes. No soportaba a Mona cuando intentaba hacer de celestina. Suspiró profundamente.

«No tengo ningún interés en conocer a nadie, mamá».

«No me llames mamá en público», la reprendió Mona. «¡Vas a cumplir treinta años!».

Edie rio y sacudió la cabeza.

«No estamos en público. Además, todo el mundo sabe la edad que tienes y ya no te ofrecen papeles de joven inocente».

Mona suspiró.

«Prefiero no pensar en ello», se ahuecó el cabello castaño. «Y es hora de que vuelvas a estar disponible».

Con eso quería decir a que debía salir con alguien. Retomar su vida social. Superar la pérdida de Ben. Pero Edie no quería superarla. Su marido había sido lo mejor que le había pasado en toda su vida. Y por mucho que hubieran pasado dos años y medio, para ella el tiempo no significaba nada.

«Yo lo logré», apuntó Mona, y no por primera vez.

«Y ya ves cómo te ha ido», dijo Edie con aspereza.

El padre de Edie, Joe, había muerto al caer de un caballo, cuando Edie tenía cinco años. Era el verdadero amor de Mona, quien se había pasado los siguientes veinte años intentando reemplazarlo por una serie de sustitutos que se habían convertido en padrastros de Edie.

«Tengo unos hijos maravillosos», dijo Mona, mirándola retadoramente en el espejo.

Eso era verdad. Edie no tenía queja de sus hermanos y hermanas pequeñas. De hecho Rhiannon, Grace, Ruud y Dirk eran lo mejor que tenía en la vida, la familia que no había podido formar con Ben.

«Eso es verdad», accedió Edie con solemnidad.

«Y una de ellas te necesita», había dicho Mona a modo de chantaje emocional. «¡Quién sabe qué sucedería si Andrew rompiera el compromiso!».

«¿Crees que sería capaz?». Edie pensaba que Andrew adoraba a su hermana, pero también entendía que su paciencia tuviera un límite.

Andrew Chalmers tenía veintitrés años, era medallista olímpico de natación, monísimo y absolutamente encantador. El pobre amaba a Rhiannon desde el colegio. Él la equilibraba, sacaba el lado más dulce y más sensato de ella.

Un mes atrás, Andrew le había pedido que se casara con él y Rhiannon lo había aceptado sin titubear. Iban a casarse el verano siguiente y Rhiannon se había volcado en organizar la boda. Al menos, hasta la pelea del día anterior.

No había sido precisamente discreta. Allí mismo, en medio de una de las salas más elegantes de Mont Chamion, Rhiannon se había puesto furiosa cuando Andrew le dijo que tenía que ir a una competición de natación en Vancouver.

«¿Y yo?», gimió Rhiannon. «¡Tienes que llevarme a la boda!».

«No voy a poder», había contestado Andrew con calma. «Ya lo sabías, Ree. Te lo dije la semana pasada cuando te empeñaste en que viniera. Te advertí que tendría que irme el viernes».

«¡Pero quiero que estés conmigo!».

«Puedes acompañarme», le recordó él.

Pero Rhiannon no había querido perderse la boda, y había estado convencida de que manejaría a Andrew a su antojo. Pero Andrew tenía más personalidad que todo eso. Y ni los llantos ni las amenazas le habían hecho cambiar de idea. Al día siguiente voló a París y de allí a Vancouver. Edie se había alegrado enormemente de que no se sometiera a los antojos de Rhiannon, pero por otro lado le preocupaba que, desde su marcha, Rhiannon se hubiera comportado como el personaje de un gran drama.

«Seguro que hace algo», predijo Mona. «Y tú lo sabes tan bien como yo. Va a destrozar su vida».

Con eso Mona quería decir que podía cometer cualquier locura con un hombre tan solo por vengarse de Andrew. Y eso se convertía en el problema de Edie.

Rhiannon era una de las mujeres más hermosas que Hollywood había visto en mucho tiempo. Era una Marilyn joven, una Betty Boo en carne y hueso, y podía coquetear con quien se lo propusiera.

Así que allí estaba ella, acechando desde el borde del salón de baile, envuelta en un brillante vestido malva que a Rhiannon le quedaba espectacularmente, pero que hacía que su cabello castaño resultara opaco y que resaltaba sus pecas. Pero lo peor era que los zapatos de su hermana le quedaban extremadamente pequeños. Se sentía atrapada en una mala versión de Cenicienta, sin hada madrina y con don Peligroso en lugar de Príncipe Azul.

Mientras miraba, Rhiannon se aproximó aún más a él, entrelazó el brazo con el suyo y le pasó la palma de la otra mano sensualmente por la solapa del esmoquin con un risita provocadora, al tiempo que echaba la cabeza hacia atrás y dejaba flotar su cabello, que brilló bajo los reflejos de la araña de cristal.

Edie contuvo el aliento. Pronto estaría jugueteando con su corbata, como si fuera a desnudarlo. Mona tenía razón: el desastre era inminente. Apretando los dientes para ignorar las ampollas que se le estaban formando en los talones, Edie se separó de la columna y fue hacia su hermana.

—¡Por fin te encuentro! —dijo animadamente con una sonrisa forzada.

Rhiannon se volvió, molesta por ver su coqueteo interrumpido.

—¿Qué quieres? —dijo con impaciencia.

Don Peligroso arqueó las cejas. Edie le sonrió, pero se dirigió a su hermana.

—He recibido un mensaje de Andrew —dijo, lo que era verdad.

A Rhiannon se le iluminó el rostro, pero en cuanto recordó que estaba enfadado con él, frunció el ceño.

—¿Por qué te escribe a ti? —preguntó en tono acusador.

—Ni idea —Edie se encogió de hombros—. ¿Quizá porque tienes apagado el teléfono?

—No quería hablar con él —dijo, haciendo un mohín.

—Pues él contigo sí. Y por lo que se ve, desesperadamente —exageraba un poco, aunque era cierto que el mensaje decía: *Dile a tu hermana que encienda el teléfono. Necesito hablar con ella.* Luego se volvió al hombre con quien hablaba y añadió—: Andrew es su prometido.

Él soltó a Rhiannon, retirando el brazo delicadamente y dando un paso a un lado.

—¿Estás prometida? —preguntó a Rhiannon.

Ree se encogió de hombros, enfurruñada.

—No está aquí —dijo. Y luego tuvo la decencia de mostrarse un poco disgustada—. Nos hemos peleado.

Don Peligroso no dijo nada, y Edie continuó:

—Se ve que durante estas horas ha tenido tiempo de reflexionar. Seguro que no pretendía hacerte daño, Ree. Seguro que te está echando de menos desesperadamente.

—¿Tú crees? —preguntó Ree, esperanzada.

Edie asintió con vehemencia.

–Llámalo.

Rhiannon titubeó, miró al apuesto hombre que tenía a su lado y luego recorrió el salón con la mirada como si calculara qué podía perderse si se ausentaba.

–Si se hubiera quedado, ahora estaríamos bailando –dijo, enfurruñada.

–Te dijo que lo acompañaras. A veces hay que ceder. Tenía una competición –le recordó Edie.

–¡Pero me habría perdido la boda!

–Pero estarías con él –Edie hizo una pausa para darle tiempo a reflexionar. Luego añadió como sin darle importancia–: Si le llamas, puedes decirle que sir Oliver os ha ofrecido su castillo en Escocia para vuestra luna de miel.

Aquella era la mayor tentación posible. Desde que Oliver había hecho la oferta, Rhiannon no hablaba de otra cosa, cuando no protestaba por la partida de Andrew.

–Vale, lo llamaré –dijo Rhiannon, cayendo en la trampa–. Ya que me ha llamado... –tras suspirar, miró a Don Peligroso–. Me adora, y yo a él, aunque me saque de quicio. Así que será mejor que le llame –y con un gesto de resignación, añadió–: Me habría encantado ver la renovación de tu dormitorio.

–Y a mí habértela enseñado –dijo él, galantemente.

Edie los miró atónita aunque intentó disimular. Rhiannon se despidió con un ademán y salió con paso saltarín hacia el vestíbulo. Edie la observó marchar hasta que la perdió de vista. Entonces se volvió para irse, pero descubrió que el hombre clavaba la mirada en ella y que ¡le guiñaba un ojo!

Edie sintió una sacudida eléctrica en el corazón, como si hubiera sido devuelta a la vida... Como La Bella Durmiente gracias al beso del príncipe. Y aunque la ida le produjo risa, la sensación la tomó tan por sorpresa que se quedó muda. No había sentido nada igual desde Ben.

—¿Renovaciones en tu dormitorio? —preguntó con sarcasmo.

Don Peligroso se limitó a sonreír, y Edie sintió una nueva sacudida.

—Te juro que no había ninguna intención velada —dijo él con un brillo risueño en sus ojos—. Si quieres, te las puedo enseñar a ti —añadió, ofreciéndole el brazo.

Edie cruzó los suyos sobre el pecho.

—¡No digas tonterías! ¡No pienso ir a tu dormitorio, y Rhiannon tampoco lo habría hecho! —mintió, más por que necesitaba volver a centrar la atención en su hermana que por defenderla—. Adora a Andrew. No intentaba seducirte en serio —concluyó con firmeza.

—¿No? Se ve que no has oído la conversación.

Edie se ruborizó.

—Ella no se habría...

—¿Acostado conmigo? —el hombre rio abiertamente—. ¿Eso crees?

—¡No! —o al menos Edie confiaba en estar en lo cierto.

—No te preocupes. De todas formas, yo no me habría acostado con ella.

Edie abrió los ojos desorbitadamente al tiempo que sentía un sorprendente alivio.

Él sacudió la cabeza y la miró fijamente.

—Ni loco. No es más que una niña.

–Tiene veinte años.

Él asintió.

–Eso mismo. Además, no es mi tipo –él dio un paso hacia ella, y Edie retrocedió–. De toda formas, ¿tú quién eres? –dijo, clavando sus ojos oscuros en los de ella.

–La hermana de Rhiannon –nadie solía creerlo hasta Mora juraba sobre la Biblia que las había parido a ambas. Su hermana era rubia y voluptuosa, mientras que ella era delgada y angulosa, con un cabello castaño indefinido y ojos verdes mates–. Hermanastra –se corrigió.

–¿Y cómo te llamas, hermanastra?

–Edie Daley.

Tampoco sus nombres se parecían. Su hermana tenía el de una diosa de la mitología galesa. Edie, el nombre de su abuela paterna.

–Ah, Edie –él sonrió y le retiró un mechón detrás de la oreja–. El mismo nombre que mi abuela –efectivamente, era un nombre anticuado–. Yo soy Nick Savas.

–¿Eres hermano de Demetrio?

Él negó con la cabeza.

–Su primo.

Era típico de Rhiannon haber elegido al pariente más guapo del novio para coquetear. Todos los Savas eran espectaculares, pero aquel se llevaba la medalla de honor. Esa debía de ser la explicación de la sacudida que había sufrido hacía unos minutos. Que no estuviera interesada no significaba que estuviera muerta y no supiera apreciar la belleza en un hombre.

–Me disculpo en nombre de mi hermana si su comportamiento ha sido inapropiado –dijo con cortesía, al tiempo que empezaba a separarse de él–. Ahora, si me lo permites...

Pero antes de que diera un paso más, sintió unos dedos firmes retenerla por la muñeca.

–No pensarás ir a comprobar que llama a su novio.

–Claro que no.

–Entonces, ¿por qué huyes? Quédate a charlar conmigo –dijo en tono persuasivo.

–Yo... –Edie vaciló. Nunca le costaba decir que no, pero no pudo articular el monosílabo–. ¿De qué?

Él arqueó las cejas.

–¿De las renovaciones de mi dormitorio?

Edie no pudo evitar reírse.

Era el tipo de broma que Ben hubiera hecho. Su marido nunca se había tomado a sí mismo en serio, lo que para Edie, después de tantos años viviendo en el vanidoso mundo de su madre, fue como una bocanada de aire fresco.

No había esperado ese tipo de humor sarcástico en Don Peligroso, pero Nick Savas rio con ganas.

–¿Ves? Sabía que conseguiría hacerte sonreír.

Edie intentó protegerse de la atracción que sentía por él.

–Sonrío muy a menudo.

–Pero ¿cuántas veces lo haces con sinceridad? –la retó él con dulzura.

–¡Muchas!

–Esta es la primera que me dedicas a mí.

Edie fue a protestar, pero él la calló posando un dedo en sus labios y diciendo:

–Baila conmigo.

Era puro encanto: la sonrisa de medio lado, la mirada suplicante, el dedo sobre sus labios. Y su modestia la tomó de sorpresa; al igual que la punzada de deseo que la asaltó.

—No, gracias —contestó, desconcertada.

—¿Por qué no? —Nick le presionó la muñeca sin apartar los ojos de los de ella.

—Preguntar eso es una descortesía —protestó Edie.

Él esbozó una sonrisa.

—Yo creía que la descortesía era rechazarme.

Edie se sentía como una adolescente ruborizada.

—Lo siento, pero no puedo —dijo, sacudiendo la cabeza.

—¿No puedes o no quieres? —insistió él.

Edie decidió decir la verdad.

—Me duelen los pies —dijo, encogiéndose de hombros.

Nick bajó la mirada hacia los zapatos de punta aguda que atrapaban sus pies.

—Dios mío —dijo, frunciendo el ceño. Luego sonrió y, tomándola de la mano, tiró de ella—. Ven —le hizo sentar en una silla en el extremo del salón y se arrodilló a sus pies.

A continuación, para sorpresa de Edie, en lugar de ir a buscar otra compañera de baile, le quitó los zapatos y lo dejó bajo la mesa.

—¿Qué estás...?

—No comprendo por qué las mujeres usáis unos zapatos tan terribles —dijo Nick con cara de incomprensión, a la vez que le masajeaba la planta.

Edie fue a decir que eran de Rhiannon, pero los dedos de Nick le nublaron el sentido. Era una sensación maravillosa. Cada caricia le causaba una descarga eléctrica. Quería que se detuviera, pero al mismo tiempo, cuando lo hizo, le dieron ganas de suplicarle que siguiera.

—Mejor así —Nick se puso en pie con agilidad.

Edie alzó la mirada, turbada, y lo vio con gesto imperioso, en control. Ella solo pudo asentir.

—Ahora ya puedes bailar conmigo —dijo. Y tomándole la mano la puso en pie y tiró de ella hacia sí.

Entonces se produjo la magia.

Nick giró con ella al compás de un vals. Edie esperó tropezarse. Siempre lo hacía. Incluso el día de su boda, con Ben. La señora Achenbach, su instructora de baile, había logrado convencerla de que tenía dos pies izquierdos. Pero aquella noche, sin zapatos, sus pies hacían exactamente lo que quería que hicieran: seguir los de él.

Bajó la mirada hacia el suelo, y Nick Savas preguntó:

—¿Pasa algo?

Todo y nada a la vez. Edie sacudió la cabeza, maravillada, tenía la sensación de estar viviendo una experiencia extracorporal. Como Cenicienta.

Ni siquiera debía estar allí. No quería estar allí. Si estaba, era por Rhiannon, y esta se había ido.

Edie miró instintivamente en torno, buscando un reloj para ver cuánto faltaba para la medianoche.

No encontró ninguno, y Nick no le dio la posibilidad de buscarlos porque giraba y giraba con ella. Sentía un cosquilleo en la punta de los pies, y casi temía que alguien le diera una palmada y anunciara públicamente que estaba descalza.

Pero como era lógico, nadie le prestaba atención.

Para entonces habían recorrido toda la pista de baile. Era maravilloso y excitante. Y aun así, Edie no dejaba de pensar que tenía que recuperar los zapatos de Rhiannon.

–¿Y ahora, cuál es el problema? –preguntó Nick.

–Mis zapatos...

–No son tuyos –dijo él con firmeza.

–Puede que no, pero tengo que recogerlos –dijo Edie.

–Luego vamos a por ellos –dijo él, que no parecía en absoluto preocupado–. Sonríe –ordenó–. Me gusta cuando sonríes –sonrió a su vez como si con ello esperara que ella lo imitara.

Y así fue. Edie sonrió como si sus labios fueran tan maleables como sus pies.

Nick asintió.

–Así me gusta.

No era de extrañar que su hermana le hubiese puesto la *zarpa* en la chaqueta. Edie perdió el paso al tener esa imagen, pero Nick la sujetó con fuerza de manera que sus senos se quedaron presionados contra su pecho. Y como no estaba demasiado bien dotada, eso significaba que sus cuerpos estaban en pleno contacto. A través de la seda del vestido podía sentir las piernas de Nick rozando las suyas. Si giraba la cabeza, podía ver las raíces de la barba de Nick. Y cada vez que respiraba, olía el perfume de jabón con un toque de madera de su loción para el afeitado. Le temblaron las piernas y Nick volvió a estrecharla aún más fuerte.

–No soy una buena bailarina –se disculpó Edie, intentando separarse de él.

Pero Nick no aflojó.

–Estoy disfrutando mucho –dijo él en un ronroneo que reverberó por la espalda de Edie.

Y el cerebro de ella dio un salto adelante que llegó... demasiado lejos. ¿Hasta dónde esperaba él llegar?

–¿Ahora qué? –masculló él al notar que se tensaba.

Edie sacudió la cabeza.

–Nada. Es que me he acordado de una cosa.

–Es mejor que no pienses.

Edie pudo intuir la sonrisa en la voz de Nick, y cuando giró la cabeza casi tuvo la sensación de que sus labios le rozaban el cabello. Hacía años que no sentía nada parecido. Desde la muerte de Ben no había percibido aquel cosquilleo en el estómago.

Que su madre le dijera que debía «volver a estar disponible» la dejaba indiferente porque no tenía la menor intención de forzar nada. Aquello tenía algo de inevitable; era completamente involuntario, y muy sensual. Nick la llevó hacia la zona de la orquesta y Edie se sintió envuelta por la música.

¡Peligroso!, le avisó una voz interior. Pero su yo bailarina y sus pies liberados, la contradijeron al instante... Siempre que recordara que no se trataba más que de una fantasía.

A los dieciocho años había dejado de creer en cuentos de hadas, cuando el atractivo actor, Kyle Robbins, le había roto el corazón. Y cuando se decía que su posterior relación con Ben probaba lo contrario, recordaba el dolor de perderlo, y confirmaba que en el amor no había finales felices. Por eso se consideraba inmune a los hombres.

«Déjate ir», se dijo. «No es más que un rato agradable. Un baile, una noche, nada más».

Por primera vez en la noche, su mente y sus pies se sincronizaron. Miró a Nick Savas, y le sonrió.

Nick Savas no acudía a bodas desde hacía años. Pero era imposible haber rechazado aquella cuando se trataba de la de su primo, y cuando se celebraba mientras él estaba restaurando el castillo de la familia de la novia.

De todas maneras, no habría podido seguir trabajando mientras se desarrollaba la ceremonia, por mucho que lo hubiera preferido. No quería ver a más parejas prometiéndose amor eterno, ni ver la forma en que se miraban con ojos centelleantes. Podía ser egoísta, pero no quería que los demás tuvieran lo que él no había conseguido.

Desde que su prometida, Amy, había muerto dos días antes de la boda, había dado la espalda a todo eso.

Las bodas de los Savas eran las peores porque todos sus familiares se empeñaban en intentar buscarle una novia. No parecieran enterarse de que Nick no tenía la menor intención de casarse con nadie.

«Va a ser una preciosidad», le dijo su tía Malena la tarde anterior. «Creo que Gloria va a venir con dos de la ayudantes de Philip. Las dos son jóvenes y están solteras», añadió animadamente, confirmando los peores augurios de Nick.

«Es verdad», apuntó su tía Ophelia. «Va a haber un montón de mujeres hermosas. Tendrás dónde elegir».

Pero Nick no quería elegir nada. Así que llegó a última hora y se sentó en un borde, evitando a las numerosas tías, tíos y primos que en cuanto lo veían solo, querían encontrarle acompañante, porque en sus mentes cuadriculadas, el mundo solo era comprensible en pareja.

Y a pesar de que Nick estaba completamente de acuerdo, para él no había ya una media naranja, y nunca la habría. Cuando oyó al sacerdote entonar: «Tomas a esta mujer...» sintió la emoción atenazarle la garganta.

Vació su mente concentrándose en los querubines y serafines que flotaban por encima de los invitados, estudiándolos como si tuviera que memorizarlos, tal y como le habría pasado hacía unos años cuando hacía un curso sobre detalles arquitectónicos históricos. Los que tenía sobre su cabeza debían de ser del siglo XVII.

–Os declaro marido y mujer.

Nick suspiró. Habría querido marcharse en aquel mismo momento, pero el tío Orestes se le acercó para preguntarle si no estaría dispuesto a restaurar el cenador de su casa de Connecticut.

Después, Nick se había incorporado a la fila de invitados para dar la enhorabuena a su primo Demetrios y besar a su resplandeciente novia.

Después de la cena, durante la que compartió mesa con las trillizas de su tío Phillip, con las que no cabía la posibilidad de que nadie pretendiera emparejarlo, se había apoyado en la pared, cerca de la pista de baile, donde nadie intentaría entablar conversación, ni lo sacaría a bailar.

Estaba contando los segundos para poder marcharse, cuando una joven rubia y vivaracha comenzó a hablarle.

–Soy Rhiannon Evans –había dicho, mirándolo como si esperara que la reconociera. Era joven, preciosa y vibrante–. Soy actriz –explicó, disculpándolo cuando él dijo que no sabía nada de cine.

Ella le dijo que debía animarse a ver sus películas. Que se tomaba su profesión muy en serio y que no quería ser conocida solo por ser bonita, un comentario que no sonó petulante, sino sincero.

Sonreía y actuaba de tal manera que Nick pensó que, si su conocimiento de las mujeres no le fallaba, pretendía seducirlo. Primero la mano en el brazo, luego la inclinación en su dirección, la caricia en la mejilla y la solapa de la chaqueta...

–Tampoco quiero aprovecharme de la fama de mi madre.

Entonces Nick descubrió que era hija de Mona Tremayne. A ella sí la conocía. De hecho, Nick no conocía a ningún hombre que no hubiese fantaseado alguna vez con Mona, aunque por edad pudiera haber sido su madre.

Se la habían presentado hacía un par de noches, en una cena de recepción que había dado Demetrios. Afortunadamente, aquel día su hija no estaba. Mona seguía siendo muy hermosa, además de divertida y agradable, y había mostrado interés por sus trabajos de renovación en el palacio, sugiriéndole que entrara en el mercado de los ranchos.

Rhiannon no le había resultado ni la mitad de interesante, pero se había visto obligado a mostrarse atento. Al menos había tenido la certeza de que no buscaba marido. Había algo en su manera de coquetear y de barrer con la mirada el salón, que le había hecho pensar que pretendía que alguien la viera con él. Y como a él le daba lo mismo, permanecer con ella le sirvió al menos para mantener a sus familiares alejados por un rato.

Cuando le preguntó a qué se dedicaba, él se lo explicó con todo detalle, confiando en aburrirla con las vigas, las termitas, los problemas de humedad... Ofreciéndose a mostrarle un ejemplo si lo acompañaba a visitar el palacio. Y había llegado a comentar que se habían instalado en un dormitorio del palacio para supervisar las obras.

Había confiado con ello aburrirla o quizá asustarla, pero fue entonces cuando ella le acarició la solapa de la chaqueta, diciendo en tono insinuante que le encantaría ver su dormitorio.

Nick había pensado entonces que quizá sería mejor bailar con ella... Pero no había hecho falta, gracias a la aparición de Edie Daley.

Era difícil imaginar una salvadora más sorprendente, o una hermana menos parecida a la etérea Rhiannon.

Aunque Nick creyó detectar la misma estructura ósea de la cara en ambas. Mientras que Rhiannon enfatizaba los pómulos con maquillaje, Edie llevaba un mínimo maquillaje con el que parecía intentar ocultar sus pecas, aunque Nick sospechaba que le gustaría más llevándolas al descubierto.

De lo que no tenía duda era de preferir sus ojos verde grisáceos y su lengua afilada a los ojos azules y la fingida inocencia de su hermana. Edie no se hacía la encantadora, ni se mostraba seductora. No toqueteaba, sino que mantenía la distancia.

Y su objetivo era, claramente, evitar que su hermana siguiera con él. Acostumbrado a que las mujeres lo atosigaran, Nick tenía que reconocer que era un cambio bienvenido; y le hizo gracia la imagen de una hermana que se comportaba como una mamá gallina, decidida a evitar peligros a sus polluelos. Además, por cómo se había dirigido a su hermana, estaba claro que no lo consideraba a él único responsable, sino que la consideraba capaz de sembrar el caos sin necesidad de ayuda.

Nick no envidiaba al prometido de Rhiannon, lo que hacía aún más admirable la capacidad de Edie de guiarla por el buen camino. Una prueba más de que era una mujer especial, que además de presencia, tenía carácter.

Aunque no tenía las perfectas facciones de su madre o la belleza etérea de su hermana, Edie tenía el tipo de facciones que la cámara adoraba, así como los ojos más luminosos que había visto en toda su vida.

A Nick le gustaron sus ojos, y su aire de responsabilidad y de no andarse con tonterías. Así como el empeño que ponía en separarse de él, que solo sirvió para que decidiera evitarlo.

Y para ello, hizo algo que lo desconcertó a él tanto o más que a ella, la invitó a bailar. La última vez que lo había echo y la razón por la que no lo hacía desde hacía ocho años había sido con Amy, tres días antes de su boda y de que muriera.

No dejó de repetirse que no era lo mismo, que después de todo era lógico bailar en una boda, que no significaba nada. Bailar era mover los pies al son de la música, y no tenía sentido considerarlo una especie de rito sagrado.

Así que la negativa de Edie lo dejó de piedra. En sus treinta y tres años de vida, jamás había sido rechazado, lo que debió dar lugar a la descortesía de preguntar por qué.

La inesperada respuesta le hizo reír. Le dolían los pies. Ninguna mujer que conociera, ni siquiera Amy, habría sido tan sincera.

Cuando le quitó los zapatos, le resultó incomprensible que hubiera conseguido calzárselos, y le sorprendió que fuera capaz de caminar en ellos. Pero una vez le liberó los pies, Edie dejó que la tomara y bailara con ella.

Fue como montar en bicicleta. Bailar no se olvidaba. Pero no tenía nada que ver con bailar con Amy. Esta era menuda y su cabeza apenas le llegaba al hombro, mientras que, si Edie se giraba, su nariz podía chocar contra su barbilla.

Edie parecía igualmente sorprendida de estar bailando, pero lo hacía bien, excepto en un par de ocasiones en las que él notó que se tensaba y hacía ademán de separarse. Cuando lo hizo, él la presionó contra sí y notó la presión de sus senos en el pecho, y su cabello acariciándole la barbilla. Bajó la mirada hacia el suelo y Edie se tensó y dijo:

—¡Me estás mirando los pies!

Nick rio y la apretó aún más.

—Así no puedo verlos, ¿estás más tranquila?

La respuesta de ella quedó ahogada contra su pecho, pero pareció ceder y dejarse llevar por la música.

Lo malo fue que Nick fue cada vez más consciente de cuánto le agradaba tenerla en sus brazos porque que hubiera renunciado al matrimonio no significaba que hubiera renunciado al sexo.

Y la idea de llevarse a Edie a la cama le resultó muy atractiva. Parecía encajar a la perfección en sus brazos, tenía un cabello oscuro, fuerte y ondulado en el que sentía la tentación de enredar los dedos y ocultar el rostro. Imaginó cómo quedaría esparcido sobre la almohada. Y cuando ya intentaba decidir cómo conseguiría que sucediera, el vals acabó.

—Bueno —dijo Edie, separándose bruscamente de él—. Ha sido muy agradable.

¿Agradable? Nick la miró desconcertado y ella sonrió. Él le tendió una mano.

—Puedo hacerlo mucho mejor —se ofreció.

Pero Edie sacudió la cabeza con decisión.

—Gracias, pero no. Y no es descortés rechazar un segundo baile —dijo, antes de que él dijera lo contrario.

—¿Y una copa de vino? Podemos sentarnos a charlar.

—Ha sido un placer, Nick. Gracias por ser tan amable con mi hermana. Y por el baile —antes de que Nick pudiera reaccionar, se despidió con un dulce—: Buenas noches.

Nick se quedó callado aunque hubo un montón de cosas que calló: que no acostumbraba a verse sorprendido, que no recordaba haber deseado tan intensamente a nadie desde hacía años... Y lo más extraño de todo, que quería conocerla mejor.

Pero metió las manos en los bolsillos y se limitó a decir:

–Buenas noches, Edie. Gracias por el baile –ella se giró, y entonces él no pudo resistirse a decir–: Si alguna vez quieres ver las renovaciones de mi dormitorio...

Ella se volvió con ojos brillantes.

El corazón de Nick se aceleró y le dedicó una de sus más seductoras sonrisas, pero ella le hizo un gesto de despedida y se perdió entre la gente.

Solo cuando dejó de verla, Nick desvió la vista con un extraño sentimiento de desilusión.

Era casi media noche y sería mejor retirarse. Pero no lo hizo. Recorrió el borde de la pista de baile con cierto desasosiego. Nervioso. Hambriento, pero no de comida. Su cuerpo no olvidaba lo cómoda que Edie Daley le había resultado entre sus brazos.

Bruscamente se giró hacia la mujer más próxima y la invitó a bailar. ¿Por qué no? Ya que había bailado una vez, ¿por qué no dos? Pero no fue lo mismo ni mucho menos.

Aquella mujer no se ajustaba a su cuerpo naturalmente, sino que se estrechó contra él, se asió a su cuello y le acarició con el aliento la barbilla. Más que bailar, se restregó contra él hasta que la música cesó y Nick consiguió quitársela de encima.

–¿Otro? –sugirió ella.

–No, gracias –Nick había tenido bastante–. Me voy a marchar.

Cuando acababa de decirlo, alguien le tocó el brazo por detrás.

–Me alegro de saberlo –dijo una voz inesperada.

Nick se volvió hacia ella y miró con sorpresa a los ojos de Edie Daley, quien entrelazando el brazo con el suyo y dedicándole una sonrisa arrebatadora, dijo:

–Porque acabo de decidir que estoy deseando ver las reformas.

Capítulo 2

NICK la miró atónito, con el corazón acelerado. Pero al mismo tiempo que su libido se encendía, su cerebro lo puso en alerta.

–¿Has cambiado de idea? –preguntó, esforzándose por no sonar demasiado contento.

–Sí –dijo ella con una amplia sonrisa y sin el menor titubeo.

Nick estudió su rostro y creyó percibir una mezcla de ansiedad y desafío cuyo origen no pudo adivinar. La miró de arriba abajo y, decidiendo aceptar el reto, le tomó la mano y dijo:

–Encantado.

Entonces se volvió a su última compañera de baile y, tras despedirse de ella, enlazó los dedos de la mano con los de Edie y la llevó hacia el rincón donde se habían conocido.

–La puerta está en el otro lado –dijo ella.

–Voy a por tus zapatos –Nick se agachó para recuperarlos de debajo de la mesa–. Aunque no creo que quieras ponértelos.

Ella dejó escapar una risa nerviosa que confirmó a Nick que había sucedido algo.

–Desde luego que no –dijo ella.

Nick se los metió en los bolsillos de la chaqueta y le ofreció el brazo. Ella lo aceptó y caminó a su lado con dignidad.

Su actitud era mucho más tensa que cuando habían bailado, pero Nick decidió contener su curiosidad y ella mantuvo la mirada fija al frente hasta que llegaron a la puerta y se cruzaron con Mona quien, como de costumbre, estaba rodeada de un grupo de admiradores. Edie apenas les dedicó una mirada, pero a cambio dedicó a Nick una encantadora sonrisa y parpadeó con coquetería.

Nick estuvo a punto de reír, pero se contuvo y sonrió a Mona, que, al verlos, puso cara de sorpresa y de algo más... ¿Consternación? De ello concluyó que el cambio en Edie tenía algo que ver con su madre.

O quizá estaba relacionado con el hombre que estaba junto a Mona, al que esta dijo algo en voz baja y que a continuación miró a Edie con el ceño fruncido. Debía de tener la misma edad que Nick, y poseía cierto parecido con Robert Redford y le resultaba familiar, de lo que Nick dedujo que debía de ser uno de los muchos actores amigos de Demetrios.

El hombre transformó su ceño en una sonrisa y les interceptó el paso.

—¡Edie, cuánto tiempo sin verte! Mona me ha dicho que estabas aquí.

La mano de Edie se tensó sobre el brazo de Nick, pero devolvió la sonrisa.

—Justo nos íbamos.

—Pero si no hemos bailado.

Nick apreció un aumento en la crispación de la sonrisa de Edie.

–Me ha encantado verte, Kyle. Buenas noches.

–Nos vemos por la mañana –dijo el hombre.

Pero ya habían pasado de largo y Edie dijo en una voz más alta de lo necesario con el claro objetivo de ser oída.

–¿En qué ala está tu dormitorio?

Nick notó la reacción de sorpresa que el comentario causaba en el grupo y, aunque arqueó las cejas con sorpresa, dijo en tono animado:

–Por aquí –y le dedicó una seductora sonrisa al tiempo que la puerta para cederle el paso.

Cuando la puerta se cerró a su espalda, Edie pareció relajarse parcialmente y al llegar a uno de los corredores se detuvo bruscamente, suspiró y lo miró.

–Gracias –dijo, abandonando su fingida coquetería y borrándose de su rostro la tensión.

–Un placer –dijo él, pensando que la prefería así. Al ver que palidecía, añadió–: ¿Quieres sentarte?

–Estoy bien –dijo ella, aunque no era ni un reflejo de la Edie Daley que había acudido al rescate de su hermana pequeña.

–¿Hay algo que deba saber? –preguntó él.

Edie se miró los pies y los frotó entre sí, y por un instante Nick temió que fuera a negar lo evidente. Pero finalmente, Edie lo miró e hizo una mueca.

–Me temo que mi madre es un poco pesada cuando se empeña en buscarme pareja.

–¿El chico rubio con la espléndida sonrisa?

–Sí –dijo Edie con un suspiro.

–¿No te interesa? –a Nick le sorprendió cuánto se alegraba.

–¡No! –dijo ella con una firmeza que iba más allá

de la indiferencia–. Pero debía haber supuesto que intentaría algo así.

–¿Tu madre? ¿Acostumbra a hacerlo?

–Al menos lo intenta.

–¿Y a ti no te gusta? –Nick se dijo que tenía tanto derecho como él a rechazar a las casamenteras, pero la mayoría de las mujeres que conocía no tenían nada en contra.

–En absoluto –dijo Edie sin titubear. Nick pensó que cambiaría de tema, pero acabó añadiendo–: Mi madre está empeñada en que vuelva salir con hombres.

–¿Por qué dices «vuelva»? –preguntó Nick al ver que no le daba una explicación.

Edie hizo una pausa como si reflexionara sobre qué debía contestar. Finalmente, miró a su alrededor y luego a él con gesto de impaciencia.

–¿Dónde están las renovaciones arquitectónicas?

Nick enarcó las cejas.

–¿De verdad quieres verlas?

–¿Existen o solo estabas coqueteando con mi hermana?

–Claro que existen. Y no estaba coqueteando con tu hermana. Fue ella quien quiso verlas.

–Pero tú me has invitado...

–Porque estaba coqueteando contigo –y sin darle tiempo a reaccionar, Nick tomó de la mano a Edie y la condujo hacia la torre.

Caminaron en silencio mientras Nick se preguntaba si solo lo había usado para librarse de una situación incómoda o si estaba interesada en algo más íntimo. Por su parte, él tenía claro cuál de las dos opciones prefería.

Fuera lo que fuese, mientras abría la puerta de la torre, se dijo que acabaría por averiguarlo. Él era el único habitante de aquella parte de la casa y, cuando entraron, el vestíbulo estaba sumido en la penumbra.

Edie se detuvo y escudriñó la oscuridad.

—¿Te arrepientes? —preguntó Nick.

Edie tomó aire.

—No —dijo. Y tras una fracción de segundo, preguntó—: ¿Y tú?

La pregunta tomó a Nick por sorpresa.

Desde la muerte de Amy se había acostado con varias mujeres, pero ninguna había significado nada y ellas tampoco habían esperado nada más de él. Miró a Edie detenidamente, preguntándose cuáles eran sus expectativas. Entonces se dio cuenta de que ella esperaba una respuesta y, tras carraspear, dijo:

—No —con la misma firmeza que ella.

Edie sonrió, pero no con la sonrisa que le había dedicado a su madre y al hombre llamado Kyle, ni con la tensión de cuando había ido a buscarlo mientras bailaba, sino con la sinceridad con la que había sonreído cuando habían bailado juntos. Y en cuanto Nick la recibió, sintió unas sacudida de deseo.

Quería más sonrisas como aquellas. Quería más de Edie.

—Veamos las obras —dijo, y comenzó a hablar en detalle de la estructura del edificio. Al cabo de un rato, observó que Edie lo miraba con ojos brillantes, y se detuvo—: ¿Qué?

—¿De verdad sabes todo eso? —preguntó ella con genuina admiración.

Nick rio

–Es a lo que me dedico. Por eso estoy aquí.

–Creía que habías venido por la boda.

–No. Estoy aquí para restaurar la torre del este.

Y la sonrisa que quería ver, iluminó el rostro de Edie.

–¡Qué maravilla! –exclamó ella–. ¡Cuéntamelo todo!

Nick pensó que solo se trataba de amabilidad, pero a medida que encendió luces y fue mostrándole las distintas habitaciones, contándole historias de cada una, explicándole los cambios realizados, ella fue mostrando más y más interés.

En lugar de parecerle un aburrimiento, como a su hermana, hacía preguntas incisivas. En cierto momento, Edie le comentó que había estudiado Historia y que le habría gustado ser profesora.

–Un trabajo muy distinto a ser la mánager de tu madre, ¿no?

Edie hizo una mueca.

–Ya sabes, como dice Mona, la vida pasa mientras uno hace planes.

Nick se preguntó a qué planes se referiría, pero prefirió no preguntar.

–¿Alguna vez te ha tentado dedicarte a la interpretación? –preguntó en cambio.

–Jamás. No es mi estilo –dijo ella, sacudiendo la cabeza enfáticamente.

–Pero trabajas en ese mundo a diario.

–Solo en la parte de negocio, no me interesan ni el glamour ni el mundo de las estrellas –dijo ella con vehemencia.

–¿No te gustaría actuar?

–No. Creo que ser honesto es más difícil. Y si actúas todo el tiempo, puedes olvidar quién eres de verdad.

Dado que su madre era un icono del cine americano, Nick supuso que había reflexionado mucho sobre el tema. Como si se diera cuenta de que su respuesta había sido muy emocional, Edie sonrió y se encogió de hombros para añadir:

—Prefiero estar tras la pantalla, eso es todo.

—Como yo —al ver que Edie lo miraba sorprendida, Nick aclaró—: Cuando trabajo, lo único que importa es el edificio, no la persona que lo posee.

Edie se quedó pensativa antes de decir:

—Entiendo. Has hecho un trabajo increíble. No se distingue lo antiguo de lo nuevo.

—Como debe ser.

—¿Por dónde empiezas?

—Lo estudio detalladamente, me empapo de su historia y me instalo a vivir en él.

—¿Así que es verdad que también restauras el dormitorio? —dijo ella, sonriendo.

—Por supuesto —Nick indicó una puerta al fondo del vestíbulo—: Ahí está mi cueva.

Edie la miró y se volvió de nuevo hacia él.

—¿Cuándo se construyó la torre?

—Se añadió al castillo en el siglo XIII, como puesto de observación y alojamiento de los soldados que lo protegían de posibles invasores.

—¿Quién se interesaría por un castillo tan pequeño?

—Por aquel entonces la familia tenía muchas posesiones y extensos terrenos de cultivo. Además, hay arroyos y ríos. Era muy codiciado y muchos señores feudales intentaron arrebatárselo a la familia real, pero todos fracasaron.

—No tenía ni idea.

–Los Chamion son una familia de supervivientes. Sabían cómo enfrentar a sus enemigos entre sí y cómo establecer alianzas. El castillo ha sido testigo de gran parte de la historia –dijo Nick, mientras la conducía por distintas salas hasta la sólida puerta de roble del extremo opuesto. Al abrirla, dio acceso a un distribuidor con un andamio.

–Esta es la parte en la que sigo trabajando.

Sobre una mesa se veían herramientas de carpintería y albañilería medievales con las que Nick trabajaba. Edie fue hacia ellas y preguntó con detalle por su función y cómo se usaban. Cuando Nick dijo que algunas las elaboraba él mismo, Edie lo miró admirada.

–¿Y trabajas tú solo?

Nick posó una mano sobre el andamio y dijo:

–Al principio sí, porque me gusta familiarizarme con el espacio. Ahora hay un par de artesanos ayudándome a reproducir algunas piezas.

Edie recorrió el espacio, observando los detalles y sacudió la cabeza.

–Debe tardarse una eternidad –Edie sonrió a Nick–. Es curioso, pareces un hombre tan moderno que cuesta imaginar que dediques tu tiempo a esto.

–La verdad es que casi nunca llevo traje cuando estoy trabajando –dijo él, haciendo una mueca.

–¿Cómo te metiste en esto? Los niños normalmente quieren ser vaqueros o bomberos.

–Yo quería ser arquitecto.

–¿De edificios antiguos? –al ver que Nick asentía, Edie preguntó–: ¿Nunca has diseñado un edificio nuevo?

–Una vez –dijo él con aspereza. Y le dio la espalda.

–Lo siento –dijo ella.

Nick la miró con sorpresa. Edie lo observaba con dulzura y él la encontró extremadamente deseable.

–¿Por qué me pides perdón? –preguntó con brusquedad.

–Por aproximarme demasiado.

Él frunció el ceño.

–¿Aproximarte, a qué?

–A ti –Edie esbozó una sonrisa–. Y por hacer demasiadas preguntas –añadió.

–No tiene importancia –dijo él, tomando una de las herramientas y balanceándola en la mano. Luego la dejó bruscamente y miró a Edie.

–Tengo la impresión de que sí la tiene –dijo ella quedamente.

Y tenía razón. Nick se frotó el cuello para relajar los músculos, luego metió las manos en los bolsillos y, mirando al vacío, explicó:

–Diseñé una casa –comenzó, sin saber muy bien por qué sentía la necesidad de contarlo. Era la primera vez que lo hacía–. La construí para mi prometida.

Edie permaneció inmóvil, expectante.

–Debía haber sido la casa perfecta –continuó él en un tono tan amargo como sus emociones.

Iba a ser un regalo para Amy y quería que fuera tan perfecta como ella. Amy solía reírse y decir que no lo era, pero él opinaba lo contrario. Así que le pidió que le dijera cómo sería su casa soñada, las cristaleras, la escalera de caracol, el balcón corrido en el primer piso con vistas al mar; la gigantesca chimenea, la cocina con isleta central, las tres habitaciones para ellos y sus hijos... Todo sería tal y como ella quisiera.

—Iba a ser la casa de sus sueños —concluyó Nick con tristeza.

—¿Pero no le gustó? —aventuró Edie.

Nick se encogió de hombros.

—Le encantó, pero le daba lo mismo. Ella solo quería casarse, y yo retrasaba la boda porque quería acabar antes la casa.

No porque no quisiera casarse, sino porque creía que valía la pena esperar. Pero estaba equivocado. Comparado con el tiempo que podía haber pasado con ella, la casa no tenía ningún valor.

Apretó los dientes e hizo crujir los nudillos.

—¿Qué pasó? —preguntó Edie con dulzura.

—Murió —dijo él bruscamente, desviando la mirada.

Edie guardó un prolongado silencio. Nick lo comprendió, y se molestó consigo mismo por abrirse a una mujer a la que apenas conocía.

—Disculpa. No debía haber dicho nada —masculló.

—Yo te he preguntado —dijo ella, posando la mano en su brazo—. Lo siento muchísimo.

Mucha gente le había expresado sus condolencias, pero nadie lo había hecho con tanta sinceridad como Edie. Se volvió hacia ella, que añadió:

—Al perderla a ella, perdiste tu futuro.

—Sí —nadie parecía haberse dado cuenta de ese detalle. Después de todo, él no había muerto, y eso era lo que podía ver en los ojos de la gente que lo rodeaba: que debía seguir con su vida, que debía salir con otras mujeres.

—Te comprendo perfectamente.

A Nick le costaba creerlo.

–Gracias –dijo, mirando por la ventana.

–Mi marido murió hace dos años.

Nick la miró al instante.

–Lo siento –dijo–. No lo sabía.

–No suelo contarlo –Edie sonrió tímidamente–. Supongo que tú tampoco.

–No –de hecho, Nick no recordaba la última vez que había hablado de Amy. Al recordar lo sucedido hacía un rato, añadió–: ¿Por eso te molesta que Mona te busque pareja?

También se acordó del comentario de Edie: «Quiere que vuelva a salir con hombres», y cómo aquel «vuelva» le había llamado la atención.

–Sí –dijo Edie tras un leve titubeo.

Nick la comprendía a la perfección. Aunque estaba a unos metros de distancia, percibía su presencia con fuerza. Parecía haber una conexión entre ellos, o al menos, él la sentía hacia ella. Ansiaba disipar su dolor y ayudarle a olvidar. Pero él sabía mejor que nadie que no se olvidaba.

Al oírla moverse, se volvió a mirarla y vio que, aunque con tristeza, sonreía.

–Debería irme –dijo ella–. Ya te he molestado suficiente.

Pero al pasar a su lado, él la sujetó del brazo.

–No, quédate.

A él mismo le sorprendió el tono entre implorante y autoritario en que se expresó. No supo interpretarlo; solo sabía que no quería que se fuera.

Edie también pareció sorprendida. Abrió la boca para

decir algo, pero enmudeció, como si sopesara sus palabras. Finalmente, preguntó en tono ligero:

—¿Todavía no hemos acabado la visita?

Con ello consiguió que ambos pudieran relajarse, y Nick asintió.

—Aún no has visto la torre. También he restaurado la escalera que conduce al parapeto desde el que se contempla una vista impresionante. Deberías verla —Nick la miró e hizo una mueca al ver sus pies descalzos—. Aunque no llevas la ropa adecuada.

—Me arriesgaré —dijo ella al instante.

—Te llevaría en brazos, pero el pasadizo es muy estrecho.

—No importa. Treparé.

—Las piedras son muy ásperas. Espera. Voy a buscarte calzado.

Nick fue a su dormitorio y volvió con unas chancletas.

—Son muy grandes —dijo—, pero si quieres subir, son mejor que nada.

—Claro que quiero subir.

También él, así que se puso en cuclillas, pero al darse cuenta de que Edie tendría que quitarse las medias, se puso en pie y, mirándola a los ojos, dijo:

—Deja que te ayude.

Aunque el rostro de Edie quedaba en la sombra, vio que se llevaba la lengua a los labios. Luego se mordió el labio inferior y miró a Nick fijamente. Este tomó su silencio como un asentimiento.

—Espera un segundo —la instruyó. Y rezó para poder hacer lo mismo.

Resultaba de una extraña intimidad y extremadamente erótico alzar la mano por debajo de su vestido para buscar el punto del que tirar hacia abajo.

Las medias tenían tacto de seda, eran tan delicadas que Nick temió rasgarlas con sus manos encallecidas. Así que procedió con lentitud, delicadamente. El roce de la piel bajo las medias despertó en él el deseo de tocarla y acariciar los gemelos, ascendiendo pausadamente hacia sus muslos. Percibió que las piernas de Edie temblaban.

Unos dedos se posaron en su cabeza y le tiraron del pelo.

—Perdona —se diculpó ella.

Luego relajó los dedos, pero en cuanto Nick continuó, volvió a apretarlos.

Nick sintió un escalofrío recorrerle la espalda y un golpe de calor en la ingle cuando las medias se transformaron en encaje y, un centímetro más arriba, en carne.

Nick tuvo que hacer un esfuerzo para mantener la respiración constante, recordándose que no se trataba de un acto de seducción... a no ser que él fuera el seducido.

Enlazó los dedos por encima de una de las medias y la deslizó hasta quitársela. Luego subió y le quitó la otra, aunque saber lo que iba a encontrar no le ayudó a mantenerse indiferente. Y sabía que cuando se pusiera en pie, ella lo notaría. Así que se tomó su tiempo para ayudarle a colocarse las chancletas y en empezar a doblar las medias.

—Yo me ocupo de eso —Edie prácticamente se las arrancó de las manos, que estaban tan temblorosas como las de ella, pero al menos dio tiempo a que Nick se incorporara y se ajustara los pantalones para disimular lo obvio.

–Bueno, ya podemos subir –dijo él, tras carraspear. Tomó una linterna y fue hacia una de las puertas–. Ten cuidado.

Edie pensó que, de tener cuidado, no estaría allí, sino en su dormitorio, escuchando el sonido ahogado de la orquesta mientras leía un libro en lugar de subiendo unas estrechas escaleras detrás de un hombre que acababa de acariciarle las piernas y cuyas manos la habían dejado temblorosa. Su mente estaba activada tras la sobrecarga de hormonas que la habían asaltado tras dos años de total indiferencia, y sus emociones en aquel instante eran tan impredecibles como las de una adolescente.

¡Debería estar leyendo en la cama un libro tan aburrido como para dormirse al instante! Y sin embargo, seguía el rayo de la linterna con la que Nick iluminaba los peldaños. En cierto momento, por mirar las piernas de Nick en lugar de la escalera, perdió pie. Antes de que le diera tiempo a asirse a algo, Nick se volvió y la abrazó con tanta fuerza que Edie tuvo la certeza de que debía notar su acelerado corazón.

–¿Te has hecho daño? –sin esperar a que contestara, él mismo añadió–: No debería haberte hecho subir. Ha sido una locura.

Edie pensó que tenía razón, pero no tenía nada que ver con subir a la torre.

–Estoy perfectamente –dijo–. De verdad.

Nick insistió en que era una imprudencia, y ella

pensó que, si alzaba el rostro, sus labios acariciarían la barbilla de él. No podía ver porque Nick sostenía la linterna en la mano del brazo con el que la sujetaba. Y sí, su corazón latía con tanta fuerza como el de ella.

—¿Estás segura que quieres seguir? —preguntó él finalmente.

Edie asintió. Era verdad. Su cabeza golpeó la barbilla de Nick.

—Lo siento. Subamos. Solo me he resbalado.

Nick pareció vacilar, pero acabó por ceder:

—Está bien, pero quiero que vayas delante —dijo, colocándola en un peldaño por encima del de él, y sin soltarla, dirigió el haz de luz por delante de ambos.

Estaba tan cerca de ella que sus rodillas le rozaban las pantorrillas y su mano, cuya aspereza había sorprendido a Edie cuando bailaban pero que comprendía al conocer su trabajo, le sujetaba la cintura.

Recordó la sensación sobre su piel cuando le había quitado las medias y se preguntó como sería sentirlas en partes más sensibles de su cuerpo.

Volvió a resbalarse y Nick la asió con fuerza.

—Cuidado.

Edie subió un par de peldaños.

—Intento tenerlo —dijo ella, jadeante.

Ni siquiera ella misma sabía si era sincera o si estaba siendo más temeraria de lo que había sido en toda su vida. Como solía decir su abuela: «Llegarás al final pasito a pasito». Edie siempre la había creído, pero en aquel momento lo que no sabía era adónde quería llegar.

—Ya hemos llegado.

Habían alcanzado una pesada puerta de madera.

Nick alargó el brazo y la empujó para abrirla y ayudarle a salir.

Edie se quedó paralizado al ver el espectáculo que se extendía ante sus ojos de los maravillosos jardines del castillo iluminados tenuemente en la oscuridad.

—En el siglo XIII la vista sería muy distinta —comentó Nick.

—Pero es preciosa —dijo ella, apoyándose en el muro de piedra y asomándose para mirar hacia abajo—. Es increíble. Nunca había visto nada igual.

—Porque no hay nada que se le parezca —dijo él, colocándose a su lado.

Se veía a algunos invitados y les llegó el rumor de conversaciones y alguna risa aislada. Desde una ventana entreabierta se oía a la orquesta tocando un vals, pero Edie pensó que por mucha magia que tuviera todo lo que la rodeaba, nada era tan especial como el hombre que tenía a su lado.

Nick estaba pegado a ella, con los codos apoyados en el muro y los dedos entrelazados. Bajo la luz de la luna podía percibir los ángulos y planos de su rostro, y la mejilla que su hermana Rhiannon había acariciado, y Edie tuvo que apretar los puños para no imitarla. Miró hacia abajo para concentrarse en el paisaje.

No tenía ni idea de lo que él estaría pensando. Parecía remoto, distante. Así que se arriesgó a mirarlo de nuevo. Él se giró al mismo tiempo. Sus miradas se encontraron y estalló una llamarada que dejó a Edie sin respiración.

Nick carraspeó y se irguió.

—Está refrescando. ¿Bajamos? —su voz sonó tranquila, pero Edie creyó percibir la contención del... ¿deseo?

¿Acaso conocía ese sonido cuando hacía tanto que no lo oía?

–Yo iré por delante –dijo él.

–¿Para que, si me caigo, te tire y bajemos rodando? –bromeó ella.

–Sujétate de mi hombro si quieres. Bajaré despacio.

Nick bajó despacio, pero ella, al contrario de lo que habría hecho Rhiannon y precisamente por eso, evitó sujetarse a él. Apoyó la mano en la pared y bajó con extremo cuidado. Al llegar abajo, suspiró aliviada.

–Ha sido fantástico. Muchas gracias –dijo cuando él cerró la puerta a su espalda. Se quitó las chancletas y se las devolvió con una sonrisa.

Se quedaron mirando en silencio, fijamente, hasta que Nick dijo:

–Te deseo.

Edie lo miró atónita, tanto por sus palabras como por el tono entre desesperado e irritado que usó. Al mismo tiempo, se dio cuenta de que le encantaba oírlas.

–¿Y cuál es el problema? –dijo, esforzándose por mantener un tono ligero.

–¿No lo hay? –preguntó él, desafiante.

Ella parpadeó.

–Somos dos adultos –se oyó decir.

–No suele ser tan sencillo –dijo él. Pero Edie no estuvo segura de a qué se refería. Entonces él añadió–: Yo no pretendo nada más.

–¿Nada más que sexo? –dijo ella, hablando con pasmosa claridad.

Nick apretó los dientes como si oírlo expresado tan crudamente lo perturbara, pero asintió.

–Exactamente.

Así que nada de cuentos de hadas, pensó Edie. Aunque en realidad, tampoco era eso lo que ella buscaba. ¿No era mejor ser franco que mentir? De haber sido tan honesto, Kyle Robbins no le habría hecho creer años atrás que deseaba algo más que sexo, ni ella habría albergado sueños de boda.

–No quiero una relación –continuó explicando Nick–. Solo una noche.

–¿Esas son las reglas? –preguntó ella, sonriendo.

Él asintió.

–Así es.

Se miraron fijamente, sin fingida dulzura.

–Está bien –dijo ella, aunque todavía estaba intentando asimilar las implicaciones de lo que iba a hacer.

–¿Estás segura? –preguntó él con incredulidad.

–Te aseguro que no espero una propuesta de matrimonio –dijo ella, cortante.

Nick se pasó una mano por el cabello.

–Me alegro –dijo, aliviado–, nunca volveré a hacerla.

–Puede que algún día...

–No –dijo él con firmeza–. Nunca.

Edie se guardó la opinión de que sentía lástima de él. Ella había amado a Ben con todo su corazón, pero jamás juraría que nunca volvería a enamorarse o a casarse.

De hecho, lo que estaba sucediendo era una buena muestra de cuánto podían cambiar las cosas en cuestión de minutos. Hacía dos horas no había tenido el menor interés en ningún hombre y en aquel instante estaba contemplando la posibilidad de acostarse con uno al que acababa de conocer. En parte, evidentemente, porque la atraía. Pero sobre todo porque temía cometer un error aún mayor con un Kyle Robbins recientemente divorciado. Una noche con Nick era preferible desde cualquier punto de vista.

—Si no te interesa, lo entenderé perfectamente —dijo Nick.

—Sí me interesa —dijo ella—. Una noche nada más. Yo quiero lo mismo —Nick la miró fijamente y ella le sostuvo la mirada—. Sé lo que estoy haciendo. ¿Tú? —preguntó, retadora.

Por lo visto sí lo sabía, porque en una fracción de segundo recorrió la distancia que los separaba y la atrapó entre sus brazos.

El cuerpo de Edie respondió al instante, relajándose contra el de él. Sus ojos se cerraron y entreabrió los labios, qué él besó con exigente fiereza. Le había dicho que la deseaba y aquella era la prueba. Como ella lo deseaba a él. No era Ben, porque este se había ido para siempre; ni Kyle, afortunadamente. Era Nick y solo compartirían una noche. Por una noche sería suyo, y Edie no pensaba arrepentirse.

Capítulo 3

NO ERA el tipo habitual de mujer con la que Nick se acostaba, pero la deseaba como a ninguna. Era directa y dulce, decidida y dubitativa, distante y al mismo tiempo capaz de hacerle arder en deseo. Veía e intuía demasiado, y no vacilaba en hablar de ello... Pero ya no estaban hablando.

No. Se estaban besando y los labios de Edie parecían tan hambrientos como los suyos, sus manos igualmente ansiosas. Con ellas le recorrió la espalda, le tomó el rostro y lo acercó al suyo, y Nick no protestó porque quería hacer lo mismo. Él hundió los dedos en su cabello, le retiró las horquillas que se lo sujetaban, y lo dejó caer sobre sus hombros y su espalda. Enredó sus dedos en él y aspiró el aroma cítrico de su champú y del perfume natural de Edie Daley.

Era embriagador y daba lo mismo que no fuera una mujer con la que fuera a bastarle una noche para saciarse de ella. Haría lo que fuera necesario por lograrlo. Pero no se privaría de pasar la noche con ella.

—He olvidado enseñarte un sitio —musitó sin separar los labios de los de ella. Cuando Edie abrió los ojos, él añadió—: Mi dormitorio.

—Tienes toda la razón —susurró ella en un tono ronco que aumentó la excitación de Nick.

–Por aquí –dijo él, tomándola en brazos y yendo hacia una puerta que abrió con el pie. Luego la cerró con la cadera y echó a Edie en la cama, a oscuras, antes de acostarse a su lado.

–Enciende la luz –dijo Edie.

–¿Qué?

–Si vas a ser mi guía, no quiero perderme nada.

A Nick le encantó la idea porque estaba deseando verla mientras hacía el amor.

–¿O es que no hay electricidad y usas velas? –preguntó ella.

–Las velas no están mal, pero hoy prefiero una lámpara –dijo él, encendiendo la que había en la mesilla.

La luz que proyectaba era tenue, pero permitía ver el austero mobiliario y la cama doble. No era un nido de seducción, pero Nick no tenía ojos más que para Edie, a la que habría querido seducir en cualquier parte. Estaba reclinada en la cama, con el vestido malva contrastando con su pálida piel. Bajo aquella luz, sus pecas desaparecían y su piel parecían tener un brillo dorado mientras que su cabello parecía aún más oscuro y lustroso. Nick se lo peinó con los dedos una vez más y se llevó un mechón a la cara para sentir su suavidad en la piel de la mejilla y en los labios. Luego, volvió a aspirar su aroma a limón y a aquella mujer a la que quería dedicar una noche inolvidable.

No pretendía borrar el recuerdo de su marido porque sabía que sería inolvidable, como Amy lo era para él. Pero quería que desde aquel día en adelante, cada vez que pensara en hacer el amor, se acordara de él.

Se echó hacia atrás para deshacer el nudo de la corbata, que se quitó junto con la chaqueta sin dejar de mirar Edie. Ella descansó la cabeza en la almohada y lo observó con una sonrisa y una expresión de deseo que disparó el de él un grado más.

Cuando Nick se llevó la mano a los botones de la camisa, ella se adelantó, diciendo:

–¿Me permites?

A Nick le costaba ceder el control, pero quería que Edie disfrutara y formara parte tan activa como él, así que asintió.

–Como gustes.

Edie se sentó y se inclinó hacia él y fue desabrochándolo lentamente, dejando que sus nudillos acariciaran la piel que iba quedando al descubierto. Según descendía hacia su cintura, él sintió que le temblaba la barbilla y ella se mordió el labio inferior.

Nick apretó los puños para reprimir el impulso de apartarle las manos y terminar él y acelerar el proceso, pero habiendo cedido el control sabía que no debía recuperarlo, que era ella quien debía marcar el ritmo. Y la lentitud con la que ella actuó estuvo a punto de acabar con él.

Edie ni sabía ni le importaba saber qué pasaría después de aquella noche. Desde la muerte de Ben se concentraba exclusivamente en el presente, y ningún presente había sido tan excepcional como hacer el amor con Nick Savas. Estaba decidida a disfrutarlo.

Echaba de menos la intimidad de compartir una cama. Su primer intento, con Kyle, la había dejado indiferente. Siempre quería llevar la iniciativa y, con veintitrés años, había dado muestras de inmadurez, preocupándose más por el final que por el camino. Con él no había descubierto ninguna de las sutilezas del sexo.

Con Ben había sido distinto. Habían aprendido juntos, habían hecho el recorrido juntos, y darse placer mutuo había sido mucho más importante que alcanzar el orgasmo deprisa.

No esperaba tener nada parecido con Nick. Pero al menos, era la primera vez que sentía el deseo de hacerlo, y aunque no sabía muy bien qué significaba, quería descubrirlo.

Quizá de no haber aparecido Kyle, se habría limitado a volver a su dormitorio, y tal vez habría soñado con Ben, aunque llevaba un tiempo que no recordaba sus sueños. A su pesar y aunque sabía que nunca lo olvidaría, era consciente de que su recuerdo se iba difuminando.

La camisa de Nick estaba almidonada y los botones ofrecían cierta resistencia, pero Edie disfrutó del instante, recordándose que sería una experiencia única. Por eso no quería hablar, ni pensar en su vida, sino centrarse en aquel hombre y aquel instante.

Cuando soltó el último botón, deslizó la camisa de Nick de sus hombros y por sus brazos, y él la dejó caer al suelo. Al ver que se sacaba la camiseta del pantalón y hacía ademán de quitársela, Edie lo detuvo y se sorprendió a sí misma diciendo:

—Déjame a mí.

Nick dejó escapar un gemido, pero bajó las manos.

—Está bien, pero luego te desnudo yo a ti —dijo con mirada insinuante.

–Cuando te llegue el turno –dijo ella, intentando disimular que la mera idea le hacía temblar de anticipación.

Ya estaba lo bastante temblorosa tras quitarle la camiseta y acariciar con las uñas su pecho. Él permaneció inmóvil, mirándola fijamente, y ella sintió bajo sus dedos que lo recorría un escalofrío. Edie trazó círculos alrededor de sus pezones antes de bajar las manos por el centro de su torso hasta detenerlas sobre su cinturón.

–Supongo que también quieres que te deje eso –dijo él con voz ronca.

Ella alzó la mirada.

–Me parece bien. ¿Quieres ponerte de pie?

Nick se puso en pie. Los ojos de Edie quedaron a la altura del cinturón y ella se lo desabrochó con mucha más facilidad que los botones. Nick contuvo la respiración. Sin pensar en lo que hacía, Edie deslizó la mirada por la bragueta de los pantalones y solo entonces se dio cuenta de lo cerca que tenía la carne caliente que quería tocar y que, por la forma en que presionaba la tela del pantalón, también deseaba ser tocada. Hebilla suelta, cremallera bajada, los pantalones cayeron al suelo. Nick se quitó los zapatos y los alejó de una patada, luego dio un paso para salirse de los pantalones y se presentó ante Edie con tan solo un par de boxers que no lograban disimular su erección.

–También esto es tuyo –dijo él, mirándola y mirándose el sexo. Luego añadió–: Ahora me toca a mí.

–Todavía no he terminado –protestó ella.

Nick le sujetó las manos.

–No, pero a mí me falta mucho más que a ti.

Se inclinó y fue besándole la piel mientras descendía por sus hombros al tiempo que llevaba las manos a la espalda de su vestido. Apoyando la cabeza en su hombro, dejó escapar un gemido de impaciencia.

–¿Qué? –preguntó Edie.

–Hay al menos cien botones.

–Solo cuarenta –al recordar que había tenido que esperar un buen rato a que su madre acabara de abotonarlo, rectificó–. O quizá cincuenta.

–¿Cincuenta? –protestó Nick, aunque se puso de inmediato manos a la obra.

Como, tal y como Edie había deducido, era un hombre muy habilidoso y capaz de hacer varias cosas a la vez, al mismo tiempo le mordisqueó la barbilla, las orejas y los hombros. Incluso parecía acariciarla con su cabello, que rozaba delicadamente su sensible piel.

–Por fin –susurró él, levantando las manos a sus hombros y deslizándolas hacia abajo. Como el sujetador era parte del vestido, los senos le quedaron al descubierto.

El aire la hizo estremecer, pero no tanto como la mirada de Nick. Edie nunca había tenido la confianza en su propio cuerpo de la que disfrutaban su madre y su hermana, pero Nick lo contempló con admiración antes de cubrir sus senos con las manos y acariciarlos con delicadeza, rozándole los pezones con los pulgares.

–Eres preciosa, preciosa –susurró, inclinándose para besar primero uno y luego otro.

Y Edie se estremeció con una sacudida de deseo.

–¿Tienes frío?

–No –dijo ella–. Solo... –como no encontró las palabras para expresarse, se limitó a sacudir la cabeza.

Nick se tomó tanto tiempo como ella. La hizo levantarse y colocarse delante de él, y mientras le besaba delicadamente la línea de las clavículas, se arrodilló, sujetó el vestido a la altura de la cintura y fue tirando de él hacia abajo. Sus dedos callosos acariciaron la piel de sus piernas, dejando la misma marca que Edie todavía percibía de cuando le había quitado las medias. Luego Nick le hizo levantar un pie y el otro para salirse del círculo del vestido, dejándola con solo un par de bragas de encaje.

–Ah –exclamó él, sentándose en los talones.

Edie sintió su mirada recorrerla desde los pies, subir por piernas y vientre hasta sus senos y su cara. Sonriéndole, Nick enganchó el dedo en el elástico de la cintura de las bragas y se las bajó.

Edie levantó los pies alternativamente para que se las quitara del todo y, antes de que su mente pudiera reaccionar, sintió las manos de Nick en los tobillos, en las piernas, en los muslos. Las piernas le flaquearon y tuvo que asirse a sus hombros. Podía sentir el cálido aliento de Nick en el vientre, mientras con sus dedos trepaba por el interior de sus muslos hasta llegar a la intersección y acariciar el vello que cubría su feminidad, antes de tocarla allí mismo.

Edie ahogó un gemido.

En lugar de detenerse, Nick pareció tomárselo como una invitación, así que le separó los muslos y continuó.

Edie le clavó las uñas en los hombros.

–No...no es jus...usto –balbuceó.

Él la miró de soslayo.

–Apúntate cuando quieras –dijo.

Y sin saber cómo, Edie lo atrajo hacia sí hasta tenerlo tumbado a su lado y le quitó los boxers.

Él le ayudó y se acomodó para explorarla centímetro a centímetro. Edie estaba decidida a hacerlo durar, a disfrutar de cada segundo y explotarlo al máximo, pero estaba tan anhelante y ansiosa, que le costaba reprimirse. Deseaba a Nick. Cuando él se colocó entre sus rodillas, ella clavó las uñas en sus caderas, pero él actuó con lentitud, acariciándole los muslos y el sexo con delicadeza, retirando la mano después de alcanzarlo para comenzar de nuevo la espiral.

Edie dejó escapar un gemido intentando no alzar las caderas ni revolverse, no buscar sus manos ni demostrar cuánto lo ansiaba en su interior.

Pero Nick lo sabía. Sonrió y repitió la tortura, acompañando en aquella ocasión cada círculo con besos alternos de un muslo al otro, y dejando que su cabello rozara su sensible piel. Sus labios estaban calientes, pero el beso húmedo sobre el que soplaba antes de volver a tocarla, dejaba una huella de frescor en la piel de Edie.

Y con cada beso, se aproximaba un poco más. Edie tragó saliva y clavó los talones en el colchón. Más y más cerca... Dejó escapar el aliento con fuerza.

–¡Nick!

Él alzó la cabeza levemente.

–¿Sí? –y continuó. Una y otra vez.

Las rodillas de Edie temblaban violentamente y sujetó a Nick por el cabello. Sin embargo, en lugar de tirar de él, tal y como había pretendido, lo mantuvo

donde estaba. Como si se asiera a un salvavidas, de-
sesperada, ciega.

Sacudió la cabeza de un lado a otro mientras él seguía acariciándola con sus dedos y su lengua, dibu-
jando con el pulgar círculos de distinta presión en su
punto más sensible hasta arrastrarla al límite. Sus caderas se alzaron bruscamente.

–¡Ahora! –dijo Edie, revolviéndose en la cama.

–Sí –susurró él. Y sin retirar los dedos, alargó la
otra mano al cajón de la mesilla y sacó un cuadrado
de aluminio.

Edie le ayudó a ponerse el preservativo y se tumbó
para recibirlo, para cobijarlo donde quería tenerlo.

Instintivamente, meció las caderas y clavó los dedos en sus nalgas, que era lo que él quería. Edie no sabía por qué, pero tenía la certeza de intuirlo, no solo a
un nivel físico, sino también emocional.

Quizá Nick había aparecido para que no sucum-
biera a la atracción que Kyle siempre había ejercido
sobre ella, pero aquello no tenía nada que ver con
Kyle, sino solo y exclusivamente con ellos dos mo-
viéndose al unísono, húmedos y calientes, dando y re-
cibiendo en igual proporción.

No hubo la más mínima vacilación o duda. Solo la
sensación de plenitud y bienestar.

Llegaron al clímax juntos y jadeantes; dos cuerpos
fundidos en uno. Y en cuanto Nick se echó a un lado
y la abrazó contra el costado, ella se quedó dormida.
Diez minutos; quizá media hora, pero en cualquier
caso, Edie se asombró de haberse quedado dormida.
Cuando despertó se sentía sorprendentemente descan-

sada y al girarse se encontró al lado de un cuerpo firme y caliente. El de Nick Savas.

Inicialmente se quedó asombrada y esperó arrepentirse, pero no fue así. Muy al contrario, recordó lo maravilloso que había sido. No sabía cómo ni por qué, como no sabía qué debía hacer en ese momento, aparte de no implicarse emocionalmente.

Nick no la había engañado y ella había aceptado jugar con sus reglas Pero no podía evitar que el sexo de una noche le resultara ajeno porque no lo había practicado nunca.

Asumiendo que Nick preferiría no encontrarla cuando despertara, inició el movimiento de levantarse, pero un brazo fuerte le rodeó la cintura y tiró de ella.

—¿Dónde vas?

Edie se volvió y vio que le sonreía con expresión somnolienta y seductora.

—Debería irme —dijo.

—¿Por qué?

—Porque... —en realidad no sabía qué decir, ya que no había ninguna razón lo bastante importante.

—No me convences —la sonrisa de Nick se amplió—. ¿Quieres irte?

Edie reflexionó y se dio cuenta de que no, que le encantaba estar en su cama y gozar de su proximidad. Sacudió la cabeza lentamente.

—Me alegro, porque ahora que nos hemos quitado la curiosidad inicial, podemos tomarnos nuestro tiempo —dijo, insinuante.

Y eso fue exactamente lo que empezó a hacer. Se acomodó al lado de Edie y acarició, besó y lamió cada parte de su cuerpo. Edie se entregó al placer sensualmente, consciente de que Nick tenía mucha experiencia y de que era extremadamente generoso. No actuaba para conseguir lo que quería, sino porque quería descubrir sus secretos, averiguar cómo reaccionaba, encontrar sus puntos ocultos, igual que hacía con sus edificios.

La sutil caricia de las puntas de sus dedos la hizo consciente de terminaciones nerviosas que jamás había sabido que tuviera. Su lengua en el interior del codo la hizo estremecer, sus pulgares le endurecieron los pezones, sus dedos acercándose pero sin nunca llegar a tocar su centro sensorial la hicieron enloquecer.

Edie quería que acelerara, que la tocara finalmente, que volviera a estallar en su interior y hacerle sentir plena. Pero al mismo tiempo quería que aquello no acabara nunca.

Por su parte, Nick parecía decidido a hacerle perder el sentido. Después de ascender una vez más y alejarse, volvió a deslizar las manos por sus muslos, la tomó por las nalgas y le abrió las piernas.

Ella gritó:

—¡Ahora! —y le mostró su impaciencia asiéndose a sus caderas y atrayéndolas hacia sí.

Él la penetró entonces con decisión, abandonando toda cautela, contradiciendo la lentitud y delicadeza de unos segundos antes. Apretó los dientes y la piel de su rostro se tensó. Su respiración se aceleró al compás de sus movimientos, y Edie se movió para acudir a su encuentro, para unirse a él; hasta que Nick dejó escapar un grito ahogado y una vez más alcanzaron el clímax al unísono. Una inmediata relajación y una profunda serenidad los envolvió y, cuando Nick se dejó caer sobre ella, Edie lo asió con fuerza, resistiéndose a soltarlo, a perder el contacto.

Sus corazones latían a un tiempo. Nick apoyaba la mejilla en la de ella. Edie giró la cabeza y se la besó, aspirando su aroma. Él también se giró y se quedaron mirando el uno al otro en silencio. Edie sonrió. Nick la observó con expresión seria. Parecía un hombre que hubiera recibido un golpe sin saber de dónde había llegado. Cerró los ojos y su respiración se ralentizó. Se había quedado dormido.

En aquella ocasión, Edie permaneció despierta. Se sentía maravillosamente, como cuando hacía el amor con Ben, pero con este nunca se había tratado solo de sexo. ¿Podría llegar a ser así con Nick? La pregunta la tomó por sorpresa y supo al instante que planteársela era un error.

Nick había dejado totalmente claro que no quería nada más. Pero ¿y si ella sí? Sería su problema.

Observó a Nick mientras dormía. ¿Habría sentido también él la sensación de conexión que había experimentado ella? O esa conexión no era más que la justificación que se buscaba una viuda solitaria para explicar un comportamiento tan poco característico en ella.

Ni tenía las respuestas ni las obtendría aquella noche, y quedarse allí, echada, no iba ayudarla, sino que solo podía contribuir a que deseara cosas a las que no tenía derecho con un hombre al que acababa de conocer. Y sin embargo, una parte de ella intuía extrañamente que conocía muy bien a Nick Savas.

Aquella noche le había demostrado que había vida después de Ben, y estaba segura de que pensaría en él durante tiempo. Pero por el momento debía ir a su dormitorio y retomar su vida. Cuidadosamente, se deslizó de debajo de su brazo y buscó sigilosamente su ropa. Ya en el cuarto de baño se vistió precipitadamente, confiando en que no habría nadie paseándose por el castillo a aquellas horas. Ella tenía que tomar un avión en menos de seis.

Al salir, no pudo resistir la tentación de acercarse a la cama para ver a Nick por última vez. Se había girado sobre la espalda, la sábana se le había enredado en la cintura y Edie intentó memorizar sus músculos, sus labios sensuales, sus pómulos pronunciados. Le habría gustado ver sus ojos, a veces tan diáfanos y otras tan velados. El espejo de su alma.

Nick le había tocado tanto el cuerpo como el alma. Le había devuelto una parte de sí misma que había muerto con Ben, y Edie confiaba en haberle dado algo a cambio.

Lo miró largamente para grabarlo en la mente igual que lo llevaba grabado en el cuerpo. Y sin poder contenerse, se inclinó y le besó los labios. Él buscó los de ella, pero cuando Edie se retiró, él, no encontrándolos, dejó escapar un suspiro.

Edie lo imitó.

—Buenas noches, Nick —susurró—. Gracias —se dio permiso para acariciar por última vez su hombro—. O eso creo.

Y dando media vuelta, salió sigilosamente de la habitación.

Capítulo 4

LA INESPERADA llamada a la puerta de la mansión de su madre en Santa Bárbara sobresaltó a Edie, pero tras lanzar una mirada hacia el vestíbulo, volvió a concentrarse en la pantalla del ordenador, donde estaba cerrando una reserva para Rhiannon antes de que se pasara el tiempo de conexión... o de que su hermana cambiara de planes.

Desde que se había reconciliado con Andrew, Rhiannon estaba ansiosa y preocupada, tanto por temor a que Andrew la dejara como por el posible fracaso de su carrera profesional. Cambiaba de opinión constantemente y eso obligaba a Edie a reorganizar su agenda.

Afortunadamente, se había ido a las Bahamas a grabar un vídeo musical y Edie disfrutaba de una relativa paz.

Miró el reloj de arena de la pantalla con impaciencia.

Llamaron de nuevo y Roy, un enorme perro Terranova, alzó la cabeza con un vago interés, antes de volver a apoyarla sobre las patas delanteras.

El timbre sonó con más insistencia, dos llamadas seguidas. La pantalla finalmente cambió para confirmar la compra del billete. Edie pulsó el ratón y el reloj de arena reapareció. Edie esperó.

Y el timbre sonó dos, tres, cuatro veces.

No era frecuente que la gente se acercara hasta la aislada casa que Mona tenía en las montañas de Santa Bárbara, en la propiedad que había adquirido años atrás con el padre de Edie, Joe.

A la muerte de este, todo el mundo intentó convencerla de que se mudara, pero Mona se había negado porque habría significado traicionar la memoria de Joe. Además, la habían comprado para tener un refugio privado, un lugar en el que alejarse de los focos de la fama y ser ellos mismos.

Por aquel entonces, no existía la casa que posteriormente había construido Mona, y en la que Edie se encontraba, sino una sencilla vivienda de adobe que se conservaba en estado de ruina. Aunque Mona se había negado a abandonar la finca, había aceptado que la vieja casa no era adecuada para vivir con dos niños pequeños, así que hizo construir otra, a la que se había mudado con Edi, cuando esta tenía cinco años, y Ronan, su hermano de siete, que desde entonces siempre la había llamado la casa de *hollywoodiense* de su madre.

Era grande y estaba lujosamente decorada. Tenía doce dormitorios y aún más cuartos de baño, una despensa en la que los hermanos gemelos de Edie de doce años, Dirk y Ruud podían patinar; una piscina, pista de tenis y... un sonoro timbre.

Quienquiera que estuviera llamando, decidió apoyarse en él y hacerlo sonar prolongadamente.

Edie estuvo tentada de no contestar, pero habría incumplido la norma de puertas abiertas de su madre. La hospitalidad Tremayne era legendaria, y a Edie no solía importarle contribuir a ella, pero su madre solía avisarla con anticipación.

El reloj de arena dio paso a una pantalla de confirmación. Aliviada, Edie dio a la tecla para imprimir el itinerario de Rhiannon y finalmente, con Roy pisándole los talones, fue a abrir.

—Ya voy —gritó, de camino a la puerta. Cuando ya sujetaba el picaporte, insistió—: Deja de llamar.

El irritante sonido cesó. Edie abrió la puerta bruscamente y se quedó boquiabierta. Ante sí tenía a Nick Savas en carne y hueso, y tan guapo como lo recordaba.

Sujetó el picaporte con fuerza y a Roy por el collar, como si necesitara asirse a algo para no ser arrastrada por el torbellino de emociones, recuerdos y preguntas que habían quedado sin respuesta y que había intentado olvidar en vano.

Lo más parecido a una explicación a la que había llegado para explicar aquella noche, era que Nick había logrado despertarla del letargo en que llevaba sumida más de dos años. Había algo en Nick Savas que la había tocado emocionalmente, y no se trataba ni de sus besos ni del sexo, sino algo en su personalidad y en su arrebatadora sonrisa. Además de sus ojos, risueños o tristes según el momento. Sentía una misteriosa conexión con él, y tenía la sensación de que ambos se habían entregado algo mutuamente aquella noche; pero al mismo tiempo se recordaba que no había sido más que una ocasión aislada, tal y como demostraba que Nick no hubiera intentado localizarla.

Así que, ¿qué hacía allí?

Su sensual boca esbozó una sonrisa y Edie supo

que los recuerdos que la habían acosado no eran un producto de su imaginación.

–¿Qué haces aquí? –preguntó, perpleja.

La Cenicienta que albergaba en su interior ansiaba oírle decir que había acudido en su busca. El noventa y nueve por ciento de su sensato cerebro le dijo que no fuera estúpida. Cosas así solo tenían lugar en los cuentos de hadas.

–Yo también me alegro de verte –dijo él con un brillo risueño en la mirada. Luego la miró inquisitivamente y continuó–: No recuerdo que nos despidiéramos en malos términos. De hecho, ni siquiera recuerdo que nos despidiéramos. Me desperté y ya no estabas.

Edie sintió fuego en las mejillas y apretó la presión en el collar de Roy.

–No quise despertarte y tenía que tomar un vuelo –intentó expresarse con indiferencia, pero supo que sonó esquiva–. Lo siento –tras una pausa, añadió–: Fue una noche... maravillosa.

Él siguió sonriéndole, tan guapo como lo recordaba, en aquella ocasión con aire informal, vaqueros gastados y una camisa verde clara.

–Estoy de acuerdo –dijo él, deslizando la mirada por su cuerpo como si la desnudara–. He estado hablando con tu madre –al ver la expresión desconcertada de Edie, explicó–: Quería consultarme sobre la casa de adobe.

–¿Para qué? –preguntó ella.

–En Mont Chamion me comentó que necesitaba ser restaurada, así que me ofrecí a evaluarla.

–¿Evaluar el qué? –¿Nick estaba allí porque había

hablado con su madre? No pudo evitar sentirse desilusionada al saber que su aparición estaba relacionada con trabajo–. Mona está en Tailandia.

–Ya. Hablé ayer con ella.

También Edie, pero no había mencionado a Nick.

–Además, hace dos semanas comentamos los planes de restauración, pero como no sabía cuándo podría venir, dijo que podía acercarme cuando acabara el trabajo que tenía entre manos.

Edie empezaba a asimilar la noticia.

–¿Acercarte para qué?

–Para decidir si vale la pena trabajar en la casa –dijo Nick, alargando una mano hacia Roy para que se la olisqueara y comprobara que era un amigo.

Edie se sentía traicionada. Era evidente que al fallarle el plan de Kyle, su madre había decidido emparejarla con el hombre con el que se había ido de la fiesta. ¿Cómo lo habría convencido? Edie se sintió humillada.

–No vale la pena hacer nada con la casa de adobe –dijo, cortante.

En realidad confiaba en que no fuera así porque adoraba aquella casa, en la que había vivido su infancia. Desafortunadamente, Roy había decidido que Nick le gustaba y empezó a mover la cola. Ella forzó una tensa sonrisa.

–Tu madre parece opinar lo contrario. Pero hasta que no la vea no puedo saberlo –como si quisiera torturarla, Nick añadió–: Si decido que sí, puede que haya que hablar con la comisión de edificios históricos.

El que hablaba era el Nick profesional y práctico,

y Edie estaba más preocupada valorando lo que todo aquello significaba.

—¿Dónde vas a alojarte? —preguntó bruscamente.

Nick parpadeó antes de recuperar la sonrisa.

—La verdad es que Mona me invitó a quedarme aquí —mirándola especulativamente, añadió—: ¿Te molesta?

Molestar no era palabra. Desconcertar, mortificar, inquietar, lo eran. Pero no podía decírselo. Obligándose a dedicarle su sonrisa más hospitalaria, dijo:

—Claro que no —dio un paso atrás y abrió la puerta de par en par—. Adelante. Por cierto, este es Roy.

Nick se inclinó para rascarle las orejas, y el gruñido de placer de Roy recordó a Edie el placer que aquellas mismas manos le habían proporcionado.

—Voy a por la maleta —dijo él al incorporarse.

Edie lo esperó al tiempo que su mente trabajaba frenéticamente para saber cómo manejar la reaparición de Nick Savas en su vida

En primer lugar, se recordó, Nick no estaba allí por ella, sino por la casa de adobe. «No olvides que para él no es más que trabajo», se dijo con firmeza al verlo volver del coche con una bolsa de viaje en un hombro y un maletín de ordenador en el otro.

—¡Qué magnífico! —exclamó él, ya en el interior.

El salón de techos altos, paredes de color crema y suelo de terracota se abría a un amplio patio al que daba sombra una parra. Las puertas estaban abiertas y la brisa refrescaba el interior.

—Mi hermano dice que parece una decorado de película ambientada en España —dijo Edie, encogiéndose de hombros.

Nick rio.

—Entiendo a lo que se refiere, pero es una reproducción muy digna.

—Eres más condescendiente que Ronan —dijo Edie, sorprendida de que Nick no fuera más severo. Cuando llegaron al piso superior, comentó señalando las numerosas puertas abiertas que tenían ante sí—: Casi cualquiera de estos dormitorios está a tu disposición.

Luego le mostró cada una de ellas, indicándole cuál era la suite de su madre, la de su hermana pequeña, Grace, y la de sus hermanos gemelos, que daban a la piscina.

—Están de vacaciones en Tailandia con Mona —explicó. También ella de pequeña solía acompañar a su madre durante los rodajes.

—¿Y esta? —preguntó Nick, indicando una particularmente austera.

—Es la que usa mi hermano Ronan cuando viene de visita, pero puedes ocuparla. O —añadió Edie con una sonrisa— puedes dormir en la de la torre.

—¿Qué torre?

—¿No te has fijado en la torre morisca? —preguntó Edie. Era el lugar más romántico de toda la casa.

Nick sonrió.

—La había olvidado. ¿Hay un dormitorio en ella?

—Una pequeña suite que Rhiannon adora.

—Puedo imaginarlo. ¿La usa cuando viene?

—Sí, pero ahora está fuera, así que si la quieres...

—¿Y por qué no la usas tú?

—Porque vivo en un apartamento que Ronan se hizo sobre el garaje, y en el que me instalé tras la muerte de Ben.

—¿Y quién duerme en tu antigua cama?

—Nadie —dijo ella.

—¿Y de quién es esta? —preguntó Nick, al pasar junto a una que daba al bosque.

—Era la mía —dijo Edie.

—Pues entonces me la quedo —dijo él. Y, entrando, dejó la bolsa y el ordenador sobre la cama.

—Muy bien —dijo ella, evitando dotar a la elección de cualquier significado—. Te dejo para que te instales.

—¿Hay alguien más en la casa?

—No. Pero no te preocupes, Clara, la asistenta de Mona, vendrá y cocinará a diario.

—Por mí no hace falta, puedo cocinar yo mismo. Además, si no me parece que la restauración tenga sentido, puede que ni siquiera me quede.

—Claro.

Edie cruzó los dedos para que se hubiera ido antes del anochecer y para que la vida siguiera su curso.

—¿Quieres ir a ver la casa de adobe hoy mismo o estás cansado del viaje?

—No, sólo he volado desde Los Ángeles. Preferiría ir hoy mismo.

—Pues baja cuando quieras y te llevaré. Estaré en el despacho, en la parte de atrás de la casa, junto a la cocina. Si te pierdes, sigue el sonido del teléfono.

En aquel mismo momento empezó a sonar, así que tuvo la excusa perfecta para marcharse.

Era la primera vez en mucho tiempo que se alegraba de oír la voz de Rhiannon, y ni siquiera se alteró cuando le dijo:

—He cambiado de idea.

Edie tomó un lápiz y se limitó a decir:

–¿Qué quieres que haga?

Como Rhiannon no era especialmente perceptiva, no notó la peculiar actitud de Edie, sino que le explicó que acababa de decidir que quería dar una sorpresa a Andrew, en Miami.

–¿Podrás cambiar la reserva? –concluyó.

–Seguro que sí –la tranquilizó Edie.

Suponía empezar una vez más desde cero, pero así tendría la mente ocupada en algo distinto que el hombre del primer piso.

«Tranquila», se dijo. «Solo necesitas unos minutos para recuperarte de la sorpresa. No es verdad que al verlo hayas pensado que venía a verte, ni que te importe que su presencia solo se deba a una cuestión laboral».

–Edie, ¿estás ahí? –le llegó la voz de Rhiannon, a la que, evidentemente, no había escuchado.

–Claro –dijo ella, sobresaltándose–. Estaba tomando nota de lo que me has pedido. En cuanto haga la reserva, te mandaré un correo.

–Gracias. Y por favor, no le digas nada a Andrew. Quiero darle una sorpresa.

–¿Estás segura? –en opinión de Edie, las sorpresas a veces no eran bienvenidas.

–Tengo que demostrarle cuánto le quiero antes de que se dé por vencido.

Ah, su hermana, siempre tan dramática.

–Como quieras –dijo Edie.

–Gracias, Ede, eres la mejor –dijo Rhiannon antes de colgar.

El teléfono sonó dos veces más, obligándola a concentrarse en el trabajo, por lo que dio un respingo al oír una voz a su espalda:

—Así que aquí es donde trabajas.

Edie se volvió y vio a Nick en la puerta, sonriendo.

—Así es —dijo Edie, abarcando la acogedora habitación de vistas espectaculares sobre el jardín y los tejados de Santa Bárbara en la distancia con un gesto de la mano.

—No está nada mal. No sé cómo puedes concentrarte —dijo Nick.

—Aunque parezca un sacrilegio, terminas acostumbrándote —dijo ella, poniéndose de pie.

—Lo entiendo. A mí me pasa lo mismo. Puedo estar en un edificio espectacular y solo ver vigas podridas o humedades.

—¿Encontraste muchas en la iglesia de Noruega?

En Mont Chamion, Nick le había mencionado que ese era su siguiente proyecto.

—Así es —dijo Nick. E hizo lo que Edie confiaba que hiciera, hablar del proyecto y así desviar la conversación hacia un tema interesante pero impersonal.

Sin embargo, cuando al salir para ir a ver la casa, Nick le colocó bien la etiqueta de la gorra de béisbol que se había puesto a la vez que comentaba que le gustaba mucho cómo le quedaba, Edie supo que no iba a ser sencillo pensar que no estaba allí más que por trabajo.

—Me quemo con facilidad —dijo, desviando la mirada y guiándolo por un sendero bordeado de eucaliptos, con Roy trotando delante de ellos.

—¿No hay un camino de acceso asfaltado? —preguntó Nick.

–Uno en bastante mal estado, que pasa por el otro lado de la colina. ¿Te cuesta caminar? –preguntó, provocadora.

Nick rio y su risa hizo que a Edie se le pusiera la carne de gallina.

–Solo lo preguntaba pensando en cómo podría acercar el material para la restauración –dijo él.

Continuaron caminando en silencio mientras Edie iba recuperando recuerdos de la casa hacia la que se dirigían. La casa de adobe solo tenía un significado especial para Ronan y para ella, porque habían pasado allí su infancia. Edie la adoraba, y en más de una ocasión había pensado en restaurarla e ir a vivir a ella con Ben, pero nunca habían llegado a hablarlo.

–Creía que no restaurabas casas –dijo al cabo de un rato.

–Y quizá no me ocupe de esta tampoco. Depende del estado en el que esté.

–Claro. Has sido muy amable viniendo a verla –Edie se esforzaba por sonar lo más indiferente posible–. No sé qué le ha dado a Mora por restaurarla.

Aunque por supuesto que lo sabía. Era Mora en plena misión de celestina. Edie miró a Nick de soslayo, pero él no hizo ademán de contestar.

–¿Cuándo acabaste en Mont Chamion? –preguntó ella.

–Una semana después de la boda. Fui un par de veces a supervisar el trabajo de los artesanos, pero he pasado casi todo el tiempo restante entre Noruega y Escocia.

–¿En Escocia? –preguntó Edie.

—Así es —en lugar de extenderse en una explicación, Nick cambió de tema—. Háblame del rancho.

A Edie le sirvió para establecer una mínima distancia con la situación.

—Creo que es de mediados del siglo XIX. Mi padre solía contarnos historias de sus primeros propietarios, aunque no sé si eran verdad —sonrió al recordar cuánto le gustaba a su padre subirse a Ronan y a ella al regazo y hablarles de los colonizadores de California.

—¿Pertenecía a tu familia?

—No. Mis padres lo compraron después de casarse. Aunque estaba ya bastante deteriorada, a mi padre le interesaba el terreno. Había nacido en un rancho y quería criar caballos. No tenía nada que ver con el mundo del cine —Edie todavía podía verlo, alto, moreno, guapo—. Equilibraba a mi madre. Era tranquilo y sólido —Edie pensó que estaba hablando demasiado—. Pero supongo que eso no te importa.

—Al contrario, cuanto más sepa de los habitantes de la casa, mejor.

Edie recordó las historias de la familia real de Mont Chamion que Nick le había contado en el castillo.

—Por aquel entonces, a mis padres lo que más les importaba era la familia —continuó Edie—. Pero la muerte de mi padre cambió a Mona. Se sentía perdida, e intentó desesperadamente recuperar el equilibrio que le daba estar en pareja.

A medida que hablaba, Edie fue recuperando recuerdos de los días felices que habían pasado en la casa de adobe, y de la dolorosa pérdida de su padre en una accidente de coche. Llegaron a lo alto de una colina desde la que, al fondo de la ladera y entre un bosque de pinos, se divisaba la casa.

–¿Por eso se ha casado tantas veces? –preguntó Nick.

–Yo creo que sí –dijo Edie–. Quería estar casada, tener un hombre. Y como nunca le han faltado, ha tenido muchos hijos.

–Debió de resultarte difícil.

–No, fue lo mejor que podía pasarme, sobre todo desde que se hizo famosa. Ser seis hermanos permitía repartir la atención de los paparazzi.

Estaban ya cerca de la casa y, al verla a través de los ojos de Nick, su estado de deterioro horrorizó a Edie.

–Está mucho peor de lo que recordaba –comentó.

Nick guardó silencio y se limitó a estudiar el edificio, con su ancho porche y ventanales profundos.

–Mi padre siempre estuvo demasiado ocupado como para mejorarla –dijo Edie en tono defensivo.

–Lo comprendo –dijo Nick crípticamente mientras seguía acercándose.

Edie observó las pruebas del deterioro. El techo del porche estaba hundido, la fachada estaba descascarillada en numerosos sitios... Nick recorrió el perímetro lentamente, observándola desde todos los ángulos. En cierto momento tiró de una madera, y el ruido que hizo al troncharse hizo estremecer a Edie.

–No parece que valga la pena restaurarla –se aventuró a decir.

En lugar de hablar, Nick raspó parte del estuco que su padre había usado para cubrir algún agujero, y estudió la superficie que quedó a la vista.

Edie se consoló diciéndose que cada vez era menos

probable que Nick aceptara el proyecto, y que los esfuerzos de Mona para emparejarlos fracasarían. Pero por otro lado, le causaba dolor pensar que la casa no tenía remedio, y el gen de Cenicienta que llevaba en la sangre seguía deseando que Nick Savas se quedara en el rancho.

—¿Está abierta?

A Edie le sorprendió que el exterior no hubiera bastado para desanimarlo.

—Tengo la llave —dijo. Y sacó del bolsillo un llavero con varias llaves, entre las que seleccionó una.

Nick la tomó de su mano y, cuando sus dedos se rozaron, ella comprobó, horrorizada, que una sacudida eléctrica la recorría de la cabeza a los pies. Nick subió al porche y abrió la puerta.

Edie lo siguió, sorteando las tablas rotas del suelo.

—Me temo que no hay electricidad, así que no vas a poder ver demasiado.

Rodeada de eucaliptos que contribuían a mantener la casa fresca, el sol solo se filtraba indirectamente. Sin embargo, Nick parecía acostumbrado a trabajar con el tacto, porque, en lugar de mirar, se dedicó a palpar las paredes y se agachó para tocar el suelo.

Edie no tenía ni idea de qué estaba viendo, pero cuanto más pasaba en la casa, más recuerdos de los años vividos allí la asaltaban. En el salón, su padre solía llevarlos a caballo a cuatro patas; al lado de la ventana, ponían el árbol de Navidad; en la cocina comían platos preparados por Mona, y no por una cocinera.

Mirando alrededor sintió que la emoción le atenazaba la garganta. Pasó la mano por la encimera de la cocina, viéndose a sí misma sobre una silla ayudando a su madre a cortar unas galletas; detrás de la puerta permanecían las marcas que su padre había hecho registrando el crecimiento de Ronan y de ella. Pasó el dedo por la última y recordó cómo se erguía cuanto podía, haciendo reír a su padre que solía pedirle que dejara de crecer.

—¿Estás bien? –preguntó Nick, apareciendo en el umbral de la puerta.

—Sí. Estaba acordándome de lo bien que lo pasamos en esta casa –dijo ella con una tímida sonrisa.

Nick asintió como si lo comprendiera. Edie no lo conocía lo suficiente como para saber si era sincero, pero lo que sabía de él le gustaba enormemente. Cuando habían pasado la noche juntos en un escenario ajeno, había querido creer que la atracción desaparecería si se encontraban en un espacio familiar. Pero estaba equivocada.

Nick empezó a abrir armarios y a estudiar su interior, y Edie se permitió observarlo y recordar los momentos de intimidad que había compartido con él, así como la forma en la que él la había tocado... y no sólo físicamente.

—Tengo que irme –dijo bruscamente–. He de trabajar.

Nick, que estaba agachado observando un punto del suelo, alzó la mirada con expresión distraída:

—Claro. No te preocupes. Vete.

—Vamos –llamó Edie a Roy. Al ver que miraba hacia Nick, añadió, más para sí misma que para el perro–: Él no viene. Está aquí por trabajo y se va a marchar pronto.

O al menos eso esperaba. Porque al fin y al cabo,

no estaba allí por ella. Ni siquiera era consciente de haberla sacado de un prolongado letargo, porque no estaba allí más que por las maquinaciones de Mona.

Nick no había hecho ninguna promesa.

—La iré a ver —le había dicho a Mona la semana anterior por teléfono—. Y si vale la pena restaurarla, lo haré.

—Estupendo —contestó ella—. Puedes alojarte en mi casa. Hay sitio de sobra. Ahora me tengo que ir a filmar. Edie podrá ayudarte. ¿La recuerdas?

Claro que la recordaba. Y no había cambiado nada.

La práctica cola de caballo que llevaba no se parecía ni por asomo al sofisticado peinado de la boda, ni los pantalones y camiseta resaltaban sus curvas en la medida en que lo había hecho el vestido malva.

Pero Nick estaba seguro de que, si se lo soltaba, el cabello le caería en mechones sedosos por la espalda, como sabía que, debajo de cualquier ropa, encontraría su piel de seda y los secretos femeninos que había tenido la oportunidad de explorar.

—Maldita sea —masculló, mirando hacia la puerta por la que se había ido.

En contra de lo que había esperado, la encontraba tan atractiva como en Mont Chamion. Por eso mismo había insistido en que solo se quedaría si valía la pena hacer el trabajo.

Una noche no había sido suficiente.

La observó hasta que la perdió de vista, pensado que, de espaldas, podía pasar por una espigada adolescente. ¿Cómo era posible que no hubiera logrado borrarla de su mente en dos meses y medio?

Nick nunca pensaba en las mujeres con las que se acostaba más allá de la noche que compartía con ellas. Eran divertidas y guapas y lo pasaba bien con ellas, pero en cuanto dejaba de verlas, las olvidaba. Ni siquiera recordaba sus nombres. Y, sin embargo, no lograba olvidar el de Edie Daley.

Edie, la mujer de cabello oscuro y ojos chispeantes verdes; de labios sensuales y cuerpo atlético; Edie, anhelante y apasionada. Su ingenio, su encanto, su curiosidad, su vulnerabilidad, todo ello había poblado sus sueños de día y de noche. Era absurdo.

Al principio pensó que se debía a que habían compartido su cama, cuando siempre se aseguraba de pasar la noche en la cama de la mujer con la que se acostaba. No las llevaba jamás a su territorio.

Ni siquiera tenía una casa que considerar un hogar. Ni la poseía ni la alquilaba. Había vendido la que construyó para Amy al poco de morir esta. Las pocas pertenencias que tenía las dejaba en casa de su tío Socrates, en Long Island. Y vivía en constante movimiento, instalado en las casas que renovaba. Le gustaba así. No había ninguna razón por la que tener una casa. No tenía esposa, ni hijos. Ni siquiera perro o gato.

No los necesitaba; no los deseaba.

¡Tampoco quería a Edie Daley! O quizá sí, aunque solo fuera físicamente. El deseo era como un picor que necesitara rascarse. Así que lo rascaría y pondría final a aquel absurdo.

Capítulo 5

CÓMO que se ha ido? –preguntó Edie a la sirvienta tailandesa con la que no llegaba a entenderse.

–*Señora Tremayne no aquí.*

–Pero si acababa de amanecer –indicó Edie.

–*Irse ayer noche.*

–¿Ayer? No me dijo nada.

–*Cambio planes* –dijo la mujer.

–¿Cuándo vuelve?

–*No sé. Tres, cinco días. Ir a montañas.*

Edie empezó a inquietarse.

–Necesito hablar con ella.

Había llamado a la casa que Mona tenía alquilada porque cada vez que llamaba al móvil saltaba el contestador.

–¿Y los niños? –preguntó. Lo normal era que los hubiera dejado con la sirvienta mientras estaba fuera.

–*También ir.*

–Ah, de acuerdo –llevarse a los gemelos y a Grace sin contar con ayuda era una sorprendente novedad–. ¿Se ha llevado el teléfono?

–*Sí. Pero difícil hablar. Intente. Igual suerte.*

Edie reprimió las ganas de decirle que la suerte no estaba precisamente de su lado. Le dio las gracias, llamó a su madre otras dos veces y se dio por vencida. La regañina tendría que esperar. Después de lo sucedido en la boda con Kyle Robins, pensó que había aprendido la lección, pero estaba claro que no.

Todavía enfurruñada, se puso a trabajar en el ordenador con la esperanza de estar lo bastante ocupada como para no pensar en Nick. Pero, desafortunadamente, cambió las reservas de Rhiannon, hizo varias llamadas, contestó algunas preguntas de los abogados de Mona..., pero todo el tiempo permaneció atenta a cualquier ruido que indicara la presencia de Nick.

Pasaron las horas, y a las cinco y media seguía sin volver. Dio el trabajo por terminado y fue a la puerta principal. De no haber dejado su bolsa de viaje en el dormitorio, Edie había creído que, después de inspeccionar la casa, Nick se había marchado sin despedirse.

«Tienes que dejar de pensar en él», se aconsejó. E hizo lo que acostumbraba a hacer después del trabajo: se puso el bañador y se metió en la piscina.

Pasaban las seis cuando Nick volvió a casa de Mona. Había recorrido la casa de adobe milímetro a milímetro, incluido el tejado, y estaba sucio y sudoroso. Necesitaba una ducha urgentemente.

Rodeó la casa para usar la puerta más próxima a las escaleras y así evitar dejar restos de barro, además de poder saludar a Edie en el despacho, pero antes de llegar, un movimiento que percibió con el rabillo del ojo, llamó su atención.

Más allá de un macizo de adelfas, alguien nadaba en la piscina. Antes de que su mente tomara una decisión consciente, sus pies lo encaminaron en esa dirección, donde el cuerpo esbelto de Edie se deslizaba por el agua. Nadaba con suavidad y elegancia, pero no fue eso en lo que Nick se concentró, sino en su cuerpo, sus largas piernas, su bronceada espalda y aquella preciosa piel dorada que él recordaba tan bien.

La necesidad de tomar una ducha se convirtió en una urgencia. Y tendría que ser helada. Aunque otra opción era meterse en el agua y resolver el problema de una manera mucho más placentera.

Para cuando alcanzó el suelo de terrazo que rodeaba la piscina, se había desabrochado la camisa. Tiró la camisa sobre una hamaca y se quitó los zapatos con los pies al tiempo que se empezaba a quitar la camiseta.

—Has vuelto —dijo Edie, sobresaltada.

Nick tiró de la camiseta para mirarla. Edie había salido del agua y se acercaba a él, envuelta en una toalla a la cintura y secándose el cabello con otra.

—¿Qué piensas? —preguntó ella, mirándolo fijamente.

—¿De qué? —preguntó él, aturdido. Si lo había visto llegar, ¿por qué no se había quedado en el agua? ¿Estaría evitándolo?

—De la casa. ¿Es mejor que la derruyamos?

A Nick le extrañó que sonara esperanzada porque durante la visita había observado su actitud melancólica, cómo había recorrido las habitaciones acariciando los muebles, tocando las pequeñas marcas de la pared.

—No —dijo él, más alto de lo que pretendía—. Vale

la pena salvarla. Es un ejemplo interesante de arquitectura vernácula.

—¿De verdad?

—Sí. No tiene un valor espectacular —dijo él con sinceridad—, pero el que no sea una mansión, sino un rancho, hace que sea más interesante.

Desde el punto de vista arquitectónico era un pas-
tiche de estilos y terribles adiciones. Como evaluador
profesional de arquitectura histórica, debía haber salido huyendo. Pero no iba a hacerlo. No. Había preferido decir con toda seriedad que valía la pena salvarla.
Y finalmente tuvo como recompensa ver el rostro de
Edie iluminarse.

—Creía que te parecería imposible —luego, perdiendo
la sonrisa, preguntó—: ¿Y eso qué quiere decir?

«Que podemos hacer el amor aquí mismo», pensó
Nick, pero dijo:

—Que tengo que redactar el proyecto, hablarlo con
Mona y ponerme a trabajar.

—Entonces... ¿vas a quedarte un tiempo? —Edie no
parecía entusiasmada.

—Así es —dijo él con firmeza.

Edie sonrió, pero sus ojos no se iluminaron.

—Ah, estupendo.

—¿No quieres que recuperemos la casa?

—Claro que sí... Es... genial —balbuceó ella.

—¿Y por qué no te invito a cenar para celebrarlo?
—preguntó Nick. Edie abrió la boca, pero no consiguió
articular palabra.

—¿A celebrar qué? —preguntó finalmente.

—Que la casa se puede restaurar, que voy a pasar un
tiempo aquí, que vamos a estar juntos —concluyó Nick

intencionadamente, mirándola con intensidad–. ¿No crees que vale la pena celebrarlo?

Nick vio que Edie tragaba saliva. Luego, ladeó la cabeza y respiró.

–Sí, claro –tomó aire y le dedicó una sonrisa crispada–. Me parece bien.

–¿Bien? –Nick la miró entornando los ojos con sorna–. ¿Bien?

Edie se encogió de hombros y mantuvo la misma sonrisa superficial que hizo recordar a Nick a la que desplegó al volver junto a él en la boda y pedirle que le enseñara sus trabajos de restauración. También había estado tensa entonces, pero en aquella ocasión intentaba evitar al rubio de oro y las manipulaciones de su madre. ¿Qué la ponía nerviosa en ese momento? ¿Estaba insegura? ¿Prefería no estar con él?

Nick frunció el ceño, preguntándose si habría olvidado lo bien que lo habían pasado, y diciéndose que, si era así, tendría que recordárselo.

–Tengo que ir a cambiarme –dijo ella, alejándose hacia la verja.

–Por mí no te molestes –bromeó él.

Edie se ruborizó, así que Nick dedujo que no había olvidado. Aun así, la mirada que le dirigió fue de incomodidad.

–Si vamos a salir, debo ducharme y lavarme el pelo.

–Si prefieres, podemos quedarnos en casa y celebrarlo aquí –a Nick se le ocurrían muchas maneras de celebrar que no implicaban que Edie tuviera que vestirse.

–Prefiero salir.

–Muy bien. Yo me daré un baño y te iré a buscar dentro de una hora.

La velada transcurrió como una cita en toda regla. En cuanto Edie abrió la puerta a Nick, se sintió como si la estuviera cortejando, y por más que se dijo que no era verdad, que estaba allí por trabajo, la forma en que le sonreía, la calidez de su mirada, el roce de sus dedos, que buscaba cada vez que le rellenaba la copa, consiguieron que deseara que no fuera así.

Hacía una preciosa noche californiana en la que soplaba una suave brisa; la comida era exquisita y Nick se comportaba de manera encantadora. Ese era el problema: le resultaba demasiado fácil hablar con él, y era un placer mirarlo. Le contó en detalle lo agotadores que habían sido los proyectos de Noruega y Escocia.

–¿Y aun así te has animado a venir? –Edie sabía que Mona era muy persuasiva, pero le extrañaba que hubiera accedido a inspeccionar la casa, y más sabiendo que coincidiría con ella.

¿O acaso también él había despertado con su encuentro? Edie se inclinó hacia delante para observarlo más detenidamente al tiempo que él se apoyaba en el respaldo y la observaba entornando los ojos.

–Es a lo que me dedico –dijo finalmente, encogiéndose de hombros–. Me gustan los retos.

Edie sintió al instante la corriente de atracción que se trasmitía entre ellos como un puente que los unía, aunque siguiera sin estar segura si era solo físico o también emocional.

—¿Quieres café? —preguntó él, esbozando una juguetona sonrisa.

Edie recordaba bien el sabor de aquellos labios y la deliciosa presión que podía ejercer sobre los de ella. Había llegado la hora de marcharse, pero eso adelantaría la hora de tomar una decisión, y antes, debía fortalecer sus defensas. Así que pidió un café, que resultó ser delicioso, y tan fuerte que le permitiría hacer el amor toda la noche. Si no fuera porque...

Se asió a la taza como si fuera un salvavidas. Finalmente, miró a Nick a los ojos y dijo:

—Tenemos que dejar una cosa clara —Nick arqueó las cejas ante la solemnidad de su tono y esperó—. No voy a acostarme contigo —concluyó Edie.

Nick se irguió y su expresión pasó de la sorpresa a la sorna.

—¿De verdad? —preguntó en un tono de indiferencia que avergonzó a Edie.

—No, y ya sé que no me lo has propuesto —tomó aire—, pero por si surge.

—Podría surgir —Nick siguió usando un tono neutro, pero algo en su actitud indicó a Edie que no se había equivocado al sacar el tema.

—Solo quería aclararlo desde un principio —dijo, mirándolo fijamente.

Nick guardó silencio sin parpadear.

—¿Por qué no? —preguntó tras lo que Edie percibió como una eternidad.

Ella empezó a arrepentirse de haber sacado el tema. Le sudaban las manos.

—No es que no lo disfrutara —bajó la mirada—. Lo pasé muy bien.

–Me alegro –dijo él en tono grave, aunque hizo una mueca.

–Te estás riendo de mí.

–Qué va –dijo él sacudiendo la cabeza–. Estoy sorprendido, que no es lo mismo. Creía que los dos lo habíamos pasado bien.

–Y así fue –dijo Edie–. Pero tú mismo dijiste que era una única vez.

A Edie le pareció que a Nick se le torcía el gesto, pero en la penumbra, no fue fácil determinarlo.

–No es una ley escrita –masculló él–, ni me convertiría en calabaza por hacer el amor dos veces con la misma mujer.

Edie sonrió a su pesar.

–Me alegro.

–¿Ah, sí? –dijo él, alerta.

–De que no te conviertas en calabaza –aclaró ella. Lo miró fijamente y dijo–: Podría enamorarme de ti.

–¿Qué? –Nick dejó la taza en la mesa bruscamente, y en tono de alarma, añadió–: ¿Enamorarte de mí?

Edie se encogió de hombros. Ya no había marcha atrás.

–Tras la muerte de Ben, creí que me moriría de dolor. Hasta que has aparecido tú, no me había interesado ningún hombre.

–Pero no estás enamorada de mí.

–Claro que no –replicó ella al instante–. Pero me gustas.

–También tú a mí, pero no estoy enamorado de ti –dijo él, frunciendo el ceño.

–Precisamente. No quiero empezar a sentir algo

por alguien que no tiene el menor interés en mí. Ya lo he hecho antes.

–¿Cuándo? –preguntó él, sorprendido.

–Tenía dieciocho años, era joven e inocente. ¿Te acuerdas del actor de Mont Chamion?

–¿Él? –preguntó Nick, atónito.

–Salimos un tiempo, pero para mí fue mucho más importante que para él –Edie se resistió a dar detalles–. En cambio con Ben aprendí lo que era el amor.

–¿Ah, sí? –los ojos de Nick brillaron, desafiantes.

Edie lo miró directamente.

–Desde luego.

Nick bebió café sin apartar la mirada de la de ella. El camarero llegó a continuación y le rellenó la taza, mientras que Edie tapaba la suya con la mano.

–No, gracias –dijo–. Si bebo más, no pegaré ojo.

–Traiga la cuenta, por favor –dijo Nick.

Edie buscó en su bolso.

–Pago yo.

–Ni hablar –dijo Nick.

–Es una cena de trabajo –protestó Edie–. Mi madre...

–¡Tu madre no tiene nada que ver con esto! –Nick le dio la tarjeta al camarero. Al ver que Edie iba a protestar, añadió–: No discutas y guarda el dinero.

Edie obedeció a regañadientes.

–No esperaba...

–Has dejado muy claro lo que esperas y lo que no. Deja que te aclare una cosa: si invito a cenar a una mujer, pago yo, ¿de acuerdo?

–De acuerdo –dijo ella.

El camarero volvió con el recibo para firmar y Nick se guardó la copia en la cartera.

—Al menos, podrás desgravarla —sugirió Edie.

Nick la miró contrariado, se puso en pie y fue a separar la silla de ella con extrema cortesía a pesar de que no podía disimular su enfado.

—Gracias —dijo Edie—. Y gracias por la cena.

—De nada —dijo él.

Al ir hacia la puerta, Edie se tropezó con la pata de una silla y Nick tuvo que sujetarla por el brazo para evitar que cayera.

—Gracias —dijo ella de nuevo.

—De nada —repitió él en tensión.

El problema fue que no la soltó de camino al coche y Edie podía sentir su mano a través del fino algodón del vestido como si la tocara directamente.

Una vez en el coche, Edie le dio instrucciones para salir de Santa Bárbara en dirección a la casa de Mona. No hablaron en todo el camino, y cuando llegaron, Nick la acompañó también en silencio hasta su apartamento. Edie lo consintió porque sabía que no valía la pena discutir.

Una vez alcanzaron el pequeño porche, la envolvió el olor de la loción del afeitado de Nick y Edie supo que, si se volvía, lo tendría tan cerca que podría besarlo. Pero en lugar de hacerlo, terminó de meter la llave en la cerradura y abrió la puerta. Solo entonces se volvió:

—Gracias por la cena —dijo con una rápida sonrisa.

Roy acudió a recibirla, y lo sujetó por la correa.

—Edie —dijo Nick, mirándola fijamente—, no tiene por qué pasar.

—¿El qué? —preguntó ella, desconcertada.

—Que te enamores de mí. La gente elige de quién se enamora. Solo tienes que elegir no hacerlo.

Edie fue a protestar, pero se limitó a decir:

—Buenas noches, Nick.

—Buenas noches, Edie —dijo él con sorna—. Avísame cuando cambies de opinión.

Por la mañana se había marchado.

A Edie no le sorprendió ver que su coche no estaba y en cierta forma pensó que debía considerarse halagada de que el trabajo no le interesara si no incluía acostarse con ella. Aunque por otro lado, y eso no era tan agradable, significaba que solo pensaba en ella como un desahogo físico.

—Me alegro de haberle aclarado las cosas —dijo a Roy mientras desayunaba.

El perro se limitó a mirar ansiosamente la tostada que estaba untando con mantequilla.

—Tú ya has desayunado y sabes que no te doy de comer de la mesa —dijo Edie.

Pero eso no impidió que Roy siguiera cada movimiento de su mano hasta que la tostada desapareció. Luego trotó tras Edie hacia la casa de Mona.

En la cocina no había ningún rastro de que Nick hubiera desayunado antes de irse, y Edie llegó a preguntarse si no habría sido un sueño, pero como sabía que no lo era, se preguntó si no se trataba de un aviso.

Quizá Mona estaba en lo cierto y, ya que sus hormonas habían despertado, no tenía sentido que esperara en casa sentada a que apareciera el hombre perfecto. De hecho, al romper con Kyle había ido a la universidad y allí había conocido a Ben.

Tal vez debía actuar de la misma manera. Por mucho que hubiera amado a Ben, no quería pasar el resto de su vida sola. Ben no lo habría querido. Y si Nick Savas no era la persona adecuada, le correspondía a ella buscar a alguien que sí lo fuera.

Tanto se lo dijo que llegó a convencerse y a entrar en acción. Cuando Derek Saito, un profesor en el instituto de Santa Bárbara, llamó aquella mañana para saber si Mona acudiría a dar una charla al grupo de teatro cuando empezaran las clases, en lugar de limitarse a tomar nota y quedar en avisarle, Edie charló con él.

Derek era de la edad de Ronan; habían sido compañeros de clase y de surf; también era amigo de Ben, y Edie recordaba lo amable que había sido al morir este.

Tras hablar sobre Ronan, Derek le preguntó por su vida.

—Estoy bien —dijo ella—. Aunque trabajo mucho.

—Demasiado, como de costumbre —dijo él.

—Puede que tengas razón. Debería salir más —dijo ella, a pesar de que cualquier otro día habría dicho que no era para tanto.

Hubo una pausa, como si la respuesta tomara a Derek de sorpresa. Luego este dijo:

—¿Quieres que salgamos? —tras una pausa, añadió—: No pretendo ligar contigo, Edie. Al menos por ahora —bromeó—. Hay un concierto de un grupo de los ochenta el viernes por la noche en el campus. Pura nostalgia. ¿Te apetece?

Podía ser divertido, y Derek era un buen amigo. ¿Por qué no?

—Muy bien.

—¡Fantástico! ¿Quieres que cenemos antes?

–Podría cocinar yo.

–No. Te recojo a las seis.

–No hace falta, podemos quedar en el restaurante.

–No, será un placer recogerte. Hasta entonces.

En cuanto colgó, Edie pensó que había cometido un error.

–No es verdad –se dijo en alto con toda la firmeza que pudo–. Vas a salir con un amigo. Tienes que vivir. Mona estaría orgullosa de ti –añadió con sorna.

Y al mencionar a su madre recordó que tenía que hablar con ella, pero una vez más, no obtuvo respuesta.

Era la tercera vez en aquella mañana. Era evidente que estaba fuera de cobertura. Edie suponía que Nick le habría enviado un correo anunciándole que no haría la restauración, y pensó que Mona se lo merecía por meterse donde no la llamaban.

Por otro lado, no podía evitar sentir lástima de que la casa de adobe no fuera a renovarse. Visitarla con Nick le había hecho recuperar numerosos recuerdos que tenía asociados con ella, y cómo Ben y ella habían planeado recuperarla aunque solo fuera como casa de veraneo.

Pero ya nada de eso iba a pasar.

La vida pasa mientras estás ocupada haciendo planes. Era una frase de John Lennon, pero su madre había empezado a usarla como si fuera suya. Al menos tenía una cita con Derek, y aquella tarde terminaría de clasificar los papeles que había empezado el día anterior, cuando Nick había sido la «vida» que había interrumpido sus planes.

Sonó el teléfono y contestó:

—Edie Daley.

—Hola —oyó que la saludaba una voz masculina que no esperaba volver a oír—. ¿Puedes ir a la casa de adobe con la llave? Tengo que descargar un camión lleno de herramientas y tejas.

Capítulo 6

INCLUSO con los brazos en jarra y mirándolo pasmada, Nick encontraba a Edie irritantemente atractiva.

—Gracias —dijo, dedicándole una amplia sonrisa al pasar con el camión a su lado.

Se concentró en aparcar el camión lo más cerca posible de la casa, apagó el motor y bajó de un salto.

—¿Qué haces aquí? —preguntó ella.

—Voy a empezar por el tejado. He ido al pueblo y he encontrado material.

—Te habías marchado —dijo ella.

—No. Solo había ido a pedir los permisos correspondientes y a comprar material —dijo él, dedicándole otra luminosa sonrisa.

—Pensaba que habías cambiado de idea y te habías ido —repitió ella.

Nick se lo había planteado durante la noche, que había pasado en vela, inquieto, recorriendo la casa y nadando para ver si se le pasaba la frustración. Tenía todo el trabajo que quería y acercarse a ver el de Mona había significado reajustar su calendario. Pero había decidido hacerlo aunque no había tenido la oportunidad de decírselo a Mona porque estaba ilocalizable.

Si se había quedado, era por la expresión que había visto en el rostro de Edie el día anterior mientras recorrían la casa, una mezcla de nostalgia, felicidad y tristeza se había alternado en su rostro mientras miraba por la ventana o acariciaba las paredes.

Durante la noche había bajado al salón a estudiar las fotografías familiares, entre las que había muchas de Edie: jugando en la piscina, riendo a carcajadas; abrazada a dos niños idénticos en el patio, con Roy; de niña con el que debía de ser su hermano mayor; con Rhiannon y otra niña que debía de ser hermana de los gemelos. Edie, del brazo de un hombre joven, que debía de ser su marido, ambos con una sonrisa resplandeciente.

Le sorprendió que la conservara, además de otra el día de su boda, porque él no había podido volver a mirar ninguna fotografía de Amy.

Las fotografías y pensar en Edie en la casa de adobe le habían hecho quedarse. Quería restaurar la casa para ella. Y además, él no acostumbraba a darse por vencido. Si Edie creía que podía tomar una decisión que los hacía a ambos desgraciados, estaba equivocada. Él se iría cuando supiera que podía olvidarla, y ese momento llegaría. Porque tal y como le había dicho, el amor era una elección, y él no pensaba volver a elegir a nadie. Pero eso no significaba que no pudieran pasarlo bien.

Empezó a descargar las tejas.

–Podrías ayudarme –dijo, mirándola de soslayo.

Edie no se movió de donde estaba. Hasta que Nick oyó unas pisadas a su espalda y le oyó decir:

–Diez minutos. Después tengo que volver a trabajar.

Edie miró a Nick mientras dejaba unas tejas junto a la casa. Estaba aturdida, en estado de pánico, turbada y exultante, al mismo tiempo que intentaba no sentir nada de todo eso.

Sabía lo que Nick pretendía. Quería obligarle a demostrar que podía resistirse a él. Lo miró apretando los dientes. Pero entonces Nick se incorporó después de dejar las tejas en el suelo y se volvió, y ella sintió que la cabeza le daba vueltas.

Tenía que conseguirlo. Se conocía y sabía cuánto se implicaba en las relaciones. Recordaba el dolor que le había causado no ser correspondida por Kyle. Una sola noche con Nick ya la había afectado en exceso. Quizá no se había enamorado de él, pero tampoco la había dejado indiferente.

Volvió a imaginar a Nick en su cama durante el periodo de restauración, o hasta que se cansara de ella, y luego su marcha, con una sonrisa y un adiós que la dejaría sola y con el corazón destrozado.

Nick podía tener razón al decir que era sencillo, que bastaba con elegir a quien amar. Pero esa no era su forma de ser.

Así que tendría que hacer acopio de fuerza de voluntad y resistirse como fuera.

Obligándose a prestarle la menor atención posible, le ayudó a descargar las tejas mientras intentaba ignorar el brillo de sus ojos, su elegante caminar, su luminosa sonrisa. Y cuando terminaron, dijo:

–Hasta luego.

–¿Eso quiere decir que nos vemos más tarde? –bromeó él.

–Vamos, Roy –dijo ella en lugar de contestarle.

Pero Roy seguía a Nick que le dio algo para comer.

–Es mi amigo –dijo él.

–¡Porque le estás sobornando! –protestó ella–. Está bien, quédatelo –dijo, irritada–, pero no te pases.

–Tranquila. Volveremos para la cena –prometió Nick.

Edie masculló algo a la vez que tomaba el sendero hacia la casa.

–Iré por una pizza –dijo él, alzando la voz–. ¿Cuál te gusta más?

–Voy a estar muy ocupada –dijo ella. Así era. Evitando cruzarse con él.

–Muy bien. Hasta luego –dijo él, como si no la hubiera oído.

Edie terminó de trabajar y se dio un baño temprano para no coincidir con él. Estaba preparando una ensalada en su apartamento cuando oyó el coche de Nick.

Solo miró por la ventaba, se dijo, para asegurarse de que Roy seguía con él. Luego volvió a la cocina. Una llamada a la puerta la sobresaltó.

–Ya estamos aquí –dijo Nick, que entró sin ser invitado, con una pizza en la mano. Observó el cómodo sofá, las estanterías de maderas, la mesa de comedor y añadió–: Muy agradable. ¿Quién es ese? –preguntó al ver al gato en el alféizar de la ventana.

–Gerald –dijo Edie–. ¿Qué haces aquí? No te he invitado.

–No. Soy yo quien te invita a pizza –dijo él sin darse por aludido.

–Te he dicho que estaba ocupada.

Nick volvió a mirar a su alrededor, indicando que no había la menor muestra de actividad.

–Ya veo –dijo con sarcasmo.

Edie exhaló el aire con impaciencia.

–No quiero cenar contigo.

–Porque no quieres enamorarte de mí –bromeó él. Y con una amplia sonrisa, añadió–: ¿O te resulto tan inaguantable que no quieres ni verme?

–Más o menos –dijo ella, tan seria como pudo.

–Bueno, si no quieres... –dijo él, acercándole la pizza para que la oliera.

–Está bien –dijo ella con resignación–. Siéntate.

–Antes tengo que darme una ducha. Ahora mismo vuelvo. No te la comas –y dándole la caja, Nick salió y fue hacia casa de Mona.

Edie la metió en el horno para mantenerla caliente. Luego terminó la ensalada y puso la mesa para dos. Roy y Gerald se acercaron y les dio de comer.

–Eso es todo. No os dediquéis a mirarnos expectantes –les dijo.

–No, eso lo haré yo.

Edie se volvió y vio a Nick en la puerta, dedicándole una mirada que no dejaba lugar a dudas de lo que deseaba. Edie le dijo a su corazón que se calmara. Y a sus hormonas.

–Pues no te servirá de nada –dijo ella.

Nick se encogió de hombros y fue hacia la mesa.

–De acuerdo. Estoy muerto de hambre –añadió, poniendo un trozo de pizza en cada plato y sirviendo la ensalada–. ¡Qué buena pinta!

Tenía razón y estaba deliciosa. Inicialmente comieron en silencio. Cuando acabó el cuarto trozo de pizza, Nick se apoyó en el respaldo de la silla y suspiró.

—Desmontar un tejado abre el apetito.

Edie alargó la mano hacia la encimera y le tendió la llave.

—Será mejor que la tengas tú. Así no tendrás que llamarme todo el rato.

Nick puso cara de escepticismo, pero la tomó y la guardó en el bolsillo.

—Gracias.

La miró fijamente y una sonrisa bailó en sus labios. Edie se levantó bruscamente.

—Gracias a ti por la pizza —dijo, recogiendo la mesa.

—Y a ti por la ensalada —dijo él, imitando su tono amable.

Se acercó a ella por detrás, que contuvo el aliento. No necesitó girarse para percibir el momento en el que Nick se separaba.

—Tengo que planear la obra —dijo él—. Así que será mejor que me vaya —al ver que Edie lo miraba por encima del hombro con sorpresa, añadió—: A no ser que tengas una idea mejor.

Edie sacudió la cabeza automáticamente.

—No, no. Buenas noches.

«Es lo mejor», se dijo. «Mucho mejor». Pero se quedó escuchando las pisadas alejarse.

Nick terminó de desmontar el tejado a la mañana siguiente, y dedicó el tercer día a limpiar y clasificar las tejas.

Echaba de menos a Edie, con la que solo coincidía durante la cena. O bien ella cocinaba aduciendo sentirse obligada a invitarlo porque la hospitalidad de Mona era legendaria; o él compraba algo en el pueblo. Pero Edie nunca lo visitaba en la casa de adobe.

El viernes, mientras retiraba la última viga podrida del porche, antes de poner las nuevas, dirigió la mirada hacia el columpio enroñado que colgaba de un árbol, en el que Nick suponía que Edie había jugado de niña.

No le costó imaginársela en él, alargando y encogiendo sus largas piernas, con el cabello flotando al viento. Sonrió para sí porque podía ver la escena sin ninguna dificultad gracias a las fotografías que estudiaba regularmente.

En cambio le costaba imaginar a Mona antes de ser famosa, de joven madre y esposa, cocinando para su familia. Pero quien le interesaba era Edie.

Normalmente, los habitantes de las casas que solía restaurar eran figuras históricas distantes, y no una mujer de carne y hueso con la que había comido pizza el martes y pastel de carne la noche anterior; la mujer con la que había hecho el amor en Mont Chamion, la mujer digna y de lengua afilada que se había derretido en sus brazos, la mujer con la que quería volver a acostarse.

Pero cuando observó la fila vertical de marcas que ascendían por la pared, las azules marcadas con una R, de su hermano, y las rojas con una E, de Edie, volvió a pensar en ella como la niña que había vivido en aquella casa, a la que imaginó irguiéndose lo más posible mientras su padre la medía. Al instante recordó una fotografía, en la que, sentada en el porche, sonreía a su padre como si fuera el ser más maravilloso del mundo.

Nick sonrió para sí, hasta que recordó que aquel mismo año, Joe Tremayne había muerto en un accidente de coche y la vida de Edie había cambiado para siempre.

Unas pisadas en el suelo de madera le hicieron volverse bruscamente. Era Roy, y Nick miró expectante por si Edie lo acompañaba.

—¿Dónde está? —preguntó a Roy, que obviamente no contestó—. ¿Edie?

Tras comerse unas migas del almuerzo de Nick, el perro salió al porche y permaneció allí, sacudiendo la cola.

—¿Has venido solo? —preguntó Nick, desilusionado. Tras una pausa, se encogió de hombros—. Ponte cómodo, tengo que seguir trabajando.

Edie pensó irritada que cuando Mona se dignara a volver, se quedaría asombrada de todo el trabajo que había hecho. Aunque fuera habitualmente eficaz, dedicarle al trabajo cada hora del día y parte de la noche para evitar pensar en Nick Savas, estaba dando unos resultados espectaculares.

Incluso contestar y recibir llamadas de las que normalmente se ocupaba Mona, era preferible a pasar la noche en vela pensado en el hombre que dormía en casa de su madre... en lugar de en su cama.

Pero no caería en la tentación. No podía permitirlo. Ya era bastante malo que esperara cada cena ansiosamente y que no pudiera evitar preguntarle por el progreso en la restauración.

—Deberías venir a verla —decía él cada noche.

Y ella se excusaba por estar muy ocupada, pero lo cierto era que se moría de curiosidad.

También él, que no dejaba de hacerle preguntas sobre el tiempo que había vivido en la casa. ¿Cuál era su dormitorio? ¿Quién puso el columpio? ¿Cómo celebraban las Navidades?

Edie, que durante años había evitado pensar en aquel periodo de su vida, descubrió que en lugar de abatirla, ir recordando y contándole cosas la llenaba de dicha.

Al preguntarse por qué no habría intentado recuperar aquellos recuerdos antes, se dio cuenta de que había temido vincularlos a la dolorosa muerte de su padre. Por otro lado, tampoco Ronan había vuelto a hablar de ello. Ni siquiera Ben, quizá porque no quería entristecerla.

Pero Nick hacía preguntas y ella las contestaba. Cuando se quejó de estar hablando demasiado de sí misma y que era su turno, Nick le contó historias de su infancia y de los veranos en Long Island con su hermano, Ari, y sus primos Savan, especialmente Demetrios y George, que eran de su misma edad.

—Éramos unos gamberros y siempre nos metíamos en líos —dijo.

Edie rio con las anécdotas y se espantó al ver las cicatrices. Y se dio cuenta de que, a pesar de no acostarse con Nick, se enamoraba un poco más de él cada noche.

Las sobremesas se prolongaban y se hacía más difícil cortarlas para ir a trabajar. Pero siempre lo conseguía porque era su única defensa.

Cuando llegó el viernes, se alegró de haber quedado con Derek. Para las cuatro de la tarde, tras varias conversaciones intensas y un nuevo intento frustrado de contactar con Mona para hablar de un guion, decidió tomarse un descanso e ir a su apartamento para decidir qué ponerse.

–Vámonos –dijo, volviéndose hacia Roy.

Pero Roy no estaba a su lado.

Edie se levantó y recorrió la casa llamándolo. Desde que lo había adoptado de un refugio de perros, al volver a los Estados Unidos tras la muerte de Ben, Roy había sido su sombra. Jamás se separaba de ella. Intentó pensar cuándo lo había visto por última vez y recordó que había sido al mediodía.

Roy era un perro muy sociable y cuando había más gente, le gustaba jugar. Pero ella era la única persona en aquel momento. Excepto...

–¡Roy, no te habrás atrevido! –exclamó.

Era imposible que hubiera ido tras Nick a la casa de adobe. ¿Por qué iba a hacerlo? Sin embargo, era la única explicación. A no ser que le hubiera pasado algo.

«No, Dios mío».

Se le hizo un nudo en el estómago al pasársele por la mente la desaparición de Ben. Racionalmente, sabía que no era lo mismo. Roy era un perro y estaba en su territorio; no era un hombre en un pequeño bote en medio de una tormenta. Roy era habilidoso y competente... Pero también lo había sido Ben; además de ser un experto patrón. Simplemente, estaba en el lugar y el momento inadecuados. Cuando estaba en el colegio, el perro de una amiga suya había muerto por la mordedura de una serpiente de cascabel.

Edie sabía que no habría podido hacer nada por salvar a Ben, pero si a Roy le pasaba algo...

Después de recorrer toda la propiedad, se decidió a ir a la casa de adobe.

—¡Roy! —lo llamó una y otra vez en el recorrido.

La primera vez que obtuvo respuesta, fue ya cerca de la casa, antes de llegar a lo alto de la colina. Una voz, apenas audible, dijo:

—Está aquí.

—Menos mal —gritó ella, apresurando el paso.

Sintió una alegría extrema al ver a Roy en el porche, sacudiendo la cola entusiasmado, y se espantó al ver a Nick, con el torso desnudo y a mitad de subir una escalera de mano, haciendo equilibrios con una viga apoyada en el hombro. Un extremo ya estaba en su sitio, pero para terminar de colocarla, debía apoyar el otro extremo en el lado opuesto del porche.

—¡Espera! —gritó al tener la impresión de que la escalera se tambaleaba.

En cuanto gritó, temió asustarlo y provocar su caída. Pero no fue así. Nick se detuvo, y la buscó con la mirada.

Edie terminaba de bajar la colina precipitadamente, resbalando y escurriéndose. Al verla, Roy empezó a ladrar y a dar saltos de alegría.

—¡Para, Roy! —dijo Edie, temiendo que golpeara la escalera.

Por una vez en su vida, Roy obedeció, y se quedó mirándola mientras se acercaba con paso firme. Al llegar al pie de la escalera, lanzó una mirada furibunda al hombre que estaba encima.

—¿Qué demonios estás haciendo? ¡Podrías matarte!

—Tengo práctica —dijo él con la voz forzada por el peso que sujetaba.

Edie podía ver las gotas de sudor correr por sus mejillas y hacer surcos en el polvo que le cubría la espalda.

—Eso no quiere decir que sea sensato. Necesitas ayuda.

—¿Te estás ofreciendo voluntaria?

—Sí —Edie pasó de largo a Roy y sujetó la escalera con fuerza.

Nick la miró sorprendido y dijo:

—Quítate de ahí. Puedo caerme encima de ti.

—Pues será mejor que no te caigas —dijo ella, asiéndose a la escalera de manera que casi rozaba con la nariz la parte de atrás de los vaqueros de Nick.

—¡Edie!

—¡Nick! —dijo ella sin moverse.

—Maldita sea —masculló él.

Pero cuando se dio cuenta de que Edie no pensaba moverse, esta vio que las piernas se tensaban y subían un nuevo peldaño. La escalera vibró y ella la sujetó con fuerza. Desde arriba, le llegaba la respiración alterada de Nick.

—Eres un idiota —dijo por distraerse de lo que podía pasar si Nick se caía.

—Tú... —Nick subió otro peldaño—. También.

Edie ya no veía ni sus botas, así que tuvo que alzar la mirada. Aparte de la viga, que daba miedo, la visión era espectacular. Quería haber apartado la vista, pero le fue imposible porque estaba como hipnotizada. Nick había cambiado el peso para deslizar la viga hacia delante. Al moverse, la escalera tembló y Edie la afianzó hasta que se le quedaron los nudillos blancos.

Tras una pausa, Nick, dijo:

—Ya está —y al mismo tiempo descendió de la escalera con la destreza propia de los profesionales y alcanzó el pie antes de que Edie la soltara, de manera que esta se encontró con la nariz pegada al cuello de Nick, y su cuerpo encerrado entre sus brazos.

Justo donde quería estar.

Por un instante, ambos se quedaron paralizados. Luego Nick apoyó la frente en un peldaño y suspiró. El leve movimiento acortó aún más la distancia entre la piel sudorosa de su espalda y los labios de Edie.

Ella la besó. Sabía a sal, a Nick.

Él se volvió bruscamente.

—¡Por Dios, Edie! —exclamó. Y, abrazándola, la besó apasionadamente—. ¡Lo sabía. Te lo dije! —dijo, alzando la cabeza y mirándola con ojos brillantes de triunfo.

Edie se aferró a la razón y sacudió la cabeza.

—No.

Nick la sujetó por los brazos con fuerza.

—¿Cómo que no? Tú me has besado. Me deseas.

Edie no negó lo evidente.

—Nunca he dicho lo contrario. Te deseaba.

—Me deseas —le corrigió Nick.

Edie apretó los labios.

—Sí —admitió—. Pero como te dije, quiero más que eso —y bajando la voz, añadió—: Y tú no.

Mirándolo fijamente, retó a Nick a que la contradijera.

Él apretó los dientes y tensó la mandíbula. Edie bajó la mirada a su pecho moreno, que se movía al compás de su respiración agitada. Lentamente, volvió a alzarla y Nick se la sostuvo en silencio.

Un silencio que para Edie fue tanto como una confirmación.

En la copa de los árboles se oía el trino de los pájaros. El sonido lejano de una motocicleta irrumpió en la naturaleza. Roy, a sus pies, jadeaba.

Edie dio un paso atrás, suspiró y dijo:

–Tengo que marcharme.

Nick relajó los hombros y, mirándola con expresión recriminatoria como si la acusara de haber hecho un movimiento de aproximación y haber cambiado de idea, abrió las manos que había cerrado en puños.

Lo que no sabía era que Edie habría preferido no tener que tomar esa decisión.

CUANDO Edie había dicho que se tenía que ir, Nick había asumido que se refería a la casa, pero al llegar al atardecer, todavía enfadado y excitado, decidido a enfrentarse a ella, encontró una nota: *He salido. Hay lasaña en el frigorífico. Ya he dado de comer a Roy.*

Nick resopló. No estaba dispuesto a cenar la lasaña ni a quedarse solo con Roy. Se dio una ducha y salió en busca de una buena cena y, a ser posible, de una mujer que le ayudara a olvidar a Edie Daley.

Lo primero fue sencillo porque Santa Bárbara tenía una amplia oferta de buenos restaurantes, pero las mujeres que conoció en un bar le resultaron o demasiado charlatanas o demasiado coquetas, y ninguna consiguió que se le alteraran las hormonas.

Tomó una cerveza, charló con el camarero y vio un poco de béisbol antes de decidirse a volver a casa de Mona.

Roy lo recibió entusiasmado, de lo que dedujo que Edie no había vuelto. Y aunque solo eran las once, no pudo evitar preguntarse dónde demonios se había metido.

Recorrió la planta baja y fue hasta el ventanal para

contemplar la vista. Su móvil vibró. Miró la pantalla, pero no reconoció el número.

—Savas, ¿dónde demonios estás?

—¿Mona?

Claro que era ella. Ni siquiera Edie tenía aquella voz tan sensual e inmediatamente reconocible.

—¿Dónde estás? —preguntó ella de nuevo—. ¿Estás trabajando en la casa? ¿Dónde está Edie?

Nick se frotó la nuca.

—Sí, estoy trabajando en la casa —respondió con impaciencia—. Y no tengo ni idea de dónde está Edie.

—¿Por qué no?

—No soy su guardián.

—¿Ah, no? —dijo ella en un tono que erizó el cabello de Nick.

—No.

—Pero al menos la habrás visto. ¿Está en casa?

—Esta tarde estaba, pero ahora no —dijo él, malhumorado.

—Ah —con una sola sílaba Mona conseguía trasmitir más significado que otros con cien palabras. Tras una pausa, añadió—: ¿Ha pasado algo? —preguntó con aparente preocupación.

Nick giró la cabeza en un círculo para relajar la tensión de los músculos.

—No, claro que no.

—Pues no contesta al teléfono —dijo Mona, claramente irritada—. Edie siempre contesta.

—Pero si es casi medianoche. Puede que esté dormida.

—Oiría el teléfono.

—Quizá no quiera contestar.

Mona descartó la idea con un resoplido.

—Necesito hablar con ella. Dile que me llame.

—Se lo diré.

Nick se quedó mirando el teléfono al colgar, sin saber si estaba más irritado con Mona o con Edie... o consigo mismo por haber sido tan exigente con las mujeres que había conocido aquella noche.

Derek Saito era un hombre agradable y divertido, y más guapo de lo que Edie recordaba. Daba clases de Lengua y Literatura, no salía con nadie, y era evidente que mostraba interés por Edie. En resumen, era el tipo de hombre tranquilo y estable que Edie debía elegir si se planteaba mantener una relación seria.

Pero lo cierto era que el despertar hormonal que sentía cerca de Nick se había convertido en un apacible letargo desde el momento en que Derek la había recogido. Y no se trataba solo de su cuerpo, sino también de su mente.

Fueron a cenar antes del concierto y, por más que se esforzó por seguir la conversación de Derek, no dejaba de pensar en aquel otro hombre que cualquier día desaparecería de su mente; el hombre que quería acostarse con ella. Nada más.

Intentó concentrarse en el presente y hacer las preguntas oportunas. Pero supo que había fracasado cuando Derek, tras hablarle de una obra de teatro que estaba montando en el instituto, le preguntó si la había leído y ella preguntó:

—¿De quién es?

—¿*Romeo y Julieta*? —preguntó él a su vez con una

expresión de desconcierto que Edie estuvo segura de que no olvidaría.

Notó que se ruborizaba.

–Perdona. No sé en qué estaba pensando. Últimamente no duermo demasiado bien.

Al menos eso no era una mentira. Derek asintió en actitud comprensiva.

–Comprendo que todavía sea difícil –alargó la mano para darle una palmadita en la suya–. Me alegro de que hayas salido hoy conmigo.

–Yo también –dijo ella, aun sabiendo que los motivos eran distintos–. ¿Qué escenas vais a hacer? –preguntó volviendo al tema del teatro. Y consiguió mantener la atención el resto de la cena.

El concierto fue ruidoso y divertido, en la playa, y con gente decidida a pasarlo bien. Como Edie. A pesar de que no pudo evitar preguntarse qué tipo de música le gustaría a Nick; algo que nunca averiguaría, porque estaba decidida a evitarlo durante el resto de su estancia. Incluso cabía la posibilidad, se dijo mientras Derek la conducía a casa por las serpenteantes carreteras de la costa, que al llegar a casa descubriera que Nick había decidido marcharse.

Hacía una noche oscura y una luna creciente proyectaba sombras plateadas entre los eucaliptos. Edie vio las luces de la casa de Mona encendidas, y tomó el bolso del suelo mientras ensayaba mentalmente una despedida cordial de Derek.

Tras una última curva llegaron frente a la casa y, al ver el coche de Nick aparcado delante del garaje, el corazón de Edie, sobre el que no tenía control, dio un salto de alegría.

–Lo he pasado muy bien –dijo a Derek.

Él apagó el motor y se giró hacia ella, sonriente.

–Yo también. Me alegro de que te animaras a salir.

–Y la comida estaba deliciosa.

–Son los mejores tacos de Santa Bárbara –la sonrisa de Derek brilló en la oscuridad–. Espero que repitamos.

–Yo también –Edie alargó la mano hacia la manija–. Gracias, Derek.

Tal y como suponía, él bajo del coche para abrirle la puerta. Luego la acompañó hacia su casa. Al llegar al pie de la escalera. Edie se detuvo y se volvió hacia él.

–Gracias de nuevo, Derek.

Él sonrió con dulzura, como si la comprendiera.

–Ha sido un placer.

Por un segundo, Edie pensó que no tendría que besarlo, pero Derek inclinó la cabeza y le rozó los labios. No fue nada. Y Edie no sintió la más mínima alteración.

–Le preguntaré a mi madre sobre la charla en el instituto –dijo–, aunque no sé cuándo hablaré con ella porque no contesta el teléfono.

–Ahora ya sí –dijo una voz grave. Edie se volvió sobresaltada y vio a Nick salir de las sombras–. Quiere que la llames esta misma noche.

Edie no supo cómo lo hizo, pero de pronto Nick estaba entre ella y Derek, como un padre cuya hija se hubiera saltado la hora de llegada.

–Este es Nick Savas –dijo a Derek–. Está restaurando la casa de adobe para mi madre –explicó, aunque no supo si a Nick o a Derek.

–Tu madre quería saber dónde estabas y con quién habías salido –siguió Nick, como si ella no hubiera hablado.

–Gracias por esperar para darme el mensaje –dijo Edie, cortante, sin molestarse en presentar a Derek al ver que Nick no escuchaba.

–Yo también he salido. Acabo de llegar –dijo él, sonriendo con sorna.

Edie recibió el dardo. Era evidente que no perdía el tiempo.

Derek, que los había observado como si jugaran un partido de tenis, dijo a Nick con amabilidad:

–No te quedes despierto por nosotros.

Edie se volvió a él, admirada de que se mantuviera firme frente a un Nick que se estaba comportando como un bulldog defendiendo un hueso.

Nick se tensó ostensiblemente y Edie, aunque fascinada con la escena, pensó que no quería ser testigo de una pelea entre dos hombres tratando de marcar su territorio. Además, no quería que Derek saliera perjudicado. Así que se volvió hacia él y dijo:

–Será mejor que vaya a llamarla. Mañana por la mañana te llamo para decirte qué ha dicho.

Derek pareció vacilar, pero finalmente asintió con la cabeza.

–Muchas gracias –la miró prolongadamente, como si estuviera reconsiderando lo que había pensado hasta entonces. Entonces se volvió a Nick–: Soy amigo de Edie... y de su marido –dijo, para explicar su actitud protectora.

Con ello pareció haber dejado clara su posición, volvió a su coche y se marchó. Edie tuvo ganas de abofetear a Nick.

—Podías haber esperado —dijo, entre dientes.

Él se encogió de hombros.

—Y tú podías haber dicho dónde ibas.

En lugar de mirarse, mantuvieron la vista fija en el coche que se alejaba. Solo al perderlo en la distancia, Edie se encaminó hacia casa de Mona para buscar a Roy.

—No creía que te importara —dijo, malhumorada.

—A tu madre sí.

Ese era el resumen de la situación. A él le daba lo mismo.

—Ya la llamaré —Edie abrió la puerta y dejó salir a Roy. Retrocediendo sobre sus pasos, ignoró a Nick y siguió de largo, mientras sentía su mirada clavada en la espalda hasta que cerró la puerta de su apartamento.

—Has llamado —dijo Edie, irritada, cuando su madre finalmente contestó el teléfono.

—¿Estás bien? —preguntó Mona, sorprendiéndola.

Al llegar al apartamento, Edie había encendido el teléfono y había encontrado once mensajes de ella. Mientras que los primeros trataban asuntos de trabajo, en los últimos sonaba alarmada.

—Estoy perfectamente. Tenía una cita —dijo.

—Nick ha dicho que no sabía dónde estabas —replicó su madre sin disimular su irritación.

—No había quedado con él —dijo Edie en el mismo

tono–. Y, por cierto, no necesito que me busques pareja.

–¿Qué? –preguntó Mona, fingiendo que no sabía qué quería decir.

–Sabes a qué me refiero –dijo Edie, que no se dejaba engañar por las habilidades interpretativas de su madre–. No necesito que me busques hombres. A ver si te enteras de que se trata de mi vida y que hago con ella lo que quiera.

Tras una prolongada pausa, Mona contestó:

–Estoy segura de ello.

Edie no se ablandó.

–Lo digo en serio. Te lo dejé claro después de la boda en Mont Chamion.

–Me dijiste que no intentara reunirte con Kyle Robbins nunca más –dijo Mona.

–¿Y no lo entendiste? –dijo Edie–. ¿O también me has mandado a Kyle?

–¿Qué quieres decir con «también»?

–Además de a Nick –dijo Edie, furiosa con la fingida inocencia de su madre.

–No te entiendo.

–Ah, no. ¿Y qué hace aquí?

–Cuando llamó, me dijo que quería ver la casa de la que le había hablado –dijo Mona.

Edie abrió la boca, pero no le salieron las palabras. ¿Nick la había llamado?

–¿Quién llamó a quién?

–Nick a mí –dijo Mona con firmeza.

–Entonces… ¿por qué…? No comprendo –dijo Edie. Y se sentó porque las piernas le temblaban.

–Pues a mí me parece evidente –dijo Mona.

Edie sacudió la cabeza.

–No –se limitó a decir.

–¡Por Dios, Edie! –dijo Mona, exasperada–. ¿Por qué crees que quería renovar la casa, para mejorar su currículum? Permite que lo dude.

–Pero entonces...

–Ha ido por ti –dijo Mona con absoluta certeza.

–Pero... –una vez más, Edie se quedó sin palabras y sacudió la cabeza.

Al llegar Nick, había creído en esa posibilidad inicialmente. El corazón se le había acelerado y había albergado la esperanza de que esa fuera la razón de su visita. Pero entonces le había preguntado qué lo había llevado hasta allí.

¿Y qué había contestado Nick? Edie no conseguía recordarlo. Pero aunque no hubiera afirmado que había acudido por ella, tampoco lo había negado. Dijo: «He estado hablando con tu madre».

Edie se quedó paralizada, concentrándose en el recuerdo de la escena, pero sin querer llegar a creer en una nueva explicación.

–¿Edie? –dijo su madre en el silencio.

Edie seguía pensando. ¿Qué habría movido a Nick a renovar la casa de adobe si no era...?

–¿Estás segura de que te llamó él? –preguntó.

–¿Qué está pasando? ¿Debía haberle dicho que no? Te fuiste con él la noche de la boda, así que suponía que te gustaba.

–Apenas le conocía. Y sí, me gusta.

–Entonces, espero que me perdones –dijo Mona.

–Está bien –dijo Edie–. Pero no vuelvas a hacerlo.

—Ojalá no haga falta —dijo Mona, dejando claro lo que quería decir.

—No es tan sencillo.

—Sé que amabas a Ben...

—Esto no tiene que ver con Ben.

—Porque amar a Ben no puede ser la excusa de que des la espalda a la vida —dijo Mona como si Edie no hubiera hablado—. Yo adoraba a tu padre —a Edie le sorprendió que la voz de mona se quebrara—. Lo adoraba —repitió con la misma emoción.

—Lo sé, Mona —dijo Edie—. Siempre lo he sabido. Pero esto no tiene que ver ni con Ben ni con papá.

—¿Entonces? —insistió su madre.

—Se trata de Nick.

—¿Qué pasa con él?

—Ese es el problema, que no lo sé. Mañana te llamo —dijo Edie—. Estoy cansada. Necesito dormir y pensar.

—Procura no hacer las dos cosas al mismo tiempo —bromeó Mona—. Y si necesitas hablar, llámame.

—Gracias —dijo Edie, distraída, enfrascada ya en sus propios pensamientos.

En términos científicos, cuando los fenómenos no eran explicables por las leyes de la naturaleza, exigían un cambio de paradigma y una profunda reflexión.

Aquella noche, eso fue lo que Edie hizo: permanecer con la mirada fija en el techo repasando los acontecimientos de la semana previa desde una nueva perspectiva.

En lugar de olvidar la casa de adobe tras aconsejar

a Mona un par de arquitectos, tal y como había hecho en la boda, Nick se había acercado en persona a verla, y costaba imaginar que fuera por el entusiasmo que le producía realizar aquel trabajo.

Como Mona había insinuado, los dueños de edificios históricos se rifaban a Nick Savas para que llevara a cabo su restauración. A su pesar, Edie no había podido reprimir el impulso de buscar información sobre él y había descubierto que era considerado una autoridad en su campo. Así que, ¿por qué habría elegido la casa de adobe como uno de sus proyectos? Si la capacidad de seducción de Mona no había intervenido, entonces... ¿qué?

La única explicación podía ser que hubiera acudido por ella.

Edie no se atrevía ni siquiera a considerar la posibilidad por más que hubiera sido su instinto inicial. Además, Nick se había ocupado de anular cualquier expectativa por su parte. Ella le había dejado claro que podía llegar a sentir algo más por él, y Nick la había rechazado. Solo quería una relación física.

Pero podía haberse marchado al ver que ella no lo aceptaba. Podía haber dicho que la restauración no valía la pena. Y, sin embargo, no lo había hecho. Se había quedado, lo que significaba...

Edie se sintió recorrida por un escalofrío al llegar a la conclusión de que le importaba a Nick más de lo que él mismo estaba dispuesto a admitir.

No se había quedado porque disfrutara con el proyecto, ni por el apasionado sexo que *no* estaban teniendo, sino por ella.

Fue en aquel momento, a las tres de la madrugada,

cuando Edie se descubrió sonriendo al techo. Al instante se dijo que no era el momento de sonreír, sino de decidir qué hacer. Que Nick sintiera algo hacia ella, lo cambiaba todo.

Nick estaba irritado, pero se dijo que era porque tenía hambre. Había tomado un café a las siete de la mañana, había trabajado desde entonces, y ya eran las dos. No pensaba volver a por su almuerzo, que había olvidado en casa de Mona, porque no quería que Edie pensara que quería averiguar qué había entre ella y su «perro guardián», el amigo de su marido. Además, seguramente se había tomado el sábado libre... igual que el viernes por la noche.

Habría querido estar haciendo algo que exigiera más fuerza física, como tirar una pared, para así poder liberar la rabia que sentía acumulada en su interior. Se sacó un pañuelo del bolsillo y se secó la frente antes de colocar una teja en su sitio.

—¿Tienes hambre?

Nick alzó la cabeza creyendo que oía voces. Pero entonces tuvo la seguridad de escuchar pisadas y, al volverse, vio a Edie bajar la colina con Roy.

Llevaba unos shorts de lino y una camiseta verde, y su estilo informal le indicó que, efectivamente, no pensaba trabajar. Se había recogido el cabello en una coleta, se cubría la cabeza con una pamela, y llevaba una cesta al brazo. Al llegar al patio, dijo:

—Has olvidado el almuerzo.

—Ya.

—Te lo he traído —dijo ella, sonriendo—. Y el mío.

Nick la miró con suspicacia, pero ella siguió son-riéndole, sin moverse. Nick tuvo la sensación de que algo no encajaba. La noche anterior Edie estaba furiosa con él y de pronto...

–O puede que no quieras comer –dijo ella finalmente–. ¿Te importa que yo sí?

Y sin esperar, entró en la casa.

Si hubiera sido una veleta en el tejado, Nick habría girado ciento ochenta grados al recibir la sacudida de una ráfaga de aire. Se rascó la cabeza. ¿Habría sufrido una insolación? Sacudió suavemente la cabeza y colocó otra teja. El estómago le rugió.

–Maldita sea –farfulló–. Está bien.

Y fue mejor que bien. En contra de lo que había esperado encontrarse, o bien la misma actitud arisca que la noche anterior o una disculpa, Edie se comportó como si no hubiera pasado nada y se mostró tan natural y encantadora como la inolvidable noche de Mont Chamion.

Había llevado los sándwiches y la manzana que él había preparado, pero, además, añadió una ensalada de patata, té helado y un par de cervezas.

–No estaba segura de lo que solías beber –explicó–. Así que he traído las dos cosas.

Había despejado la mesa de herramientas y había puesto platos de cartón y cubiertos. Nick se sentó frente a ella entre divertido y perplejo.

La única referencia a la noche anterior que hizo Edie fue decir que había hablado con su madre.

–Está encantada con la reforma –dijo con ojos brillantes–. Pero supongo que ella misma te lo dijo.

Nick pensó que no habían mencionado la casa, y que a Mona solo le había interesado saber dónde estaba Edie. Pero eso habría significado explicar por qué había ido allí en primer lugar, y Nick prefería evitar el tema. Así que asintió y dio un bocado a un sándwich seguido de un trago de cerveza. Después de todo, era sábado.

—¿Vas a trabajar todo el día? —preguntó ella.

—¿Se te ocurre algo mejor? —preguntó, seguro de que Edie se incomodaría.

Pero ella se limitó a decir:

—Estaba pensando en ir a la playa.

—¿Con tu novio? —dijo Nick sin pensarlo.

Edie lo miró desconcertada.

—¿Te refieres a Derek? —sacudió la cabeza—. No, pensaba ir sola. A no ser que quieras acompañarme.

Hizo la invitación como de pasada, y luego fue a servirse un vaso de agua al fregadero. Nick titubeó.

—No me importaría —dijo finalmente—. Pero antes tengo que terminar algo. ¿Qué te parece en una hora?

—Perfecto —Edie sonrió y empezó a guardar las cosas en la cesta.

Nick terminó la manzana y la cerveza y fue hacia la puerta para seguir trabajando. Pero antes de salir, dijo:

—Gracias por el almuerzo —tras una pausa, añadió—: ¿Qué ha cambiado?

Edie metió el cuenco de la ensalada en al cesta antes de mirarlo.

—¿A qué te refieres? —dijo con fingida inocencia.

Nick la presionó.

—Hasta ahora has intentado evitarme. Hoy, no.

Edie sonrió con dulzura y bajó su cálida mirada, Nick sintió que le subía la temperatura.

–Tienes razón –dijo ella–. Ya no.

–Porque... –Nick intentó que continuara con una explicación.

Edie se encogió de hombros y se humedeció los labios.

–Porque solo tengo una vida –dijo con voz queda.

Capítulo 8

FUERON a Leadbetter, la playa a la que Edie solía ir cuando estaba en el colegio. Se trataba de una playa urbana, de arena blanca y mar apacible, con el cielo azul a un lado del horizonte y las casas de tejados rojos de Santa Bárbara al otro. Edie la eligió porque tenía buenos recuerdos de ella y no era un lugar que soliera visitar con Ben.

Nadaron y pasearon, y Nick pareció disfrutar tanto como ella.

Se alegraba de haberlo invitado y de que lo que le había dicho Mona le hubiera dado esperanzas de poder conseguir algo.

Gracias a Ben sabía cómo hacerlo, porque él lo había hecho por ella. Tras la dolorosa ruptura con Kyle, Edie había evitado la compañía de los hombres y había perdido la confianza en ellos y en el amor. Por eso se había resistido a Ben. «No quiero salir», solía decirle. «No quiero una relación». Ben se limitaba a sonreír y a sugerir: «Vayamos a nadar», o «¿Por qué no volamos una cometa?».

Nunca le exigía, solo le proponía. Y su perseverancia había vencido su resistencia. Porque antes que amantes, habían sido amigos. Quizá no había sentido la pasión que había despertado Kyle en ella, pero a la larga, habían construido una relación duradera y profunda.

Claro que con Nick las circunstancias eran otras. Ni se conocían desde hacía tiempo ni eran amigos. Lo primero que habían sido era amantes. Y desde ese instante había habido entre ellos algo... una chispa, una sospecha, una promesa. Ella había intentado ignorarlo, pero ese «algo» no había perdido intensidad.

Por eso había decidido dejar de oponerse a ello, y seguir el consejo de Nick. No porque pudiera elegir entre enamorarse de él o no, puesto que ya había sucedido. Si no entre huir o intentar establecer una relación. Había elegido detenerse y abrirle los brazos.

¿Y Nick?

Estaba en la posición en la que ella se encontraba antes de que Ben apareciera en su vida, atrapado en el pasado por la muerte de su prometida. Había dado la espalda a los sueños y a la esperanza. Sin embargo, Edie estaba segura de que sentía algo por ella. Si no, no habría estado allí.

Aunque las posibilidades fueran limitadas, Edie había decidido que entregar el corazón no era para los pusilánimes, que arriesgarse, tal y como había descubierto con Ben, valía la pena.

Nick no sabía por qué Edie había cambiado de actitud, pero estaba encantado. Desde que había dejado de evitarlo y acudía regularmente a visitarlo a la casa de adobe, los días eran mucho más agradables.

¿Y las noches? Tal y como las había imaginado.

No había sabido qué esperar, pero Edie no había tardado en dejárselo saber.

La misma noche del paseo por la playa y tras recoger la cena, dijo:

–Estaba pensando en darme un baño.

Nick, que había confiado en que la sobremesa se prolongara, la miró desconcertado. Pero ella le dedicó una sonrisa pícara y añadió:

–¿Quieres acompañarme?

No tuvo que preguntarlo dos veces.

Hacía una atardecer tibio y el sol, que no había llegado a ponerse, flotaba como una bola naranja sobre los tejados de Santa Bárbara y el mar.

Edie tardó más tiempo que él en ponerse el bañador y pasó corriendo a su lado cuando él ya iba a la piscina. Cuando llegó, ella ya estaba nadando. Nick se sentó en el borde y metió los pies en el agua mientras seguía el cuerpo de Edie que atravesaba el agua turquesa haciendo largos.

–¿No te bañas? –preguntó ella, asomando la cabeza al llegar a su altura.

–Estoy reservando energía –dijo él, sonriendo.

–¿Crees que vas a necesitarla? –preguntó ella con ojos chispeantes.

–Eso espero.

Se miraron fijamente y Nick sintió su sexo endurecerse al instante. Edie se sumergió en el agua y le tiró de la pierna hasta que cayó al agua.

Para cuando Nick emergió, Edie ya se había alejado. Pero él, en lugar de intentar alcanzarla precipitadamente, nadó con lentitud. Tenían tiempo. Se trataba de un juego y de algo más.

Cuando la alcanzó, Edie lo esperaba y rio cuando él tiró de ella hacia sí y la besó. Aunque había pensado limitarse a besarla para provocarla, hacía tanto que ansiaba besarla que, estrechándola con fuerza, le abrió los labios con la lengua y se adentró en su boca para explorarla. Pero ni un beso ni tres fueron suficientes. Necesitaba más.

—Se supone que ibas a nadar —dijo ella, contra sus labios.

—No puedo —Nick sacudió la cabeza—. Me estoy ahogando —de deseo, de necesidad por ella—. Edie —susurró, apretándola por las nalgas contra su endurecido sexo para que supiera cuánto la deseaba.

Ella enredó las piernas con las de él para acercarse aún más; se asió a sus hombros y con los talones le presionó la parte de atrás de las rodillas. Nick metió los pulgares en la goma de su biquini y empezó a bajárselo. Edie se soltó de una pierna y luego de la otra para terminar de quitárselo.

Entonces Nick le acarició los muslos, subiendo la mano hasta la intersección entre ambos, y la acarició. Edie gimió, y presionó los labios contra los de él. Pero seguía sin ser suficiente. Se frotó contra su mano, la presionó. Él la penetró con los dedos y sintió las paredes de su interior contraerse en torno a ellos.

—¡Nick! —exclamó ella.

—¿Sí? —musitó él.

La deseaba con desesperación, pero sabía que, si la tomaba en aquel instante, no duraría más que unos segundos. Había esperado tanto tiempo que no podría contenerse. Por eso quería proporcionarle placer a ella, y así demostrarle que había tomado la decisión correcta.

Así que cuando Edie deslizó las manos hasta su cintura para quitarle el bañador, la detuvo.

—Pero... —protestó ella.

—Ya habrá tiempo. Ahora te toca a ti —dijo él.

Y movió los dedos para proporcionarle placer, mientras ella le presionaba los muslos con los talones y se arqueaba contra él, echando la cabeza hacia atrás. Hasta que Nick sintió su cuerpo sacudirse y contraerse, y finalmente dejó caer la cabeza sobre su hombro y se quedó laxa en sus brazos, quieta, con el agua formando ondas a su alrededor y refrescando sus ardientes cuerpos y sus palpitantes corazones.

Tras unos segundos, Edie le acarició el pecho y susurró:

—Ha sido... increíble

—¿Mejor que nadar? —bromeó él.

—Desde luego —dijo ella, sonriendo y pasando la mano por la parte de delante del bañador de Nick—. ¿Y ahora?

—Aquí no —dijo él, elevándola hasta sentarla en el borde de la piscina e impulsándose él a su vez—. Para la segunda vuelta, es mejor la cama.

—¿Va a haber más de una? —dijo ella, provocadora.

—Tantas como podamos —dijo él, besándola.

Edie no se arrepintió de haber cambiado de idea. Pasaban los días juntos gracias a que ella, con tal de tener un teléfono móvil y un ordenador, podía trabajar en cualquier parte. Así que llevaba al mediodía el almuerzo y se quedaba el resto de la tarde.

Comían en el porche, o en el interior si hacía demasiado calor; Nick le contaba lo que estaba haciendo y ella recuperaba para él recuerdos del pasado.

Cuanto más hablaban, más consciente era de lo importante que la casa era para ella. En una ocasión le dijo que allí había empezado todo, que era el lugar en el que sus padres le habían trasmitido la importancia del amor, de la lealtad y del compromiso. Pero se guardó para sí que esos eran los valores que le gustaría compartir con él y con sus hijos.

–Así que es una casa muy importante para ti.

–Exacto. Aquí he pasado los momentos más felices de mi vida –Edie recordó el día en que apareció el sheriff para hablar con su madre y la sonrisa se borró de sus labios–. Y algunos de los peores.

Pero Nick la besó y dijo:

–Haremos que solo queden los buenos recuerdos.

Nick Savas la hacía feliz. Parecía gozar haciéndola reír, e incluso adivinaba las cosas que le importaban sin que ella tuviera que expresarlas. En una ocasión, ella le mencionó que le encantaba jugar en el porche trasero, bajo las ventanas de la cocina.

–Era mi sitio favorito –dijo–. Ronan prefería los árboles. Pero yo jugaba a colegios allí con mi amiga Katie. Me dejaban estar sola porque a mi madre le bastaba asomarse a la ventana para verme.

Resultaba extraño recordar a la famosa estrella de cine Mona Tremayne comportarse como una madre normal, pero así había sido por un tiempo.

–Me gustaría hacer lo mismo con mis hijos –dijo, pensativa.

Al día siguiente, cuando llegó para comer, Nick dijo:

–¿Por qué no vamos al porche trasero?

–Está hecho un desastre –dijo ella. Porque lo había estado el día anterior.

Pero cuando llegaron a la cocina, la puerta se abría a un porche de madera nuevo. Edie dejó escapar un grito, posó la cesta en la mesa y corrió al exterior.

–Oh. Oh, ¡es maravilloso! –exclamó, mirando alrededor–. Y las escaleras...

El día anterior le había dicho a Nick que había seis peldaños. Los contó y se volvió con una sonrisa resplandeciente.

–¡Son seis! ¡Es perfecto! Gracias –se echó en brazos de Nick, y lo besó. Cuando ya pensaba que los besos pasarían a más, Nick se separó de ella.

–Vienen dos escayolistas después de comer.

–Mala idea –bromeó ella.

–Esta noche te compensaré.

–¿Es una promesa o una amenaza? –preguntó Edie, diciéndose que cada día era mejor que el anterior.

–¿Tú que crees?

–Que estoy ansiosa porque llegue la noche.

Edie colocó el mantel en el nuevo suelo del porche para disfrutar allí del picnic.

Después se fue para dejar que Nick esperara a los escayolistas, no sin antes darle las gracias una vez más por el porche y decirle cuánto le gustaba.

–Me alegro –dijo él.

–También te lo agradecerán mis hijos.

Nick parpadeó, pero antes de que pudiera reaccionar, ella se puso de puntillas, lo besó y se fue.

¿Sus hijos? Nick lo había hecho para ella, pero desde ese momento no pudo dejar de imaginar a varias niñas de cabello oscuro y niños pecosos jugando en él.

La imagen le causaba ternura y rechazo al mismo tiempo. Nunca había pensado en Edie más que en el presente, pero de pronto la podía ver rodeada de niños. ¿De quién?

Borró la pregunta al instante porque de lo que estaba seguro era de que no serían los suyos, así que no era su problema. Pero la sombra de la duda lo acompañó toda la tarde.

Cuando visitó la casa con los albañiles y entró en el antiguo dormitorio de Edie, lo imaginó como el de sus hijas. Y el de Ronan le pareció lleno de pequeños que serían los hijos de Edie.

No prestó atención a los comentarios de los albañiles, así que cuando le dijeron que empezarían el lunes, se limitó a asentir.

Se sintió aliviado de que se fueran y fue a casa de Mona antes de lo habitual.

Edie hablaba por teléfono y puso cara de sorpresa al verlo. Después de saludarlo con un gesto de la mano y una sonrisa, siguió escuchando lo que la otra persona le decía, asintiendo o dedicándole palabras de consuelo.

Nick estaba sudoroso y polvoriento. De camino a la casa había pensado ducharse con Edie, pero al ver que no sería posible, fue al cuarto de baño, se dio una ducha rápida y se cambió.

Edie seguía al teléfono, concentrada en lo que la otra persona le decía, a la vez que organizaba algo para cenar.

—Sí —dijo—. Me acuerdo.

Edie encendió la televisión para ver los resultados del béisbol. Edie no se unió a él hasta media hora más tarde.

—Era Grace —dijo a modo de explicación.

—¿Desde Tailandia?

—Sí. Su novio la ha dejado.

—¿Tenía un novio en Tailandia?

—No, aquí. Ha leído en una revista de cotilleos algo sobre ella y Matt Holden, un actor, y David se ha ofendido.

Nick no comprendía por qué Edie tenía que ocuparse de ese problema, pero por la expresión de su rostro, estaba claro que le importaba, como le importaba todo lo que le pasaba a sus hermanos. Edie era el pegamento que mantenía unida a la familia, y la persona a la que todos acudían en busca de ayuda.

Rhiannon parecía tener problemas constantemente; y su madre llamaba a diario, en general por cuestiones de trabajo. Pero los pequeños, Grace y los gemelos, Ruud y Dirk, acudían a ella en lugar de a su madre cuando necesitaban consuelo. Edie iba ser una madre excepcional.

Y Nick se encontró de nuevo pensando en la Edie del futuro.

—¿Tienes pensado vivir en la casa de adobe? —preguntó.

Edie, que iba a la cocina a meter una lasaña en el

horno, se detuvo y, tras mirarlo con sorpresa, se quedó pensativa.

–No lo había pensado hasta hoy mismo –tras una pausa, asintió–. Creo que sí. No todo el tiempo, claro. No quiero vivir en la propiedad de Mona, pero ¿no te parece un lugar perfecto para venir de vacaciones con mi familia?

Afortunadamente, no esperó a que Nick contestara, porque este no tenía respuesta.

–Así mis hijos podrán estar con Mona lo justo –sonrió–. Le encantan los niños, pero la rutina diaria no es su estilo.

Pero sí era el de Edie. Y Nick lo comprobó aquella misma semana, con los consecutivos capítulos del drama de Grace, y la llamada de Dirk al final de la semana pidiendo ayuda para poder ver por el ordenador un partido de béisbol desde Bangkok. Entre los dos lo consiguieron, afortunadamente para Nick, justo a tiempo de poder llevarse a Edie a la cama.

–Estás muy ansioso –dijo ella cuando la llevaba en brazos escaleras arriba.

–Así es –dijo él, besándola y quitándole la camiseta en cuanto la posó en el suelo, ya en el dormitorio.

–¿Por qué? –preguntó Edie al tiempo que, igualmente ansiosa, le soltaba el botón de los pantalones.

–Porque no me sacio de ti.

Nick la hizo retroceder hasta la cama. Era verdad. Cuanto más tiempo pasaba con Edie dentro y fuera de la cama, más tiempo quería pasar. Por eso le obsesionaba aprovechar cada instante antes de acabar la restauración.

Pero no fue fácil alcanzar su meta, y tuvo que pensar en todas las estrategias posibles para estar en su compañía. Comían, pasaban la tarde en la casa de adobe, cenaban e iban juntos a la cama. Nunca había estado tanto con nadie. Pero en lugar de hartarse, un mediodía que tras recoger la cesta Edie le dijo que lo vería por la noche, le dijo, molesto:

—¿Dónde vas?

Le sorprendió cuánto le importaba que se fuera. Era la primera vez que trabajaba acompañado, porque no le gustaba que nadie interfiriera en lo que hacía. Ni siquiera Amy le había acompañado mientras construía su casa.

—Le prometí a Ruud que compraría las ruedas del patín y se las mandaría hoy mismo.

Nick la miró sorprendido. Aunque había aprendido a no subestimar los conocimientos de Edie, le pareció increíble que también supiera de patines.

—Tengo instrucciones muy precisas —dijo ella. Y sonriendo, sacó un papel del bolsillo.

Nick lo tomó y lo estudió.

—¿Cómo vas a elegir si te da cuatro opciones distintas?

—Me ha pedido las mejores —Edie suspiró—. Las ha puesto en orden de preferencia. Si no, me ha dicho que le pregunte a alguien que sepa —lo miró expectante—. ¿Tú sabes algo de patines?

Nick sonrió.

—En mis tiempos patiné bastante.

—¿De verdad? —dijo ella, entusiasmada—. ¿Por qué no vienes? Necesito un experto.

Nick no había patinado con un *skateboard* desde hacía años, pero si eso significaba pasar el día con Edie...

—Vale.

Después de comprar y enviar las mejores ruedas del mercado, dieron un paseo y Edie, con ojos brillantes, sugirió que cenaran en el Biltmore.

Se trataba de uno de los lugares más conocidos de Santa Bárbara. Estaba en la playa, y se trataba de un edificio de los años veinte, con un romántico estilo neocolonial español.

–Puede servirte de inspiración –dijo, animándolo.

Lo cierto era que quería ir al Biltmore con él para añadir una nueva página al álbum familiar, y aunque sabía que se arriesgaba demasiado, no había podido evitar hacer la sugerencia. En el Biltmore había celebrado con Ben su compromiso; en él su padre le había pedido matrimonio a Mona, y su abuelo, un hombre acaudalado, había conocido a su abuela cuando esta trabajaba en él de cocinera. Así que pasar días memorables en el Biltmore era una tradición familiar.

Pero no le dijo nada de eso a Nick. Y no tenía la menor intención de declarársele. Ni él tampoco. Pero quizá sí algún día.

Las semanas que habían pasado juntos había robustecido su relación. Las anécdotas de infancia que habían compartido les habían hecho sentir que tenían un pasado similar. Los dos había tenido una historia de amor dramática, valoraban la familia, los amigos, los perros, dar paseos, nadar y hacer el amor. Los habían amado y habían sufrido una pérdida. Edie no pretendía suplantar a Amy en su corazón como sabía que él no ocuparía el lugar de Ben. Había cabida para ambos. La alocada capacidad de arriesgarse una y otra vez de Mona se lo había demostrado. Ben le había enseñado a confiar y entregarse al amor.

Amaba a Nick. Al volver de Mont Chamion se había dicho que no era posible, y al llegar Nick a Santa Bárbara se había resistido con todas sus fuerzas. Pero ya no quería evitarlo. Amaba a Nick.

Y sugerir ir al Biltmore podía ser una manera de tentar a la suerte, pero correría ese riesgo.

Aparcaron el coche junto a la playa, y como era temprano para cenar, se descalzaron y bajaron a la arena. Nick le tomó la mano y ella expuso el rostro al sol mientras le acariciaba con el pulgar el dorso. Charlaron, rieron y compartieron historias. También hubo momentos de silencio. Estaban cómodos el uno con el otro. Y cuando volvieron hacia el Biltmore, se sacudieron la arena, se calzaron y Edie se peinó el cabello.

La comida fue maravillosa: marisco, pasta, ensalada. El vino que eligió Nick estaba exquisito. Alzó la copa y, mirando apasionadamente a Edie, la chocó contra la de ella diciendo:

—A tu salud, Edie Daley.

Ella respondió:

—A la tuya, Nick Savas —aunque en su corazón dijo «a la nuestra».

Se saltaron el postre porque en casa los esperaba algo mejor.

Hicieron el trayecto casi en silencio, con Nick sujetándole la mano mientras conducía con la otra. Solo se la soltó para salir del coche, y volvió a tomársela al llegar al pie de la escalera. Habían hecho el amor en casa de Mona, en la piscina, incluso en la casa de adobe, sobre una colcha. Pero normalmente iban a la casa de Edie. Y era su lugar preferido.

Aunque no fuera espectacular, era su hogar. Allí

estaban sus fotos más queridas con su familia, y los recuerdos que conservaba de Ben.

Roy salió disparado en cuanto los oyó entrar y luego volvió a su plato de comida. Gerald maulló y se frotó contras sus piernas.

–Ya sé que tienes hambre –dijo Edie. Y le sirvió comida en su plato.

Nick la abrazó por la espalda y le besó el cuello, rozándole con las manos los senos.

–Por si no lo has notado, yo también estoy hambriento –susurró, mordisqueándole el hombro.

Edie rio, dejó la comida de Gerald y se sintió elevada y transportada al dormitorio.

Nick la dejó delicadamente sobre la cama, la desnudó y se desnudó a continuación. Luego ella le atrajo hacia sí para sentir el peso de su cuerpo, le rodeó el cuello con los brazos y se abrió a él.

Se amaron con una frenética intensidad, sudorosos, calientes, conduciéndose mutuamente hacia la cúspide del placer. Pero tras el sexo, ninguno de los dos pudo dormir. Permanecieron abrazados; se adormecieron, despertaron e hicieron de nuevo el amor, antes de dormitar un poco más.

Era de madrugada cuando ella le acarició el rostro, en el que brotaba la barba, mientras él enredaba los dedos en su cabello. Edie le besó el pecho y fue descendiendo por su vientre dejando un rastro de besos.

Nick contuvo la respiración bruscamente.

–Vas a matarme –susurró.

–Tengo hambre –dijo ella. Y lo miró a través de la cortina de su cabello antes de volver a inclinar la cabeza y torturarlo con su lengua y sus labios.

Hasta que Nick tiró de ella, la colocó sobre su sexo y la hizo descender sobre él. Nick se mordió los labios mientras ella cabalgaba sobre él. Estallaron juntos y Edie colapsó sobre él y oyó su corazón latir con fuerza contra su pecho. Él la mantuvo asida con los labios apretados contra su cabeza.

—¡Dios mío, qué me has hecho! —susurró.

Edie lo miró sonriendo, y dejándose llevar por su instinto, decidió entregarle su corazón de la misma manera que acababa de entregarle su cuerpo.

—Te amo, Nick —se incorporó para besarlo—. Te amo —repitió.

Nick se quedó rígido y su mirada, hasta ese momento rebosante de pasión, se quedó en blanco, inescrutable. Los dedos con los que le había acariciado la espalda y el cabello se quedaron paralizados. Y de sus labios escapó una única palabra:

—No.

Capítulo 9

QUÉ quieres decir? –preguntó ella, consciente del cambio experimentado en Nick.

–No te enamores de mí.

Edie tragó saliva y sonrió, decidida a mantener la complicidad con él.

–Ya es demasiado tarde –fue a apoyar de nuevo la cabeza en su pecho, pero Nick se alejó y, sentándose, empezó a buscar su ropa mientras mascullaba–: Maldita, maldita sea.

La espalda que Edie había acariciado unos segundos antes, era una pared que los separaba.

–Nick –lo llamó.

Él se volvió bruscamente.

–Te dije que lo evitaras.

Era verdad. Pero también lo era que ella tenía otra certeza.

–Te conozco –dijo con voz queda pero firme–. Tú también me amas.

Él clavó la mirada en ella.

–No.

Edie recibió la negación como una bofetada, pero se negó a darse por vencida.

–¿No? Y entonces, ¿qué hacemos aquí? –dijo, haciendo un ademán circular con el brazo.

–Disfrutar el uno del otro –dijo él.

Edie sacudió la cabeza.

–Es más que eso.

Pero Nick se cruzó de brazos.

–Solo ves lo que quieres ver.

Edie pensó que, si se refería a amor, compromiso, honestidad y un futuro en común, tenía razón.

–¿Y qué tiene de malo? –preguntó.

–Que no va a suceder.

–¿Estás diciendo que no te importo? –preguntó ella con cautela.

–Claro que sí –dijo él–. Eres una amiga y una gran mujer.

No eran las palabras que Edie quería oír, y menos en el tono crispado en el que las expresó. Aun así, consiguió forzar una sonrisa.

–¿Y una buen amante? –sugirió con una dulzura que ya no sentía, pues se le había helado el corazón.

Solo había sentido algo parecido al perder a Ben, pero este no había podido hacer nada al respecto, mientras que Nick tomaba la decisión consciente de rechazarla.

Él se volvió, a punto ya de ponerse los pantalones, y sonrió como si esperara que Edie lo invitara a volver a la cama.

–Una fantástica amante –dijo enfáticamente.

Pero Edie también se levantó. Sentía náuseas y frío y se vistió precipitadamente, como si la ropa pudiera darle calor. Aunque supiera que Nick no creía verdaderamente lo que decía, lo importante era que él sí lo creía.

–Lo pondré en mi currículum –dijo, abotonándose la camisa con dedos temblorosos.

–¿Qué significa eso? –preguntó él con ojos entornados.

–Nada –contestó ella mientras buscaba las sandalias debajo de la cama. Vestirse completamente se había convertido en un símbolo, como si con ello se pusiera una armadura.

Acababa de subirse la cremallera del pantalón cuando Nick la tomó por el brazo.

–Edie –la miró fijamente y ella le sostuvo la mirada–. No hay motivo de que te enfades. Estamos pasándolo bien.

–Eso creía yo –dijo ella con voz quebradiza. No quería manifestar cuánto le habían dolido sus palabras, pero por otro lado, qué importancia tenía si ya le había dicho que lo amaba.

–Sabías que no era lo que yo quería –insistió él.

–¿Y qué pasa con lo que yo quiero?

–Estás cambiando las reglas.

–Las cambiaste tú al venir a por mí.

Nick pareció a punto de negarlo, pero luego apretó los labios en un rictus y dijo:

–Lo había pasado muy bien contigo en Mont Chamion.

–¿Y por eso cruzaste el Atlántico y dejaste la restauración del castillo en Escocia por una casa de adobe de tercera? –preguntó ella con sarcasmo.

–Cuando acabe aquí, iré a Escocia.

–¡Querrás decir cuando acabes conmigo!

Nick apretó los dientes ante la provocación mientras ella rezaba para que la contradijera, pero no lo hizo.

–Así es –dijo entre dientes, rabioso.

Edie se soltó de él.

—No te preocupes. Yo te ahorraré el esfuerzo —calzándose, tomó el móvil de la mesilla y bajó las escaleras enérgicamente.

Nick bajó tras ella y la alcanzó en la puerta.

—¿Qué estás haciendo?

—Marcharme.

—¿Adónde? ¡Vives aquí!

—Pero no quiero quedarme —Edie tomó las llaves y el bolso, y llamó a Roy—: Vamos.

—No digas tonterías —dijo él—. Si alguien ha de irse, soy yo.

—Muy bien. Vete al infierno. Me da lo mismo —mintió ella, sintiendo que las lágrimas le inundaban los ojos.

Abrió la puerta de par en par y bajó la escalinata con Roy pisándole los talones.

Nick la siguió:

—¡Edie! ¡Maldita sea!

Pero ella no se detuvo porque no quería oírle decir que fuera razonable. Nada de lo que había sentido por él desde el instante que lo vio hablando con su hermana en el salón de baile había tenido nada que ver con la razón, sino con el instinto. Y durante el último mes, al saber que había ido allí por propia voluntad y no forzado por su madre, había querido creer que él también sentía algo por ella.

Pero se había equivocado. Y ni quería ni podía quedarse cuando Nick negaba un futuro con ella.

—¡Edie! ¡Por Dios!

Edie subió al coche con Roy y puso en marcha el motor.

—¡No seas idiota! —Nick asió la manija de la puerta, pero ella cerró los seguros y arrancó, negándose a mirar atrás y pestañeando para librarse de las lágrimas.

Se había equivocado al dejarse llevar por la intuición.

Nick la dejó ir. No tenía sentido seguirla en su coche y arriesgarse a que cometiera alguna imprudencia. Aunque ya lo había hecho al enamorarse de él.

No valía la pena explicarle que pedir demasiado era tentar a la suerte. Ella, que había perdido a su marido, debía de saberlo mejor que nadie.

Así que tendría que resignarse, se dijo, mientras las luces traseras del coche se perdían en la distancia. Aunque no pudo evitar desear que frenara, diera media vuelta y volviera a él para abrazarlo y dejar que la abrazara, para dar gracias a lo que había entre ellos. ¿Por qué no le bastaba?, se preguntó, iracundo, al tiempo que daba un puñetazo a la puerta del garaje.

Edie condujo hasta la playa más próxima a la universidad y fue a dar un paseo. Largo. Necesitaba despejar la mente y recuperar la perspectiva. Era el mismo lugar al que había acudido tras la debacle con Kyle.

Fue allí donde Ben se detuvo mientras practicaba footing y le dijo: «Te conozco». Y lo que siguió le cambió la vida.

Ya no era la joven inocente de entonces, cuyo orgullo había sido herido por Kyle. Con veinticinco años, tenía mucha más experiencia. Sabía lo que era verdad y lo que era un sueño, y estaba convencida de que entre Nick y ella había algo especial, y que él la amaba.

Él era el equivocado, quien no creía ni confiaba. Y ella había fracasado al intentar cambiar eso.

Pero no podía ni quería retirar lo que ya había dicho porque no podía vivir una mentira.

Suspiró y contempló el mar mientras pensaba qué hacer, dónde ir, cómo reconducir su vida.

Un hombre se aproximó corriendo. Tenía un leve parecido a Ben, pero pasó de largo y Edie sonrió con tristeza. No había otro Ben que la rescatara. Aun así había aprendido que la vida podía cambiar en cuestión de segundos. Jamás habría podido predecir que en aquel instante sonaría su teléfono y que, en cuanto contestó, Mona dijo:

—Ruud se ha roto una pierna.

En Bangkok hacía un calor intenso y húmedo, y Edie se sentía agotada y dolorida cuando veinticuatro horas más tarde, Mona se abrazó a ella llena de gratitud.

—¡Gracias a Dios que has venido!

Estaban en el salón de la preciosa casa de Mona y el abrazo entusiasmado de ésta le hizo perder el equilibrio. Mona la sujetó por los brazos y le miró a la cara.

—¡Tienes una aspecto terrible!

Edie le dio las gracias mentalmente. Al menos «terrible» ya era una mejora respecto a cómo se sentía.

—¿Tan malo ha sido el vuelo? —Mona preguntó mientras la llevaba hasta un sofá y le hacía sentarse.

—No —se limitó a contestar Edie.

–¿Es por Rhiannon? –insistió Mona–. Edie, sé que ha vuelto a pelearse con Andrew, pero tiene que aprender a cuidar de sí misma.

Edie no lo sabía ni en aquel momento hubiera sido capaz de ocuparse de nadie más que de sí misma.

–Tampoco esperaba que lo dejaras todo y vinieras –continuó Mona–, aunque es verdad que Ruud se porta mejor contigo que conmigo y que él, Dick y Grace te han echado mucho de menos –mirándola con expresión inquisitiva, añadió–: Pero pensaba que tenías asuntos más importantes que resolver.

Edie sabía perfectamente a qué se refería y no tenía intención de contestarle.

–Me apetecía venir –dijo con firmeza–. Os echaba de menos. ¿Dónde está Ruud? Estoy deseando verlo.

Y aún más deseosa de evitar el interrogatorio de Mona.

Debió de ser lo bastante convincente porque después de decir al chico de servicio que llevara la maleta a su dormitorio, Mona dijo a Edie que la siguiera.

–No les he dicho que venías. Quería que fuera una sorpresa.

La sorpresa fue tan grande y tan bien recibida como era de esperar. Dick le saltó al cuello y Grace se abrazó a ella diciéndole lo contenta que estaba, mientras el rostro de Ruud se iluminaba. Cuando ella les dijo lo contenta que estaba de verlos, no lo dudaron. Desde la muerte de Ben habían sido el centro de su vida, y no tenían motivos para pensar que se hubiera producido ningún cambio.

Cuando le anunció a Nick que se marchaba, este se había limitado a encogerse de hombros.

«Haz lo que debas», dijo.

Y ella, reprimiendo el impulso de abofetearlo, se fue. Porque estaba dispuesta a hacer lo que fuera necesario para olvidarlo.

¡Olvidarla! Iba a ser imposible si cada vez que cerraba los ojos veía su imagen: Edie en la piscina, en la casa de adobe, en la mesa de la cocina, en Biltmore, en Mont Chamion, bailando descalza. Edie en sus brazos, en su cama. ¡No conseguía borrarla de su mente!

Lo que había entre ellos era excepcional. Nunca había sentido nada igual, ni siquiera por Amy. Nadie le había hecho reír tanto ni lo había conocido tan bien.

Pero había decidido tirarlo todo por la borda, y si eso era lo que quería, él no iba a impedírselo. Si se había recuperado de la muerte de Amy, se recuperaría de la pérdida de Edie. No la necesitaba ni necesitaba el compromiso que ella le pedía. Acabaría la casa porque era su deber y se marcharía. Nunca mezclaba trabajo y placer. Había sido un estúpido infringiendo sus propias normas.

—¿Señorita? Hay un caballero... —Malee, el ama de llaves, asomó la cabeza por la puerta de la habitación que Edie usaba como despacho.

Edie alzó la cabeza, sorprendida.

—¿Un caballero? —Edie sintió que el corazón le daba un vuelco y cerró los ojos esperanzada—. Hágale pasar —dijo. Y se puso en pie para calmarse.

Había pasado una semana y ya se había dado por

vencida. Tomó aire mientras Malee acababa de abrir la puerta, se retiraba y dejaba pasar a... Kyle Robbins.

—¡Edie! —la saludó con una luminosa sonrisa.

—Kyle —dijo ella sin ocultar su desilusión.

—También yo me alegro de verte —dijo él son sorna.

—Perdona, pero no te esperaba. ¿Te ha hecho venir Mona?

—Sí, para revisar un guion. Empezamos a trabajar juntos el mes que viene, tú misma arreglaste la cita.

Edie lo recordó en aquel momento. Pero lo había hecho cuando Nick era lo único en lo que pensaba y haberse comunicado con Kyle por correo electrónico le había resultado indiferente.

—Lo había olvidado —dijo, encogiéndose de hombros.

—Lo que dice mucho del lugar que ocupo —dijo él con una mueca.

—Sí —dijo ella con franqueza.

—Lo sé. Me di cuenta demasiado tarde de que había sido un idiota.

—Un idiota infiel —le corrigió Edie.

—Así es... Jake es lo único de mi matrimonio de lo que no me arrepiento —Kyle se volvió hacia la puerta abierta y al otro lado Edie vio a un niño sentado en un sofá: el hijo que Serena había estado esperando cuando Kyle rompió con ella—. De saber que estabas aquí, no...

Edie lo interrumpió.

—Me encantaría conocerlo.

—Es un chico fantástico —dijo él, iluminándosele la mirada—. Quizá tú y yo...

—No —dijo Edie.

Pero era verdad que quería conocer a Jake y presentárselo a los gemelos. Así tendrían compañía y la mantendrían ocupada, que era lo que necesitaba hacer para dejar de pensar en Nick y olvidar cualquier esperanza de que fuera a buscarla.

Tenía que aceptar la verdad. Amaba a Nick Savas y, por más que pensara lo contrario, él ni quería ni podía amarla.

En contra de lo que había creído, Edie no iba a volver.

Después de intentar olvidarla en vano, había intentado convencerse de que se daría cuenta del error que había cometido y volvería. Él entonces sería generoso, sonreiría, la tomaría en brazos y la llevaría a la cama para demostrarle lo que se había estado perdiendo.

Ese pensamiento era lo único que le hacía sonreír.

Pasaba todo el día trabajando en la casa, imaginando cuánto le gustaría a Edie cuando volviera, pero a medida que pasaban los días sus esperanzas se iban diluyendo.

Hasta que una semana más tarde, cuando volvía exhausto a casa de Mona, Roy corrió hacia él, ladrando.

Nick se detuvo y se fijó en que había un coche desconocido en el garaje y que la puerta de la casa estaba abierta.

El corazón le dio un salto de alegría, y se frotó precipitadamente el polvo de la cara al tiempo que corría hacia la casa. Hasta que la aparición de una mujer en la puerta hizo que se detuviera en seco.

—¿Rhiannon?

Efectivamente. Y lo miraba tan desconcertada como él a ella.

—¿Dónde está Edie? —preguntó.

—En Tailandia.

—¿En Tailandia? ¿Por qué? ¿Y tú quién eres? —preguntó ella, desconcertada.

Nick sonrió al ver que no lo reconocía.

—Nick Savas. Nos conocimos en la boda de mi primo. ¿Qué haces aquí?

Ante la sorpresa de Nick, Rhiannon estalló en llanto y, entre sollozos, dijo:

—Necesito a Edie.

Nick tuvo dos impulsos contrarios, acercarse para consolarla y salir huyendo.

—¿Qué te pasa? —dijo, quedándose donde estaba.

—Andrew ha roto nuestro compromiso —dijo entre hipidos—. Y es mi culpa... Pero solo quería ponerlo celoso. Matt no significa nada... Es solo un amigo.

—Entra —dijo Nick con dulzura—. Llevaré tus maletas y te haré un té.

Rhiannon sonrió con tristeza.

—Vale. Es lo que Edie haría. Te pareces a ella.

Nick pensó que era el mayor cumplido que había recibido en su vida. Tras meter las maletas y poner el agua a hervir, fue a lavarse y a ponerse una camiseta limpia. Cuando volvió a la cocina, se dio cuenta de que se alegraba de que Rhiannon estuviera allí porque representaba un vínculo con Edie.

Rhiannon se había lavado la cara, pero tenía los ojos rojos e hinchados.

—¿Qué puedo hacer? —preguntó, siguiéndolo a la cocina.

Nick le sirvió un té y se lo pasó.

—Bébetelo.

Rhiannon se lo llevó hasta el sofá y se acurrucó en una esquina.

—Edie sabría qué hacer —susurró. Luego alzó la mirada hacia Nick y repitió—: ¿Qué puedo hacer?

Nick se preguntó qué diría Edie.

—¿Dónde está Andrew? —preguntó.

—Aquí.

Nick miró alrededor, preguntándose si no se había fijado bien.

—¿Qué quieres decir?

—En casa de sus padres, a un kilómetro de aquí —Rhiannon volvió a llorar—. No quiere hablar conmigo.

—¿Lo has intentado?

—No.

—Entonces...

—Me ha dicho que hemos acabado, que va a buscarse otra novia, que me odia.

—No es verdad —dijo Nick con firmeza—. Ve a hablar con él.

—Pero...

—Escucha —Nick se sentó al lado de Rhiannon y le dijo con convicción—: Si Andrew dice que te odia, es porque intenta no amarte pero no lo consigue.

Rhiannon lo miró con ojos muy abiertos y por primera vez esperanzados.

—¿Estás seguro?

¿Lo estaba? ¿Qué sabía él del amor? Mucho, fue la sorprendente respuesta que se dio. Había estado enamorado una vez y volvía a estarlo... de Edie. La admisión lo golpeó como un puñetazo en la boca del estómago.

—¿Y si tiene una novia nueva?

—Si fuera así, ¿qué vas a hacer? ¿Quedarte aquí de brazos cruzados?

—Yo... —Rhiannon lo miró desvalida.

—Puedes elegir no hacer nada si no te importa, o actuar como si no te importara —dijo Nick. Tras una pausa, añadió—: O puedes arriesgarte.

Arriesgarte. Arriesgarte. Arriesgarte. La palabra se repitió como un eco en su mente.

Rhiannon guardó silencio mirando alternativamente la taza de té y a Nick, hasta que finalmente sostuvo la mirada de este y dijo:

—Voy a arriesgarme.

Sus palabras cayeron como piedras en un lago tranquilo, creando círculos concéntricos que tuvieron en Nick el efecto de un maremoto.

Edie se levantó, dejó la taza, se peinó, se secó las mejillas y dándole un beso en la mejilla, dijo:

—Ojalá tengas razón.

En cuanto salió por la puerta, Nick tomó el teléfono y llamó a la agencia de viajes a la vez que rezaba para, efectivamente, estar en lo cierto.

Capítulo 10

EL PROBLEMA de huir era que algún día había que volver a casa. Edie lo sabía, pero habría dado cualquier cosa por que su huida hubiera tenido mejores resultados.

Pero por más que se había entregado con todo el alma a la vida en Tailandia, al trabajo con Mona, a sus hermanos y hasta a dar paseos con Kyle y Jake... no había logrado olvidar a Nick.

Resignada a no poder seguir adelante si no se enfrentaba a él, decidió volver.

—No tienes que ir a casa —dijo Kyle cuando ella le entregó la tarjeta de embarque para él y Jake, que iban al Caribe antes de empezar a filmar la película. Las guardó en el bolsillo y, sonriendo, añadió—: ¿Por qué no vienes con nosotros?

Edie sacudió la cabeza.

—Gracias, pero no puedo.

—No estás contenta —dijo él. Edie no había conseguido engañar a nadie a pesar de sus esfuerzos por lograrlo—. Yo podría hacerte feliz, Edie. Podría intentarlo.

—Kyle...

—Sé que no confías en mí. Pero recuerda que hubo un tiempo que lo nuestro funcionó. Siempre me he arrepentido de haberlo estropeado.

–Pero no te arrepientes de Jake.

Kyle se volvió hacia su hijo, que jugaba en el jardín con los gemelos y lo observó largamente.

–No, de eso no me arrepiento.

Permanecieron en silencio mientras Edie se preguntaba si estaba cometiendo una estupidez al no aceptar una relativa felicidad porque la oferta no procedía del hombre del que quería recibirla. Pero solo había una respuesta posible.

–Gracias –dijo, sonriendo–. Siempre seré tu amiga, pero no te amo.

–Me lo tengo merecido –dijo él con tristeza–. Pero si cambias de idea, ya sabes dónde encontrarme –entonces se inclinó, y la besó levemente en los labios.

–¿Qué demonios haces besándolo?

Edie se giró rápidamente. ¿Nick? Sí. Era él, en medio del salón, furioso.

Edie se quedó paralizada mientras su mente trabajaba aceleradamente. ¿Qué hacía allí? Y lo que era más importante, ¿qué más le daba a quién besara?

–Beso a quien me da la gana –dijo, mirándolo con ojos centelleantes–. ¿Qué demonios haces tú aquí?

Nick, con la mandíbula en tensión, dejó caer la bolsa de viaje que llevaba al hombro.

–Tengo que hablar contigo.

–¿De qué? –preguntó ella, negándose a albergar ni la más mínima esperanza.

–No tiene por qué hablar con él –dijo Kyle, interponiéndose entre ambos.

–Te equivocas –dijo Nick.

–¿Quieres hablar con él o que lo eché de aquí? –preguntó Kyle a Edie.

–Inténtalo –dijo Nick, retador.

Kyle dio un paso hacia él. Malee, que había acudido tras Nick, al que no había podido detener, los gemelos y Jake contuvieron el aliento.

–Deja que hable –dijo Edie temblorosa–. ¿Qué es tan importante como para que vengas al otro extremo del mundo?

Nick la miró fijamente.

–Rhiannon te necesitaba y tú no estabas.

La contestación hundió a Edie.

–¿Y para eso has venido?

Nick sacudió la cabeza.

–No, pero me ha ayudado a tomar la decisión.

–No comprendo –dijo Edie, atónita. Había seguido el consejo de su madre y había decidido no intentar resolver los problemas sentimentales de su hermana, pero de pronto temía que le hubiera sucedido algo grave–. ¿Qué le ha pasado?

–Preferiría contártelo en privado.

Edie cortó el impulso de Kyle de intervenir y dijo:

–Está bien. Vayamos a mi despacho.

Lo precedió sin mirarlo hasta que cerró la puerta. Entonces se volvió hacia él.

–¿Qué pasa con Rhiannon?

–Está muy bien –dijo Nick, sonriendo–. De hecho, se ha casado con Andrew.

Edie tuvo que sentarse porque le temblaban las piernas.

–¿Qué? –preguntó, perpleja.

–A mí también me sorprendió. Apareció hace tres días buscándote –empezó a explicar Nick, mientras Edie lo observaba y apreciaba lo cansado que parecía estar–. Andrew la había dejado y estaba devastada. No hacía más que repetir cuánto lo amaba.

Edie asintió. La descripción le resultaba familiar.

–Quería saber qué hacer –continuó él. Estaba muy alterado, se pasaba las manos por el cabello, se masajeó la nuca–. Pero ¿cómo iba a poder aconsejarle yo?

–Puesto que no te interesan las relaciones, quieres decir –apuntó Edie.

Nick la miró y tensó los hombros.

–Exactamente. Así que pensé qué habrías hecho tú.

–¿Y qué habría hecho? –preguntó ella con curiosidad.

–Hacerle una taza de té –dijo Nick.

Edie sonrió con tristeza a la vez que intentaba librarse del nudo que tenía en la garganta.

–Seguro que fue de gran ayuda.

–Así es –dijo Nick–. Y luego le dije que fuera a verlo, que Andrew todavía la amaba.

–¿De dónde te sacaste eso?

–De que Andrew le había dicho que no pensaba seguir amándola, ¡como si eso pudiera decidirse libremente!

–Creía que para ti era una elección –dijo Edie con un hilo de voz.

–¡Es una estupidez! –Nick la miró fijamente–. No puede impedirse, porque lo decide el destino. Como ha decidido que yo te ame.

Edie pensó que el mundo a su alrededor se detenía, incluido su corazón. Miró a Nick con incredulidad.

–Te amo –repitió Nick con voz ronca.

—¿Eso es lo que has venido a decirme? —preguntó Edie, titubeante.

Nick la miró suplicante y de pronto dijo:

—¿No sabes decir «yo a ti también»?

Y por fin Edie comprendió y se dio cuenta de que lo que el rostro de Nick reflejaba era miedo. Echándose en sus brazos, dijo:

—Yo también te amó —y besó su mejilla áspera por la incipiente barba, y sus cálidos labios.

Nick la abrazó con tanta fuerza que apenas la dejó respirar, pero a ella le dio lo mismo. Los dos miraron a su alrededor al mismo tiempo llevados por el deseo, pero llegaron a la misma conclusión. No era el momento ni el lugar.

—Luego —prometió Edie—. Porque habrá un «luego», ¿verdad?

—¡Por favor, di que sí!

—Lo habrá —dijo Edie, consciente de que él necesitaba oírlo—. Lo habrá. No pasará lo mismo que con Amy.

—Eso no puedes saberlo —dijo él con voz dolida.

—Tienes razón, aunque no sé qué pasó.

—Tuvo un aneurisma. No sabíamos que le pasara nada y dos días antes de la boda... —se le quebró la voz.

Edie lo besó y luego apoyó su mejilla en la de él.

—Lo siento, lo siento mucho.

—Y yo. Fue por mi culpa.

—Los aneurismas no son culpa de nadie.

—No, pero soy culpable de haber retrasado la boda. A ella la casa le daba lo mismo. No debía haberle hecho esperar.

–Es imposible adivinar el futuro.

–Lo sé, pero no puedo evitar pensarlo –dijo Nick–. Quería morirme y decidí no volver a pasar nunca por lo mismo –miró a Edie con ojos implorantes–. O al menos lo he intentado hasta ahora.

–Me alegro de que no lo hayas conseguido –dijo ella con dulzura.

–Yo también –dijo él, besándole la frente–. ¿Te quieres casar conmigo?

Por más que ansiara oír aquellas palabras, a Edie la tomaron de sorpresa.

–¿Es eso lo que quieres?

Nick esbozó una sonrisa pensativa.

–Sí. Le pregunté a Rhiannon si no iba a luchar por Andrew, si no pensaba arriesgarse. Y me di cuenta de que, si ella tenía el valor, yo también debía tenerlo –besó a Edie en los labios–. Te amo, Edie.

Edie le creyó, confió en él y le entregó su corazón.

–Yo también te amo, y sí, me quiero casar contigo.

El día de la boda, Nick estaba aterrorizado a pesar de que no era supersticioso. Si Amy había sido su primer amor, Edie era su amor para toda la vida, así que estaba seguro de no perderla.

Y mientras esperaba a que bajara la escalera de la casa de su madre para ir al jardín, donde se celebraría la ceremonia, sentía que el corazón le latía desbocadamente y que el cuello de la camisa lo ahogaba.

A su lado, su primo Yiannis, el padrino, murmuró:

–No pensarás desmayarte, ¿verdad?

Nick ni siquiera pudo contestar. Así que esperó. Hasta que finalmente, Edie apareció en lo alto de la escalera, con el rostro luminoso y con una sonrisa que parecía destinada exclusivamente a él.

—¿Tienes la alianza? —preguntó entre dientes a Yiannis.

Su primo puso cara de susto. A Nick casi se le paró el corazón, hasta que Yiannis dijo, riendo:

—Claro que sí —se dio una palmada en el bolsillo—. Aquí mismo. No vas a librarte de esta.

—Ni quiero —dijo Nick, al mismo tiempo que Edie llegaba al pie de la escalera y le tendía la mano. Tomándosela, le susurró—: Allá vamos.

Y la boda se celebró. Una ceremonia sencilla, con la familia y los amigos más íntimos, seguida de una fiesta en honor de ellos y de Rhiannon y Andrew.

Edie y Nick la abandonaron pronto para ir de viaje de novios.

—¿No vas a decirme dónde vamos? —preguntó ella.

—Pronto lo sabrás.

Estaban en el apartamento, cambiándose, y la música y el murmullo de la fiesta se filtraba por las ventanas.

—Ni siquiera sé qué meter en la maleta —dijo Edie.

—Ya he hecho yo la maleta —dijo él. Y sin reaccionar a la cara de sorpresa de Edie, la tomó de la mano y bajó las escaleras.

Al ver que en lugar de ir hacia el garaje, giraba hacia el bosque, Edie comprendió súbitamente.

—¿Nick?

Sin decir palabra, Nick se limitó a tirar de ella.

Edie no había ido a la casa de adobe desde que volvieran de Tailandia, y cada vez que lo había propuesto, Nick había buscado alguna excusa para impedírselo.

Cuando llegaron, una suave luz iluminaba el porche, en el que había dos butacas de cuero de estilo español. La casa estaba perfecta, Nick había elegido pintar la fachada del color verde original que contrastaba con la nueva madera, oscura y barnizada, y la luz que iluminaba cada ventana hacía que pareciera una casa de cuento.

—¡Qué preciosidad! —musitó ella—. ¿Vamos a pasar aquí la luna de miel?

—¿Te parece mal?

—¡En absoluto! Es el sitio ideal.

Nick la llevó hasta la puerta principal y le dio un sobre que estaba clavado en ella.

—Es para ti —dijo. Y se lo dio.

Edie lo abrió con dedos temblorosos y empezó a leerlo, primero en voz baja y luego en alto:

—«Mi querida hija» —leyó con la voz quebrada—. «Cuando tu padre y yo vivimos aquí, esta casa rebosaba amor. Espero que tú y Nick disfrutéis de la misma felicidad. La casa es tuya. Sé que tú y Nick la vais a convertir en un hogar maravilloso. Confío en que los recuerdos que tienes de ella y los que vas a crear, sean tan excepcionales como tú. Te quiero, mamá». Edie hizo ademán de secarse las lágrimas que rodaron por sus mejillas.

—Permíteme —dijo él, inclinándose para besárselas.

—Mamá, mamá —susurró Edie.

Hacía años que no se refería a ella así.

–Exactamente. Y no Mona –dijo Nick.

–Ya verás cómo se pone cuando alguien la llame abuela –dijo Edie, riendo.

Nick rio a su vez.

–Espero que sea lo antes posible. Te amo, Edie –y tomándola en brazos, cruzó con ella el umbral de la puerta hacia la casa del pasado y del futuro–. De hecho, señora Savas, propongo que intentemos que ese «alguien» llegue lo antes posible.

BIANCA.

ANNE McALLISTER

DUDAS DEL PASADO

Sophy y George Savas habían estado felizmente casados...
hasta que Sophy había despertado y se había dado cuenta de
que su matrimonio era un engaño. Desde entonces no había
mirado atrás... hasta el día en que se enteró de que su marido
estaba gravemente herido y su mundo se tambaleó.

Aunque George era terco y orgullo-
so, ahora quería la ayuda de Sophy.
Sabía que ella no iría a su lado de
buen grado, así que la contrató para
que fuera su esposa el tiempo que la
necesitara. Pero jugar a la familia feliz
era peligroso...

N.º 481

UNA NOCHE PARA EL RECUERDO

Nicholas Savas era alto, moreno y
demasiado guapo como para poder
confiar en él.

Para proteger a su alocada hermana
pequeña de su magnetismo sexual,
Edie se interpuso y fue ella quien cayó en sus redes.

A Nick le fascinó la desafiante y hermosa Edie, todo un reto y
una tentación a la que conseguiría arrastrar desde el salón de
baile hasta su dormitorio.

Pero una noche con Edie Tremayne no fue suficiente. Ni una,
ni cien.

¡YA EN TU PUNTO DE VENTA!

DESEO

PEGGY MORELAND

EL MEJOR HOMBRE

A Rory Tanner le encantaban las mujeres, pero Macy Keller era una excepción desde que había llegado a la ciudad amenazando la reputación de su familia. El instinto de protección hizo que Rory prometiera controlar a la misteriosa Macy. Fue entonces cuando descubrió la belleza salvaje que lo mantenía despierto todas las noches con escandalosas fantasías... Macy había acudido hasta Tanner's Crossing a buscar sus raíces, pero no pudo resistirse a los encantos de aquel *cowboy* de ojos azules. Rory Tanner era un seductor nato que parecía empeñado en descubrir sus secretos.

N.º 546

PECADOS DEL AYER

Hacía ya años que Whit Tanner había metido a Melissa Jacobs en su cama y en su corazón, pero después ella se había casado con su mejor amigo. Ahora la bella viuda luchaba por criar a su hijo sola, y el honor de los Tanner obligó a Whit a ayudarla.

Melissa Jacobs debía pensar en su hijo y proteger su futuro. Pero en cuanto vio a Whit Tanner, se dejó atrapar por su ternura y descubrió que lo deseaba con toda su alma. No podía evitar preguntarse qué habría pasado... y qué pasaría cuando él descubriera su secreto.

JAZMÍN

CARA COLTER
LO QUE TODA MUJER DEBE SABER

J.D. Turner no podía permitir que Tally eligiera un compañero sin antes saber todo lo que podía haber entre un hombre y una mujer. Sobre todo si aquella belleza iba a criar a su pequeño. Por eso había decidido enseñarle personalmente lo que era el verdadero amor.

LISSA MANLEY
CRÓNICAS DE SOCIEDAD

Anna Sinclair era una joven de clase alta que trataba de convertirse en diseñadora de vestidos de novia, pero su vida amorosa era un auténtico desastre. Por eso decidió disfrazarse y empezar de nuevo en otro sitio; eso sí, evitaría cualquier tipo de romance. Entonces apareció el guapísimo empresario Ryan Cavanaugh para hacerse pasar por su novio en una fotografía... y Anna no tardó en quedar rendida a sus pies. Ryan llevaba mucho tiempo tratando de creer en el verdadero amor y, gracias a aquella mujer, estaba incluso considerando la posibilidad de casarse.

N.º 576

LIZ FIELDING
LA BODA DEL MILLONARIO

El millonario Richard Mallory llevaba toda la vida rodeado de mujeres tan bellas como poco adecuadas. Y justo cuando había desechado la idea de conocer a la mujer perfecta, se la encontró... en su cama. Parecía alguien diferente; sincera, inocente... ¿Qué demonios hacía en su dormitorio?

Ginny solo trataba de hacerle un favor a una amiga. Se suponía que aquella mentirijilla la sacaría del apuro, pero la metió en otro peor. Ahora tendría que pasar el día entero con el guapísimo empresario...

BIANCA™

DESEO

Vivían en mundos completamente distintos,
hasta que una nevada los dejó aislados

ATRAPADO
POR LA TENTACIÓN

CYNTHIA ST. AUBIN

N.º 2186

Una serie de televisión sobre la vida real de los hermanos Renaud despertó el interés de Shelby Llewellyn en el hermano artista y oveja negra de la familia. Shelby, comisaria de exposiciones, estaba decidida a conseguir que Bastien Renaud hiciera una exposición en su galería para demostrarle a su padre su valía profesional. Cuando ambos se quedaron aislados por una nevada en el refugio de Bastien, surgió la pasión.

¿Podría llegar aquella relación a un final feliz a pesar de la diferencia de edad y del pasado de Bastien?

DESEO